能は死ぬほど退屈だ

演劇・文学論集

小谷野敦

論創社

能は死ぬほど退屈だ——演劇・文学論集

能は死ぬほど退屈だ——演劇・文学論集　目次

演劇篇

学問・文藝篇

受賞作篇

対談

演劇篇

能は死ぬほど退屈だ

だいたい昭和三十年代頃に、フランスから文化使節団がやってきて、能を観せられ、「能は死ぬほど退屈だ」と言った、という話は、以前から聞いたことがあった。加藤周一がテレビの対談番組で言っていたような気もするが、確か一九九三年頃、NHK教育テレビで能の番組があって、その演目が「井筒」だったと思うのだが、その時、アナウンサーとゲストがその話をして、彼らが観たのがまさにこの「井筒」で、これは何といっても特別退屈に感じるものですからねえ、などと話していた。

能の中でも、四番目ものと言われる雑能《ざつのう》は、わりあい筋があって比較的面白いが、三番目ものの鬘能《かずらのう》と、二番目ものの修羅能《しゅらのう》は、前者は女の亡霊が出てきて恋の恨みごとを述べ、後者は武士の亡霊が出てきて戦の恨みごとを述べるというもので、その後、例の序の舞、破《は》の舞などがあるのだが、退屈ではある。しかしギリシア悲劇でも、初期のアイスキュロスの『縛られたプロメーテウス』などは、人類に火を与えた罰で岩山に縛り付けられたプロメテウスが、神々の主神ゼウスを相手に、わあわあ文句を言うだけのもので、面白くないからあまり上演されない。

その時は、フランス文化使節団が、帰りの汽車の中でそんな話をしたということで、特定の名前は出なかったが、私はどこかで、ジュリアン・デュヴィヴィエ（一八九六―一九六七）だと聞いた気がしていた。ところがのち、一九九六年頃、阪大にいた時分に、これはいったい誰が言い、それを誰が伝えたのかということが気になって、あちこち見てみたのだが分からず、当時同僚で能の研究家だったジェリー・ヨコタさんに訊いたら、彫刻家のオシップ・ザッキン（一八九〇―一九六七）ではないか、と言われた。

しかし私は、どうもデュヴィヴィエというのがひっかかっていて、本来なら、ザッキンとするジェリーさんに典拠を聞くべきなのに、そのまま放置してしまった。ところがその後、東京へ帰ってきてから、多分『東大駒場学派物語』（新書館、二〇〇九）となった原稿を書くためにいろいろ調べていたら、芳賀徹（一九三一―）先生が、鼎談か何かで、その話をして、それを高田博厚（一九〇〇―八七）がエッセイに書いて、能を馬鹿にした態度で不愉快だったと発言しているのを見つけて、また気になり、高田の著作集を見てみたのだがそういうのは見つからなかった。

それでとにかく手がかりがない。すると田中貴子氏の新刊『中世幻妖――近代人が憧れた時代』（幻戯書房、二〇一〇）が届いて、これは朝日新聞出版の『一冊の本』に「近代知識人の見た〈中世〉」

として連載されていた時から愛読していたものなので、ぱらぱらと見ていたら、ドナルド・キーンの対談集『日本の魅力』(中央公論社、一九七九)に収録された、小西甚一(一九一五―二〇〇七)と芳賀との鼎談「能の話」(『歴史と人物』一九七三年一月)について、こんなことを言っているのを発見した。これは連載中にはなかったものだ。

世阿弥や能を西洋文化研究者という「インテリ」が「発見」し評価したことを認識しているはずの芳賀が、西洋人に能はわかるのかという話題に関して軽くこう発言しているのはやや興味深い。

だいたい日本のインテリのなかには、われわれの芸術は特別に幽玄で、西洋人などにはわかるまいという特殊主義の人と、高田博厚氏のように、もともとつまらん田舎の品物を日本のインテリがありがたがっているだけで、西洋人がその正体をみぬいてくれたといった頭ごなしの日本ダメ論の人とがいる。

初期の比較文学研究者は日本と西洋とを比較することで文化の橋渡しをし成果を上げたが、その代表のような芳賀が日本の能を本当に「つまらん田舎の品物」と思っているのかどうか気になる。結局西洋によって開眼された日本とは「田舎」なのだ、というコンプレックスを持つ日本人が多かったことくらいはほのめかされているようだが。

どうも、わけの分からない文章で、芳賀は「つまらん田舎の品物」だなどと言っていないし、この鼎談を見ると、芳賀は、そのフランス文化使節団が来た時に、「東京新聞」で高田が司会をして座談会をやり、「能は死ぬほど退屈だ」と彼らが言ったのをとらえて、それを煽るようなことを言っている、と憤慨しているのだ。

しかしこれのおかげで、それが「東京新聞」の座談会であることがようやく分かった。それで、その使節団が来た年月を確認すると、一九五九年六月で、それから結構苦労した、というのはその当時の「東京新聞」には縮刷版がないからで、「東京新聞」は文化的に重要な記事を多く載せているのにデータベースはおろか縮刷版すらないのでは大変困る。それでようやく、同年六月二十三、二十四日に「日本の美」という座談会が載っていることが分かり、現物のコピーを手に入れた。「上」のほうは、高田、ザッキン、画家のクロード・ブナールなのだが、このブナールというのは誰であろうか。来日を報じる新聞記事を見ると、クロード・ベルナールとあるが、これは十九世紀の生理学者だろう。六月二十一日朝、帝国ホテルでとなっていて、奈良、京都の古寺、古仏を見て来たザッキンとブナールが感心している。気になるのが、高田のぞんざいな口調で「仏像はどうだった？　こいつは世界の傑作なんだから、どうだったなどときくのはおかしいがね」などと友達口調だが、恐らくフランス語でやったのだろう。

「下」のほうが、「能をみて死ぬほど退屈――やりきれなかった演技の遅さと長さ」と副題されている、問題のものである。これは「上」とは全然切り離されたもので、冒頭から引用する。

（水道橋能楽堂、一行が着いた時に「熊野《ゆや》」が始まる。デュビビエ、ザッキン、ブナール夫人、ブナール、高田、朝吹登水子《とみこ》、アシャール、加藤周一、一列に着席。前列にド・ラクルテル、後列にユーグ。橋懸《はしがか》りに侍女、熊野が出てくる。ザッキン――「こいつは美しい。像《スタテュ》の美しさだ！」ブ夫人、ブナール、アシャール、高田に、――「なにを言ってるのか君に判るのか」高田――「全然判らんこと君達と同じだ。オペラと同じで、原文を知ってないと日本人にも判らないよ。」「おもしろいか？」「おもしろいかどうかを、辛抱して見ているんだよ。」二十分ほどしてザッキン――「がまんができん。俺は出る……」高田――「まあ、これが終るまで待ちなさい」ド・ラクルテルは鼻をいじり、アシャールは居眠りし、デュビビエは腕を組んで天井を見ている。ブ夫人――「日本人でも居眠りしていてよ」高田――「居眠りしてもおとなしく聴いてるのが礼儀だよ」（略）ザッキン退場する。「熊野」ようやく終り、一同あたふたと外へ出る。自動車の中。ザッキン、デュビビエ、ブナール、ブナール夫人、高田）

ザッキン　今日まで公式招待で朝から晩まで引っぱり回されて悲鳴をあげてたのに、これほど閉口したことはないよ。

デュビビエ　僕が裁判官だったら、懲役五年と宣告する代りに、能を五カ年きくべしとやる

ね。(笑)

ブナール ほんとだ。天使島(イール・デザンジュ)へ十年流刑というのを、十年毎日能をきけか!(夫人に)君なんか行くといいね。好い修業だよ。(笑)

ブ夫人 一日でも死んでしまうわよ。(笑)

ブナール あれで日本人に面白いのが僕に判らんよ。

高田 あれはね、演っている者や歌っている者にはたまらなく面白く、夢中になるのだ。

デュビビエ だって僕達は観衆なのだぜ。

高田 そんな西欧的な劇の本質要素は能にはないんだ。あの原文は読むとなかなか美しいのだが、特権階級が楽しんだものでね、皆自分も歌い演るヤツが見るのだ。

(略)

高田 芸術を理解するには時間と辛抱が大切だという教訓なのだ。(笑)あれの修業は大変なものだよ。

(略)

ザッキン 公式招待ってのはよく出来てるね。さんざん食わしておいて、寝させないで、最後に能で息の根を止められてしまったね。(笑)

高田 能に招待する主宰者が能がなんだか知らないのだ。日本の最高芸術だとだれかが言うから、そう思っているだけで、自分で判断していない。現代日本人の性格の最大の不幸はこれだよ。数年前パリのサラ・ベルナール座で能をやって天下の観衆を退屈させたのをあなた達知ってるだろう……。

これで「帰りの汽車の中で」というのが、帰りの自動車の中で、であり、しかしそんなところへ速記者を乗り込ませたかどうか疑わしいので、座談会としてはかなり変わったものであること、ザッキンだけではなくてデュヴィヴィエも言っていることが分かる。ブナールというのは画家だというが聞いたこともないから、おまけだろう。アシャールは劇作家・映画監督のマルセル・アシャール（一八九九―一九七四）だろうか。加藤周一は能に詳しい人だが、一緒だったのだから、この話を知っていたのも当然である。「井筒」ではなく「熊野《ゆや》」だったわけだが、似たようなものだ。

高田はもともと、こういう「文化交流」に対して正確な批判の眼を持っていて、「文化交流の悲喜劇」（『文藝春秋』一九五六年四月）という文章を書いて、日本側の押し売りみたいな姿勢に疑念を呈している。この座談会では「田舎の品物」という言葉は出てこないが、ほかで言ったかしたのだろうか。芳賀徹は根っからのナショナリストであるから、こういう態度が許せないで、繰り返し高田を非難しているのだが、むしろ、よくこんなものを新聞に載せたなあと思うくらいなのに、小西、キーンとの鼎談では、西洋人がこういうことを言うとマスコミは喜んで取り上げるんだと言い、そう言わない西洋人は不逞の輩なんじゃないですか、などと言っているから二度びっくりする。

これには、二つの可能性が考えられる。一九五九年といえば、もう半世紀も前のことで、その当時はまだ戦後の、日本文化ダメ論の残滓《ざんし》があって、そういうこともあったという可能性と、芳賀などの被害妄想の可能性である。芳賀と同年で同僚だった平川祐弘なども、敗戦直後に青年時代を送り、左翼全盛時代の日本文化ダメ論の中で、何くそと思って生きてきたから、八〇年代以後、全然そんな時代ではなくなっているのに、昔の恨みで発言することが多いのである。

ところで田中貴子の文章には、芳賀の意図がどういうわけか歪んでとらえられているのと別に、比較文学への誤解もあって、初期比較文学というのは影響関係の実証であって、日本と西洋の対比ではない。それはいいとして、なんで田中が、鼎談全体を読めば、芳賀が高田に対して不快感をさんざんに表明しているのに、断章取義《だんしょうしゅぎ》みたいにここだけ引いて（それでも読者は奇異に思うだろう）こんなことを書いたかというに、芳賀はそもそも、能についてほとんど知らない、ということを知っていたからかもしれない。実際、平川は、能について論文も書いていれば自分でシェイクスピアの『オセロウ』を夢幻能にしているし、彼らと同じ頃の東大比較出身の田代慶一郎や、東大の同僚で、平川とは関係は良くなかったが、近ごろ京都造形藝術大学あたりで芳賀と対談したりしている渡邊守章なども いるし、佐伯順子のように、祖母が能楽師で自分も仕舞《しまい》や能管をやる人や、成恵卿《ソン・ヘギョン》のようにフェノロサやイエーツによる能の翻訳や西洋能をやった人を研究した人を弟子に持っているけれども、自分で能について何か書いた記憶がない。

こう見えても私は結構きちんとした弟子で、芳賀先生の書いたものは結構読んでいるのだが、記憶にないのである。それに、「こないだ××の能を観てきたが」といった話も聞いたことがない。

もしかすると、大して観たこともないかもしれない。対して小西甚一は俳句が専門だが、能にも詳しいし、ドナルド・キーンは自ら狂言を演じたこともあることは『碧い眼の太郎冠者』（中公文庫）という著作もあることで知られている。なお余談だがこの本の序文は谷崎潤一郎が書いている。キーンは若い頃、サイデンスティッカーとともに谷崎とつきあいがあり、かわいがられていた。だが実は、サイデンは『細雪』『蓼喰ふ蟲』を英訳しているが、キーンは、短編一つくらいで、谷崎の長編も短編集も英訳したことがない。キーンには同性愛のケもあり、谷崎は晩年、美青年趣味がいくらか芽生えていたのである。

しかし、能のことを大して知らずに、そんな二人と鼎談できるはずがない、と人は思うだろうが、それは芳賀徹という人を知らないのである。芳賀という人は、実際は日本文学や文化についてさして知らず、蘭学とか蕪村とかを「点」で知っているだけなのだが、そのハッタリ能力が凄くて、ここで「谷行《たにこう》」の話などしているが、これは平川がこれについて論文を書いているから、それで知ったのだろう。

だが問題にしたいのは、高田の言っているようなことが、きちんと議論されずに今日まで来てしまったということである。能を観に来る人というのは、大抵が、自分も能の、謡とか仕舞とかを稽古している人たちであることは、能について少しでも知っている人には常識であり、それでは独立した藝能としておかしいという高田の言は正しいのである。しかし、そういうことが正面切って論じられたことは、私の知る限り、ない。そもそも日本人でも、何も知識なくいきなり甍能など見せられたら、「死ぬほど退屈」だと思うのは間違いないのであって、ただみな、それが優れた藝術だと思わせられているから、言わないだけである。

比較文学会の会長も務めた早大名誉教授の河竹登志夫は、歌舞伎の海外公演に同行して観客の反応を調べているが（『比較演劇学』など）、おおむね筋のはっきりしたものが受ける、これは日本の若い観客と同じことだと書いている。これはしかし、一九六〇年代の話なのだから、現代の若い観客となるとなおさらそうであろう。ただ、一部のエリートたちが、特権意識をもって、歌舞伎はともかく、能を習い、謡本《うたいぼん》を持って能楽堂へ行って、舞台を見ているのか謡本を見ているのか分からないような観方をしたり、あるいは親の代から能が好きだというような人が、特権的に能を観たりしているだけである。

長谷川如是閑《にょぜかん》が、下駄がちびている時は能を観に行けないと言ったのは、精神に余裕がなければ能は観られないということだが、これは別に能には限らない。「タルコフスキーは死ぬほど退屈だ」と言ったっていいのであって、現にその当時、アラン・レネの『去年マリエンバートで』を極北とするヌーヴェル・ヴァーグ映画とか、ロブ＝グリエやビュトールのヌーヴォー・ロマンなどの「死ぬほど退屈」なものはあったのであって、高田がそこまで心づいて、というか正直になって、あんたらの国にも死ぬほど退屈なものがあるではないかと言ったらそれはまた面白かったと思う。

ところでその文化交流について、私はかねがね疑問を抱いている。これは昭和初年に谷崎潤一郎も書いているのだが、自分の戯曲をイタリア語に翻訳して上演したいという話があり、しかしだんだん聞いてみたら、それはイタリアに、日本文化を紹介する団体があって、そこが企画していると いうので興醒めしたと言い、そんな風に売り込まなくたって、いいものはあちらから買いに来るだろうし、それに任せるべきだと言っている（「饒舌録」）。これは私も同感なので、日本の比較文学者などは、よく、日本文化は自らもっと発信すべきだというようなことを言うのだが、別にあちらにも日本学者というのはいて、それなりに日本の研究も見ているのだから、何もこちらから売り込みに行かなくてもよかろうと思う。

それで先日、『日本のエロティック文化』というような本をフランスで書いているフランス人女性から、私にインタビューをしたいという話が、関西日仏会館を通じてあったのだが、聞いてみたらこの人は日本語ができないという。それで、なんで私のことを知っているのかというと、噂を聞いたというのである。

日本語ができないで日本に関する本を書くとか、それをまた日本の組織が援助するとかいうのは、逆だったらとうていありえない話で、つまりフランス語の出来ない日本人がフランスへ行って、フランスの公的機関から援助を受けてフランス研究をするなどということは絶対にありえない。それがありえてしまうところが、日本人の情けない植民地根性というか東洋人根性であろうと私は思ったのである。それで、とてもまともなプロジェクトとは思えないから断る、と返事をしたら、その当人から英語のメールが来て、自分は日本語の勉強中である（当たり前である）とか、私は船曳建夫、篠山紀信、坂東弥十郎にインタビューしていて、彼らはまた私に会いたがっている（そういう名前を出すと私が恐れ入るとでも思っているのか)、あなたの研究はたいへん興味深く(日本語ができないのに何で分かるのであろうか)、しかし日本以外では知られていないのは残念である(それならあなたじゃなくて日本語のできる人に英訳してもらいたいものである)、などとあった。アニエス・ジアールという人だが、それではどんなことが訊きたいのかと尋ねてみたら、日本は神道の国だからセックスは神聖か、を始めとする、私が常々批判しているインチキ日本文化論に基づくものばかりだったので、丁寧にあなたは間違っていると指摘したら、終りになった。

しかし、能そのものについて言えば、私は未だに蔓能を楽しめたことはない。四番目ものであれば、「葵上」などは大学院時代に渡邊守章先生が独自の様式で上演したり、テクスト分析をしたりしたこともあって、楽しめる。とはいえ、能の周辺には「死ぬほど退屈だ」と正直に言えない雰囲気があるのは事実で、それはいいことではないだろう、ということくらいは言ってもいいだろう、と思う。

舞踊について

フランク・カーモウド（一九一九―二〇一〇）は、英文科では必読書とされている『ロマンティック・イメージ』（一九五七、邦訳は『ロマン派のイメージ』金星堂、一九八二）で、ロマン派の美は、最終的には、イェーツが理想とした、踊り手の姿が踊りそのものの中に解消してゆくところにあると論じた。また三浦雅士は『身体の零度』（講談社選書メチエ、一九九四）で、美の最終形態が舞踊に行き着くと論じた。こういう議論を読むと、私は忸怩《じくじ》たる気分になる。というのは、私は舞踊には不感症だからである。私はよく、美術には関心がないとか、スポーツは相撲以外興味なしとか言っているが、こないだはアングルの弟子でモローの師であるシャッセリオの本を海外から取り寄せたくらいで、好きな絵は好きだし、スポーツだってものによってはやはりおもしろく見る。ただ天邪鬼《あまじゃく》でそう言っているだけだ。

ところが、舞踊となると、何しろ歌舞伎評論家とか演劇評論家になろうと思っていたこともあるのに、根本的なところで興味を感じないのである。バレエ音楽というものは、かなり好きで、ドリーブの『コッペリア』もチャイコフスキーの『くるみ割り人形』も繰り返し聴いたが、いざ舞台を観ても、その踊り自体に、どうしても興味が湧かない。所作事《しょさごと》と呼ばれる歌舞伎舞踊でもそうで、もうこれは勉強だと思って若いころは懸命に観ていたのだが、遂に興味を持つことができなかった。谷崎潤一郎の『細雪』には、「雪」という地唄舞《じうたまい》を妙子が舞う有名な場面があって、谷崎の周囲の女たちは山村《やまむら》流の舞や能楽の仕舞を習っていたし、谷崎も舞の詞章を書いている。だから『谷崎潤一郎伝』を書いていていちばん困ったのは、私のこの舞踊不感症であった。一時は、勉強のために長嶺ヤス子のフラメンコまで観に行ったのだが、退屈して帰ってきたし、「暗黒舞踏」の系譜に属する大駱駝艦《だいらくだかん》の公演はそれなりに面白かったが、ピナ・バウシュにはすっかり退屈した。

いずれにせよ、最近の若いパフォーミング・アート好きの人はもっぱら「舞踊派」であって、彼らが舞踊を観て感じている愉悦を、私が感じていないことだけは間違いない。その点では私は、無教養なその辺のおじさんと一向変わりばえしないのであって、踊りを観て面白かった記憶といえば、シャクティの踊りと、ストリップ劇場のそれくらいである。ストリップの方は劇場によってまちまちだが、京都のデラックス東寺へ初めて入った時は、ああちゃんと選曲や振り付けをちゃんとやっているんだ、と意外の感に打たれた。東京では、やはり渋谷道頓堀劇場が、藝術的レベルが高い。

シャクティ（一九五七—）は、日本とインド混血の舞踊家で、もう三十年くらい前から舞踊活動をしているが、今は振付のヴァサンタマラとともに、シャクティ&ヴァサンタマラ舞踊団を率い、生まれた土地の京都を根拠地に世界各地で公演を行っている。私がシャクティの踊りを知ったのは、高校生のころ、永六輔のテレビ番組で踊るのを観たときである。以後も頭の隅にはあったのだが、批評家が取り上げないものだから忘れていて、数ヶ月前にはっと気づき、DVDを二枚取り寄せて、観たらやはり良かった。シャクティの踊りは、その名からも分かる通り、ヒンドゥー教のタントリズムに基づいているようで、たいへんエロティックである。ほとんどストリップではないかと思えるほどだが、全体に猥雑ないし猥褻な感触があって、それがあまり評価されない理由でもあろう。海外での評価のほうが、日本でより高いようで、それは生前の寺山修司に似ている。むろんオリエンタリズムの面もあるだろうが、『ダンスマガジン』あたりが取り上げる舞踊に比べると、ほとんど大衆舞踊という感じがする。

しかしである。アメノウズメノミコト以来、などと言いだすと佐伯順子さんのようだが、舞踊というのはエロティシズムを随分利用してきたものである。出雲の阿国のかぶき踊りというのを、映画やテレビドラマでよく再現しているが、あんなおとなしいものであったはずはなく、女の色香を十分に用いた、ずっと猥褻なものだったはずだ。能楽にしても、室町時代のそれは、男色的エロティシズムを基調にして舞っていただろうし、女能はやはり女を売り物にしていただろう。こういうことは良く言われることで、大阪にいた頃、文楽の義太夫の語りは、大阪万博の前まではもっとエロティックで卑猥だったと聞いたことがある。能楽は既に徳川時代に幕府に取り込まれて、本来の性格をなくしていったのだろうが、幕末から明治初期の歌舞伎などはずいぶん猥雑で、家族で観るに耐えないようなものもあったようだし、それを明治の演劇改良運動で藝術に洗練させていったのである。

それはそれで一つの達成なのだが、こと舞踊に関して言うと、どうも猥褻さを放逐しすぎたのではないか、と思うのは、例によって私の自己正当化かもしれないが、義太夫にしても、竹本越路大夫の語りを聴くと、今の太夫よりよほど色っぽい。モダンダンスや暗黒舞踏系のものには、踊り手が裸身に近くなるものも多いが、多くは一般的なエロティシズムをはぎ取るような形のものである。ピナ・バウシュなど、女のミーハー・ファンが多く、内野儀さんが嘆いていたことがあった。要するにヘテロセクシャルなエロティシズムを排したところに、今評価される舞踊はあるということになる。

仮にシャクティやストリップが「大衆舞踊」だとしても、それ相応の地位を与えてもいいのではないか。小説でも映画でも演劇でも、藝術的なもの、通俗的なもの、それぞれに地位があって批評がある。ただ美術だけが、狭い意味での「美術」だけに限定して議論されていて、先ごろ亡くなった高塚省吾の、やはり私の好きな裸婦像などは、まともな美術とは見られていないようだ。小説など、最近は「やおい小説」や「ライトノヴェル」の批評まであるのだ。舞踊や美術だけが、純藝術だけが評価の対象でなければいけないという法はないと思う。

キム・ギドクが開く世界

一九八〇年代には、盛んに、西洋中心主義の批判が行われ、アジアやアフリカの現代文学の翻訳も出ていたが、結局は広く読まれるようにはならなかった。むろんシナやインドの古典的文学は昔から読まれていたが、現代ものでは魯迅やタゴールどまり、ノーベル文学賞をとっても、エジプトのマフフーズ（一九一一―二〇〇六）やナイジェリアのショインカ（一九三四―）が読まれるようにはならなかった。せいぜい、チュツオーラ（一九二〇―九七）の『やし酒呑み』くらいだろう。

結局私たちは、「西洋」に対して、たとえば『キャンディ・キャンディ』とか『ベルサイユのばら』とか『ラ・セーヌの星』とか『赤毛のアン』とか、そういうものを通して「憧れ」を抱いてきた。もっと高尚な、ホメロスやシェイクスピアでもいい。美術や音楽でもいい。ところが、アジアやアフリカに対しては、そういう入り口が乏しかった。むろん観光旅行で行く人はいても、それでは結局表面をかいなでるだけに終る。私など銭鍾書《せんしょうしょ》（一九一〇—九八）の『結婚狂詩曲』（囲城）という、岩波文庫に入っていた現代小説を読んで面白かったが、巴金《ぱきん》や老舎《ろうしゃ》がそれほど読まれるというわけには行かなかった。

そんな、アジア・アフリカの文化的状況を切り開いたのが、映画というジャンルであることは、否定すべくもないだろう。チャン・イーモウ（一九五〇—）やイランのアッバス・キアロスタミ（一九四〇—）は、その国のどんな現代小説よりも広く親しまれた。かつて、明治期日本に、西洋は「文物」として入ってきた、などと非難がましく言われていたものだが、当時から私は、なんで文物として入るといけないのか分からなかったが、現在のアジア・アフリカの状況は、結局、文物が入らないと観光の対象でしかないことを明らかにしたと言えよう。

ただ韓国はいけなかった。かつては、日本との過去の関係や、軍事独裁、南北の分断などの文脈で語られ、小説などを翻訳する試みも盛んだったが、二〇〇三年以降は『冬のソナタ』のようなメロドラマが人気を博した。だが私は、小説にも「韓流」にも興味を抱けなかった。逆に「嫌韓流」などにも関心はなかった。大学院時代から、韓国からの留学生は多かったし、カナダ留学中に、韓国人の友人に世話になったこともあった。私はずっと彼らに対して「君らの国の文化に関心がなくてすまない」という、軽い罪悪感を抱き続けてきた。映画では、一九九三年の『風の丘を越えて／西便制《ソピョンジェ》』が高い評価を受けたが、あまりに暗くて、やはり私の関心を引き起こさなかった。だがその後、『ＪＳＡ』でイ・ヨンエの美しさには感嘆し、『猟奇的な彼女』や『イルマーレ』ではチョン・ジヒョンをかわいいと思ったが、『JSA』は映画として出来がいいとは思わなかったし、あとの方は、日本や米国風の恋愛映画で、特に韓国らしさはなかった。
そこへ、キム・ギドク（一九六〇―）の映画に出会ったのである。始めに観たのは『春夏秋冬そして春』で、類例を見ないストーリーの奇抜さと、沼に浮かぶ寺院、猫の尻尾で経文を書くといったイメージに驚嘆した。ついで『弓』を観て、その卓抜なエロティシズム表現に、あたかも韓国の谷崎潤一郎ではないかと思うほどに感心した。そのあと、『魚と寝る女』、『受取人不明』と観て、これは凄い、世界的巨匠ともいうべき映画監督だと思い、『絶対の愛』『ブレス』『悪い男』を続けて観た。ただし現在上映中の『悲夢』は観ていない。全面禁煙の映画館には行かない方針だからである。（その後観たが、不出来だった）
今はツタヤのディスカスに登録しているから、ギドクの映画を続けて借りてあらかた観たが、ギドクが凄くなったのは、二〇〇一年の『受取人不明』からだろう。当初は、最近の米国映画によくある暴力描写が目立ったが、私個人は米国のそういう映画、たとえば『ミスティック・リヴァー』などには少しも感心しないが、ギドクの映画では、暴力のみならず、変態的な行為が、次第に象徴的な域に高められていって、僅かな不快感も、世界を表現するその象徴の力によって圧倒される。なかんずく驚かされるのはその奇抜な発想と豊かなイメジャリーである。『受取人不明』で、自分の目を潰す少女は『春琴抄』を思わせるが、『絶対の愛』で、整形した恋人にあわせて自分も整形してしまう男もまた、『春琴抄』だ。私には、谷崎＋大江健三郎＋中上健次という気がするが、むろん亜流ではなくて、まったく独自の世界を作り上げている。

そのストーリーには、主人公たちが何の仕事をしているのか分からなかったり、リアリズムの観点からいうと不自然な点が少なくないのだが、世界が出来上がっているから、気にならない。ギドクの世界では、人は異常なことをするのである。なかんずく、『ブレス』など、日本の『接吻』(万田邦敏)と似ていると言われるし、『接吻』のほうがリアリズムではあるが、『ブレス』の、死刑囚との面会室をびっしりと春、夏、秋の壁紙で覆った上に歌を歌うヒロインは、もはや常人の想像を超えている。特に「春」の歌を歌い始めるのを観た時は、しばらく爆笑が止まらなかった。『サマリア』などは、ギドクのものとしては凡庸だろう。しかし、ギドク脚本で他の監督が撮った『ビューティフル』は、ギドクの世界が脚本から始まることを認識させてくれた。

恐らくキム・ギドクによって、初めて韓国文化は、世界的に通用する普遍的なものを生み出したと言えるだろう。

平田オリザにおける「階級」

一

一九九〇年から二年間カナダに滞在し、九四年から大阪に勤務することになった私にとって、いやおうなく東京中心になってしまう日本演劇の現状は、必ずしも良く見えてはいない。それにしても、修士論文を書きおえた八九年あたりから、どうも日本演劇が失速状態にあるということは、内野儀氏が「廃墟と化した東京の演劇」（『メロドラマの逆襲』）という程ではなくとも、何となしに感じるところはあった。

平田オリザ（一九六二―）という名前は、かなり以前から耳に入ってはいたし、彼が演劇活動をしていることも知ってはいたが、なぜか、彼の芝居を見に足を運ぶ気にならなかったのは、十六歳の時自転車で世界一周をしたという、なにやら「猿岩石《さるがんせき》」の先駆者めいた彼にまつわる「伝説」が、

「健全少年」の印象を私に与えたからでもあっただろう。直観的に、避けていたのである。

しかしカナダから帰国後、平田と青年団の名前が喧伝されるにしたがって、とうとう避けているわけにも行かなくなり、六本木の劇場へ出掛けていったのは、九四年の夏、『S高原から』の初日のことだった。余談めくが、そのときたまたま平田とロビーで立ち話をしている歌人の俵万智を目撃した。お蔭で私の連想は、自転車旅行健全少年――国語審議会委員健全少女俵万智（一九六二―）……という風に変なつながり方をしてしまった。さて、『S高原から』は、堀辰雄の『風立ちぬ』をすぐさま連想させる、まさか今の時代に結核が不治の病でもあるまいが、何らかの難病のための高原のサナトリウムを舞台として、もろに「風立ちぬ、いざ生きめやも」の、「生きめやも」って何だろうね、などという文学趣味的会話が挿入された叙情劇であった。じっさい、台詞が静かで聞き取りにくいとかという平田芝居の特質はさておき、先の妙な連想から私は、うーん俵万智が喜びそうな、そして彼女独特の言い回しで称賛しそうな芝居、とばかり思ってしまったのである。

続いて観たのは、伊丹アイホールでの『南へ』。この劇場は、妙に閑散とした場所に建っており、ここで芝居を観たあとでは鬱状態になってしまう。さらに平田の芝居はカタルシスをもたらさない構造になっているから、この時も観劇後、何とも言えない鬱状態に陥ったものだ。恐らくそれは、「東京」という大都市を前提として作られている平田芝居の、一つの陥とし穴かもしれない。さて、『南へ』について作者自身はこう言っている。「1990年、バブルのまっただ中で初演されたこの舞台は、当時の私の不満、閉塞感が、そのまま戯曲に叩き込まれた、ちょっといま戯曲だけ読むと気恥ずかしくなってしまうほどの若書きの作品です。（中略）船の上を行き来する醜い日本人たちは、決してバブルの時代の一過性の人間像ではありません。（後略）」（ビデオ用の宣伝ビラ）じつは私は、平田のこの文章を読むまで、作者が登場人物を「醜い」と捉えているのかどうか、ちょっと見極めが付かなかった。確かに、『南へ』は、近未来の日本を舞台として、なぜか日本脱出を図る人々の、南方へ向かう船の上での会話から成り立っており、そこには金満日本人のスノビズムや差別意識がややあからさまに描きだされている。

しかし、ここで気になるのは、彼らの「醜さ」は、平田が『現代口語演劇のために』などで標榜する俳優の「日常的」な台詞回しとどのような関係にあるのか、ということなのだ。なぜなら私には、登場人物の語り口の「静かさ」が、そのスノビズムと密接な関係にあると思えたからだ。つまりそれは、「風立ちぬ……」というヴァレリーの詩句の日本語訳の意味を問い、誤訳ではないかと議論する『S高原から』の登場人物にも、似たようなスノビズムを私が感じたということだ。平たく言えば、どいつも、こいつも、妙に大人びた口調で喋り、常識を弁《わきま》え、激昂したりせず、沈着で冷静、人間はもっと多様な在り方をしているはずではないのか、どうして誰も彼もが、同じような喋り方をするのだろう。

しかし、二つの芝居を観ただけで判断するのは早計だ、そう思った私は、岸田戯曲賞受賞作の『東京ノート』を読んでみた。やはり同じだ。ここでは「文学」が「美術」に置き換えられているだけで、美術館という場所に集う人間が多かれ少なかれ身につけているスノビズムが、やはり微妙な形で「再現」されていた。そして相変わらず、作者と登場人物との距離が私には掴めなかった。平田は、あらゆる芝居で日本の中産階級の「静かな」スノビズムを再現しようとしているのだろうか。あるいは、八十パーセント以上の日本人が自分を「中流」だと思っているこの国に潜む虚妄を、ゾラのようにまたはバルザックのように裏面を描きだすのではなく、表面をなぞることで観客に嫌悪感を催させようとしているのだろうか。

私的時系列に沿った論じ方で申し訳ないが、当面私には、自分が突き当たった何とも知れないものを、こうした形で論じていくことしか出来ない。もちろん、平田の理論的著作『現代口語演劇のために』は早い時期に読み、彼がこれまでの日本演劇を、何らかのイデオロギーを伝えるための演劇でしかなかったと総括してこれを否定していることも承知している。だから私は平田にないものねだりをしているのかもしれない、という疑いは残る。さて、ここまでの段階で私が観たり読んだりした平田の芝居は、おおよそ、日本の、特に東京出身の中流階級を描写対象としていた。では、女子高生演劇と呼ばれる『転校生』はどうなのだろう。きっとそこには、違う言葉が描かれているはずだ。そう思って、取りあえず読んでみることにした。

「朝起きたら、この学校の生徒になっていた」という一人の女子高生を中心に、一日の女子高生たちの教室における会話によって『転校生』は、進行してゆく。読んだ感想だが、正直言って、唖然とした。同じだ。『東京ノート』や『S高原から』と、同じなのだ。最後のほうに、「何か、今日みんな変だった」という台詞がある。確かに変だ。私は女子校にいたことがあるわけでも、多くの女子高生と知り合いであるわけでもない。だが、こんな話題に終始して一日を終える女子高生がいるとは、到底思えないのである。作者は、巧みに、課題図書の話題を導入して女子高生たちにカフカや太宰や宮沢賢治の話をさせ、文化祭の研究発表という手を使って彼女たちに世界情勢に目を向けさせる。まるで国語と社会科の教師が生徒たちに喋らせているみたいなのだ。お蔭で、わっと目を覆いたくなるようなわざとらしい場面すらあちこちにある。たとえば、

芳　子　あ、あ、それ、あれでしょ。なんか、
美和子　なに。
芳　子　あの、かにばさみみたいなやつ。
美和子　カニバリズムって言いたいのか？

などというやりとり。そんな女子高生、いねえよ、と言いたくなるではないか。文学インテリである作者の「手」が見えすぎるのだ。ちょうどハーマン・ウォークの『ケイン号の反乱』で、軍艦のなかで文学談義が始まるのに似ている。ただその場合は、将校たちがインテリだという設定が生きている。そして女子高生には様々なレヴェル、あからさまに言えば偏差値による階級差が存在するはずで、それに応じて彼女たちの会話の内容は変わってくるだろう。ただ、ブルデューのように、階級による趣味の差を、下から上へどれほどたどっていっても、平田が描いたような女子高生は見

つからないと思う。

『転校生』の「あとがき、あるいは演出ノート」で平田は、この戯曲を高校生が上演する場合の注意事項を書いている。そこには、こうある。「この戯曲は、「現代・口語・東京弁」で書かれているが、上演の際にはそれぞれの地域で現在使われている地域語に変換して上演するのが望ましい。極端に方言を強調する必要はない。ふだん自分たちが使っている言葉をもう一度見直してほしいのだ。」ここで平田は、「日本」内部における「方言」のような差異に対して自分が自覚的であることを示している。だがその一方で、同一の会話が諸地方の方言に変換されても、それが日本語による日本の劇として通用するということを微塵も疑っていないらしい。「課題図書」も「文化祭」も、カフカも太宰も宮沢賢治も、日本国中至る地方の女子高生が口にしておかしくない、と作者は思っているらしいし、事実、「近代」が作り上げた「日本」とその国民、そして「戦後」が押し進めた教育制度の許では、そういうこともありえるだろうし、そう考えてもおかしくはない。だが、それはフィクションに過ぎない。

これとある意味でよく似た女子高生像を、たとえばアニメ映画『耳をすませば』に見ることができる。これは東京郊外らしい地域に住む読書好きの少女（中学生）を主人公にし、ヴァイオリン造りを学ぶためイタリアに留学するという彼女の恋人と、音楽好きで西洋風の骨董を趣味とするその祖父を配して、主人公が自らの可能性を試すためにファンタジーを書くというストーリーなのだが、ここには総指揮宮崎駿の一貫した「脱日本・ヨーロッパ指向」が明瞭に現れている。そこでは、学校の勉強もせず、睡眠も削ってファンタジーの執筆に力を注ぐ主人公に対して、母が叱言《こごと》を言うのだが、父が鷹揚にそれを認めてくれる、という形で、「家族」という「日本的現実」の侵入は辛うじて食い止められ、ヨーロッパ・文学・音楽を鍵とする主人公の「ユートピア」が守られることになる。

家族制度・階級といった「現実」から逃れるため、明治以来の知識人は、文学・音楽・美術のような「藝術」という回路を通じて西欧につながろうとし、西欧に夢を託してきた。永井荷風しかり、高村光太郎しかり、そして「イギリス海岸」を発見し、作品の登場人物にヨーロッパ風の名前を付けた宮沢賢治は、その筆頭に位する。戦後五十年経ってなお、この種の「オクシデンタリズム」は根絶やしにはなっていない。ただ、大林宣彦の映画『青春デンデケデケデケ』が、高校生を主人公として、ロック音楽を回路として、それがノスタルジーであることを承知の上で日本的現実からの逃走を描けたのは、いまだアメリカが夢を描く対象たりえた時代を扱っているからであるけれど、依然、西欧は日本人が幻想を投影する対象として機能しているらしく思える。

話を戻そう。こう考えてくると、平田オリザが宮沢賢治を好む理由もおぼろげに見えてくるし、『暗愚小伝』を読んで驚く必要もなくなってくる。「リアリズム」を標榜しているとされる平田の『暗愚小傳』では、「私たちは歴史に忠実な演劇を創ろうとしているわけではありません」と宣言されている。そして実際、ここに登場する高村光太郎も宮沢賢治も、絶対に本人がこんな喋り方をしたとは思えない、かといって誰ならばこういう喋り方をしたとも言えない、しかし間違いなく日本語は日本語だという、そういう言葉で喋っている。それでも、詩人たちの世界は、「文学」によって「社会」からも「階級」からも厳然と守られていて、平田世界には亀裂が走ることはない。

二

仮に平田の芝居を「リアリズム演劇」だと考えてみよう。すると、そこでもろに抜け落ちてしまっているのは、「階級意識」なのである。もっともこの用語はルカーチなど連想させて、私が社会主義リアリズムの立場に立っているかのように誤解されかねないが、そうではない。歌舞伎であれ人形浄瑠璃であれ、はたまた新劇であれ新派であれ落語であれ、登場人物ははっきりした階級に属するものとして登場する。下手をすると、助六実は曽我五郎といったふうに、階級の隠蔽が劇構造を支えていたりする。それは演劇の約束ごとでも何でもなく、人間を描く以上当然のことだったのだ。「静かな劇」の作者として平田の先蹤《せんしょう》とされる岸田國士《くにお》も、むろん例外ではない。演劇史的に言えば、これが崩壊していったのは、言うまでもなく高度経済成長とともに発生したアングラ演劇においてである。仮にアングラ演劇が新劇以前の歌舞伎のような演劇から様式的に何かを学んだとしても、そこでは「階級意識」は抜け落ち、八十年代の野田秀樹や鴻上尚史に至って、ついに登場人物は全く階級性を失った、どこの何者とも知れない存在と化し、芝居自体はファンタジーとなった。

その後に登場した平田の芝居は、リアリズムを標榜するかに見えて、階級意識の不在という遺産(負の遺産?)を後期アングラから受け継ぐことになってしまったのだ。それは、高度経済成長後に日本に育った人間に特有な「一億総中流」の錯覚としか言いようがない。『火宅か修羅か』を私は最後にビデオで観た。そこでは、檀一雄という、一昔前の「無頼派」作家をモデルとして、「家族」という現実をやり過ごそうとする作者のあがきのようなものが見て取れた。この戯曲に寄せて、作者は次のようなことを述べている。

私たちのこれまでの課題は、主に以下の三つだったように思います。
一、演劇を真・善・美のいかなる価値観からもいったん遊離させ、それらの価値観を伝える媒体というこれまでの演劇に課せられてきた役割を完全に終息させること。
二、そのために、世界をダイレクトに把握し、提示する新しい方法論を探ること。
三、この作業の当面の手がかりとして、私たちが現在喋っている日本語を的確に解析していく過程のなかで、その方法論を見つけだしていくこと。

「真」とも手を切るというのだから、平田芝居が「リアリズム」を目指していないらしいことは分かる。「世界をダイレクトに把握」するというのがどういうことなのか、私には分からない。この言い方では、平田にも分かっていないのだと見てもいいだろう。しかし、「私たち」が「現在」

「喋っている」「日本語」を解析する、という思考法には、平田の思い描いている世界を解く鍵があるように思われる。正式なタイトルは忘れたが、NHK教育テレビで放映された、平田を中心とするドキュメンタリーで、平田は、俵万智、別役実、河合雅雄と語り合い、国際化へと向かう日本社会で、これからの日本人はどのように他人とコミュニケーションを取っていけばいいのでしょうか、と問いかけていた。俵万智は、十年近く前、口語短歌の歌人として登場している。口語短歌は、実は俵以前からあったのだが、彼女のために広く知られるようになったことは否定できまい。彼女もまた、執拗なまでに彼女自身の「ことば」への関心を語ってやまない。

明治時代中期、文学の世界で、言文一致運動というものがあったのは周知のとおりだ。だが、人物の話し言葉における言文一致は、徳川時代の式亭三馬によってなし遂げられていたし、尾崎紅葉の『金色夜叉』を読めば分かるように、会話文の言文一致は比較的たやすく、問題は地の文にあったのである。また、五七五七七という韻律的制約のある短歌の世界での口語の採用も、ある種の切断なしに行えなかったことも理解できる。

しかし、演劇の世界における言文一致、あるいは現代口語の解析がなぜ今課題となるのだろうか。それは、やはり階級性の問題が絡んでくる。小説の世界で、会話文を口語体にすることが比較的たやすかったのは、会話は、性別、階層、職業、出身地によって多様多彩であり、小説家は登場人物の地位を勘案しながら話体を与えていけばよかったからだ。だが、戦後五十年の年月は、この、階層と会話体の対応を粉々に崩してしまった。かといって、あらゆる日本人が同じ言語を話すようになったわけではなく、本当に階級がなくなったわけでもない。話し言葉は細分化し、同一人が場面によって異なる話し言葉を使い分けることが多くなった。ところで平田は、次のように言っている。

僕の場合は自分の生活とか、それを見つめ直す時間として劇場に来てほしいという感覚があるんですよね。だから、オウム報道とか、そういう外界の雑音をシャットアウトする機能として、祝祭的なものではなくて、そういった外側のそのものをシャットアウトして自分を見つめるために一時間なり一時間半劇場に来る。それは逃避と言われるかもしれないけど、自分のなかではポジティヴにあるんですね。それを、新しい「都市の演劇」と呼んでいるんです。都市というのは、くりかえし行われる日常ではなくて、もうすでに事件にあふれていて、それをシャットアウトする空間として劇場が逆に機能するようなものとして存在する。(『シアターアーツ』三号)

それなら、伊丹のような田舎で平田の芝居を観ると鬱状態になってしまう理由も分かる。これを聞いて鴻上尚史は、「初めてわかったよ!! あなたのことが。(笑い)なるほどねー」と感嘆しているのだが、別のところで平田は、「今はイデオロギーは崩壊したんだけれども、今度はテレビの言語、コマーシャルの言語に侵されているのではないか。私たちはもう一度、私たち自身の言葉で何かを語ったり、伝えたりするということをしっかり見つめ直そうじゃないかということを、僕は常に問題提起してきたと思うんです」(『文藝春秋』十月号)とも言っている。

　こうした発言は、マスメディア向けの戦略なのか、とちらりと思わないでもない。が、どうも平田は、かつての福田恆存のように、日本文化の基幹として「日本語」を捉え、その混乱を憂えながらも、保守的にではなくその保護育成に努めようとするイデオローグのように見えてくる。しかし、「私たち」とは誰か。そしてほんとうに「都市」は事件に溢れているのか。私の平田に対する違和感はけっこう根深いものがある。

　第一に、現在の都市が果して、演劇的祝祭を必要としないほどの祝祭性に溢れていると言えるだろうか。むしろ、現在の状況は、「終わりなき日常」と言われるように、冷戦構造の終結による「歴史の終わり」とも言われるイデオロギー的空位時代を迎え、ちょうど『ゴドーを待ちながら』でベケットが示したとおりの、いつまで待ってもやってこない「終焉」を待つばかりの、ハレもケも失った、のっぺりした時間が支配しており、人々は退屈と倦怠から来る不安を募らせているというものなのではないか。なるほど、情報の氾濫という事実は私も認めるが、その情報が極めて均一化され、何の差異も生み出さないままに垂れ流されている、というところに人々の倦怠感の原因はあるのではないか。つまりこれは、鴻上尚史が十年以上前に『朝日のような夕日を連れて』で指摘した状況の更なる悪化と言うべきであって、鴻上が安易に「わかった」などと言ってしまうのは、自分自身を裏切るものではないのか。

　よろしい、では現実の喧騒を離れて、青年団の舞台を観ながら自分を見つめ直したとしてみよう。

いったい平田はしかし、「自分を見つめ直す」といった言葉で、何を伝えようとしているのだろうか。私には、二十世紀末を迎えた日本で、「自分を見つめ直す」というような言葉をさらりと口にする感性が不可解でならない。それは内省ということだろうか。それなら、現在、内省によって出てくるものなど、何もありはしない。『朝日のような夕日を連れて』で鴻上が提起したのは、そして今なお提起しつづけているのは、内省によっては何も出てこない現実をどう生きるかという問題であって、そもそもオウム報道の喧騒などを言う前に、オウム事件そのものが、自らの内部に何も見いだせない若者たちが絶対者を夢想して引き起こした事件だったのではないか。

「自分の言葉で、他人に伝える」にしても同じことだ。いったい私たちはいま、伝えるべき何事かを持っているのだろうか。いわんや平田自身が、「演劇は何も伝える必要はない」と断言するにおいてをや。平田の奇妙さは、こうした、自分を見つめる、他人に何かを伝える、といった形式的な問題を提起していると主張し、そこに立ち現れるかもしれない、いや平田の舞台自体が如実に体現している、いま、内省して見いだす何ものもなく、他人に伝えるべき何事もない、という恐るべき事態に対していっこう無頓着であるらしいところにある。そしてこのことは、携帯電話やインターネットといった、情報伝達の「道具」に血道を上げ、そこで伝えられるべき内容については極めて貧しい検討しか成しえていない現代の日本人一般にも通底しており、青年団の舞台は、コミュニケーションの形式的側面に洗練を加えるばかりでその内容に乏しい、という意味からも極めて現代の状況を反映したものと言えるのではないか。

私は十年ばかり前に、山崎正和の『柔らかい個人主義の誕生』を読んだときにも、似たような感想を抱いたものだ。当時の山崎の楽観的な見通しによれば、余暇や財の増大は、消費社会のなかでの個々人の趣味に応じた文化活動が自由に演じられることになるはずだった。が、実際には、山崎が考えるほどに一般の個人は強靱な「趣味」を持ってはおらず、自由の増大は、余暇をやり繰りするスキルの個人差を残酷に拡大してみせただけだったのではないか。

『シアターアーツ』三号の座談会では、平田は、近代藝術の二つの柱がリアリズムとヒューマニズムであり、六十年代以降の演劇はリアリズムの方を攻撃してヒューマニズムを温存した、だからヒューマニズムの方を批判したい、と発言している。林巻子の質問に答えて平田は、彼の理解するヒューマニズムとは、理性によって世界を合理的に把握し、改革できるとする考え方だと答えている。これはむしろ「啓蒙主義」だろう。しかし、平田が批判しているらしい前衛演劇に貫流していたのはむしろロマン主義であり、これは言うまでもなく啓蒙主義に対する批判として出てきたものだ。これでは概念上の混乱が生じるので、もっと簡略化して、「愛と勇気と友情を謳うということにたいしてはやっぱり批判的でありたい」という発言をもって真意と解すべきだろう。

しかし、つながらない。私の頭のなかでは、こう発言する平田と、「国際化社会のなかでどうものを伝えていくか」と発言する平田がつながらない。後者はヒューマニズムではないのか。邪推すれば、平田はポスト・モダニストを気取っているのだとも考えられる。「ポスト・モダン」という言葉を平田から聞いたことはないけれども。あるいは、バブルの頃の浮かれた日本文化に対する反省という意識が大きくあるのかもしれないし、それが太田省吾などの高く評価するところなのだろう。

だが、平田芝居の支持者たちは、どのようにこれを観ているのだろう。彼らはやはり、「美」という基準に照らして、静謐で何も起こらないかのように見えるなかに密かに埋め込まれた「ドラマ」を見て取っているのは間違いない。劇評家もまた、平田の緻密な計算を称賛しているのであって、それ以外ではない。ならば、それはやはり「美」の一種であって、美と手を切っているとは言えないのではないか。内野儀は、歌舞伎からアングラに至るまで、日本演劇はメロドラマの形式を取るといい、百川敬仁は、徳川期以来の日本人を、「もののあはれ」という共同性が覆っており、それはファシズムに転化しうるものだと言っている。平田オリザと青年団の芝居がファシズムへ通じるものだなどとは、今は言わない。しかし、全体を統御する美学は、「もののあはれ」と呼ぶのが極めてふさわしいような気がするし、平田のヒューマニズム批判や国際性への目の向け方が、大正デモクラシーの中の、他者を見失った国際化、そして西田哲学を想起させるのは、いかにも不吉である。ぜひ言っておきたいが、いかなるイデオロギーも拒否したとき、日本では天皇という非・イデオロギーが現前するのだから。そして天皇こそが、明治以来、平田芝居におけるように、階級の差異を消去し、あらゆる「日本人」が「日本語」の許に同質であるかのように幻想させてきた装置なのである。

（付記）もう十三年も前に書いたものなので、言い回しが昔の私で違和感があるが、直しは最低限にした。平田はその後、阪大教授になったり政府の委員になったりして政治家ぶりを発揮しており、その発言も相変わらずキレイゴトで空疎だ。それに対して「未婚の母」になったり、「私小説」を書いたりした俵万智は、今では好感を持って見ている。それにしても、未だに青年団が好きな人がいるのには驚きだ。

メロドラマ作家・秋元松代

秋元松代（一九一一―二〇〇一）の『近松心中物語』を初めて観た時の衝撃は忘れられない。とでも書ければいいのだが、私が先に観たのは、秋元の「近世恋物語」シリーズのひとつ『南北恋物語』だった。私が熱心に、乏しい小遣いをはたいて芝居を観に通っていた大学一年の時である。その後で『近松心中物語』の再演を観た時は、むしろこれがヒットしていて、絶賛されているという事実に衝撃を受けた。森進一の歌う「演歌」が流れ、大衆演劇のパロディー風にしてあって、これは鈴木忠志やつかこうへい、唐十郎もしばしば使う手だったが、私にはそれがお涙ちょうだいの大衆演劇そのものにしか見えなかった。私はその三年後、芝の増上寺で『王女メディア』を観て以来の蜷川幸雄ファンで、その大衆性をうまく利用したギリシャ悲劇やシェイクスピア等の演出は好きだが、『近松』には感心しなかった。私は当時から、近松門左衛門の心中もの浄瑠璃というのが苦手だった。少しも共感できなかった。『近松心中物語』の主筋は『冥土の飛脚』から取っているが、忠兵衛というのはだらしのない見栄っ張りの男で、つまらぬ意地から罪を犯し、梅川はただ忠兵衛につきあって死ぬだけなのである。そんな女がいるものか、と思ったのは、これは後年のことである。ただ、梅川役の太地《たいち》喜和子という女優は、そんなことをしそうな、私の知らない種類の女に見えた。若くして事故死したが、私は太地の演じるような、男に尽くす型の女が嫌いだった。

それから十年以上たって、坂東八十助（現三津五郎）による再演を観て、近松の『卯月《うづき》の紅葉《もみじ》』を下敷きにした、脇筋であるお亀と与兵衛の喜劇的な心中ごっここそが実は戯曲の眼目ではなかったかと思ったのは、お亀役の寺島しのぶの演技が見事だったからでもある。初演の市原悦子のお亀は、いかにも喜劇的で、作に厚みを持たせ、本筋を引き立てるためのものとしか見えなかった。となると、お亀与兵衛は、梅川忠兵衛の心中を相対化するものなのではないか。だが、それからさらに考えて、確かに知識人はそう解釈するだろうが、帝国劇場に来ている中年婦人を中心とする観客はそうは思わないだろう、と気づいた。やはり、霏々《ひひ》と降る雪の中での道行きに、彼らは心を奪われるのだろう。この解釈は、もしかすると戯曲の過大評価かもしれないし、少なくとも多くの観客が共有する解釈ではない。

初演を観たあとのことだと思うが、私は秋元松代が、田村俊子賞を受賞した「純文学」の、左翼的な劇作家だと知って意外の感に打たれた。『近松心中物語』のヒットがなければ秋元は、一部の知識人だけが知っている劇作家としてのみ歴史に残っただろう。時に秋元は六十九歳であった。その際パンフレットに、太地が、「こんな素晴らしい恋物語を書けるなんて、先生はきっと激しい恋をなすったんでしょうね」と問うと秋元が「ないのよ。ないから書けるのよ」と答えたという一場面が描かれていたのを覚えている（もしかしたら『南北』のパンフレットかもしれない）。今にして、なるほど、ないから書けるのだ、と思う。社会から圧迫された恋人同士というものがあるとして、その末路は、アンナ・カレーニナのごときものだ。秋元が「ないから書ける」と言ったのは、そのような経験があれば、それが決してあのような美しい最期を迎えはしないと知ってしまうからだ、と解くことができよう。

　けれど、それなら秋元は、梅川忠兵衛を、嘘と知って書いたのだろうか。かつて蜷川幸雄が、『ロミオとジュリエット』の演出に進出した際に言われたように、商業資本主義に身を売ったのだろうか。『近松』のヒットのあと、秋元は紫綬褒章受章、勲四等宝冠章受章と国からの褒章が続いている。『悲劇喜劇』二〇〇一年八月号の、秋元の追悼文で、かつて『かさぶた式部考』や『常陸《ひたち》坊海尊《ぼうかいそん》』を演出した高山図南雄《となお》は、微妙な書き方ながら、七〇年代以降の秋元が、栄光への道を歩んだと書いて、その変節を暗示している。『新日本文学』二〇〇四年七・八月号の「秋元松代さんの不幸」で松本昌次はそのことをより忌憚なく書いて、蜷川演出の『常陸坊海尊』を批判し、『新・近松心中物語』の広告の、蜷川の名が秋元より先に来ていることに痛憤を漏らしている。資本主義と藝術が両立することもあろうし、私は別に社会主義者ではない。だが、近松・南北、そして『元緑港歌』の三作は、結局は中年婦人向けの通俗メロドラマでしかないと今の私は考える。もしお亀与兵衛の部分だけを上演したら、ヒットはしなかっただろう。これらの晩年の戯曲は、秋元が俗情と結託し、当時すでに芽生えつつあった「江戸幻想」を利用して、嘘を描いたものではないのか。

ところがその後、遙か昔の作である『村岡伊平治伝』の再演を観て、ますますはてなと思ったのは、この東南アジアを股にかけて、日本人女性の売春を手広く扱っていた明治の女衒《ぜげん》・伊平治はどう見ても魅力的な男として描かれていたからである。『村岡伊平治自伝』は手書きの状態で存在し、河合譲によって概略は発表されてていたが、秋元はこの自伝に基づいてこれを書いた。長田真理和らによって翻刻が刊行されたのは、戯曲上演のあとである。だがこの自伝は虚構が多く、村岡は法螺吹きだとされているが、それはどうでもいい。秋元自身は、明らかに伊平治に男としての魅力を感じて、これを書いている。明治の天皇制国家への異議申し立てがあるかのごとき論があるが、観客がここから受け取るのは、伊平治のマッチョな魅力である。その点では、今村昌平が『女衒　ZEGEN』(一九八七)で緒方拳を主演として描いたような、汚いことや悪事も働くかもしれないが、行動力があり、思いやりもある、いわば「魅力的なヤクザ」の姿、あるいは魅力的な「男」の姿なのである。

実のところ、今村の映画は、秋元原作ではないが、そう考えてもおかしくない。『村岡伊平治自伝』を劇に構成する手法は、秋元のそれと同じである。自作と類似のテレビドラマなどが放映されると抗議を申し入れることの多かった秋元が、今村のこの映画は見逃したのは、既にそういうことに疲れていたからかもしれない。映画封切と同時に、「今村昌平企画」と銘打って同書は講談社文庫から刊行されたが、今村は翻刻をしたわけではない。有名映画監督の名を使った、あまり気持ちのいい出版ではなかった。

一九七五年、読売文学賞を受賞した『七人みさき』を読むと、さらに秋元の、こうした男に魅きつけられる傾向は明らかである。地方の集落における貧富の差だとか、女たちの共同体だとか、粉飾めいたものがまとわりついてはいるが、ラストへ向かってこの戯曲は大メロドラマになっていく。光永建二という大山林地主は、関白と呼ばれていてあたかも光源氏のごとき、あるいは西門慶《さいもんけい》のごとき、いな伊平治そのままと言ってもいい金持ちの女誑《たら》しで、周囲の女たちを次々と愛人にしては、捨てられた女から恨みを買っているが、その恨みは愛憎入り混じったもので、しまいには、義理の妹とされており、建二が真に愛している壺野藤が、実の妹だったと分かるというメロドラマぶりである。あるいはそこへ、外の世界の人物として闖入《ちんにゅう》してくる測量技師の香納大助なる青年も、相当にいい男らしく描かれている。要するに新派劇のようなものである。

それに続いて書かれた『アディオス号の歌』は、元はテレビドラマだったというが、これまたただのメロドラマであって、三島由紀夫の『幸福号出帆』と似たような通俗劇である。秋元らしいところは、単に方言が使われていて「たま」という老婆が昔はフィリピンの娼婦で、その頃の情夫が養老院にいて、これにフランス語で恋文を書いているという趣向だが、これまた最近のメロドラマ映画によくありそうである。フィリピンであってヴィエトナムではないのだから、なぜフランス語なのか。単に秋元がフランス語が恋文を書くのにかっこいいとでも思ったからとしか思えないのである。これで秋元は紀伊国屋演劇賞を受賞しているから、驚く。

そう見るなら、『近松心中物語』を待つまでもなく、『七人みさき』や『アディオス号の歌』のころから、秋元松代には、政治もフェミニズムも関係なかったのではないか。ただそこには、三島由紀夫が新派のために書いた『鹿鳴館』を、背景だけ民衆劇仕立てにしたメロドラマがあるだけだったのだ。貧しい民衆の世界を描いても、秋元はたとえば深沢七郎の『東北の神武《ずんむ》たち』に出てくる男などには目もくれない。あるいはその年譜を見ると、真船豊《まふねゆたか》に心酔して作品を読み耽ったとあるが、秋元の作品には、真船の『鼬《いたち》』のおとりのような徹底した悪女は出てこない。多くは聖女めいていて、いったい秋元は真船から何を学んだのかと思うほどである。

秋元の前半生は、謎めいている。一九七九年三月の『悲劇喜劇』が秋元特集を組んだ時に載せられた年譜は、秋元寿の子として生まれる、と母の名を記したあと、唐突に一九四六年の三好十郎への師事に飛んでいる。それより先の『秋元松代全作品集』（大和書房、一九七六）に付せられた年譜では、もう少し詳しいが、やはり一九四六年以前は年立てもなく、父亡き家庭での苦難により結婚もできなかったといったことが書かれているだけだ。没後の『秋元松代全集』に付せられた扇田《せんだ》昭彦による年譜で、ようやくこの空白は半ば埋められた。しかしこれも、十六歳のとき、イプセンの『野鴨』を皮切りに『近代劇全集』を読破とあるあとに、いきなり一九三九年の母の死と、このころ東京で一人暮らし、銀座でタイピスト勤めをするというところへ飛んでいて、十二年間が依然として空白である。その空白は、秋元の若いころのことについて、自身も、兄で俳人の不死男も何も語らなかったということを意味するのだろう。父は松代が三歳の時に没し、母は苦労して五人の子供を育てた。貧苦に悩んだに違いない。故人であるのをよいことに私は空想する。この空白の十二年間に、秋元が何をしていたか。もしかすると、身を売ったことがあるかもしれない。少なくとも、水商売に携わっていただろう。あるいは伊平治のような男に惚れて、思うように弄ばれ、捨てられたかもしれない。だが秋元は、心底から男を憎むことはできなかった。あたかも『欲望という名の市電』のブランチのように、それでもなお男を求め、栄光を求めていたのだろう。私の想像裡では秋元は、狂気せず、栄光を手にしたブランチに見えている。

年譜は、戦後になって始まった秋元の日記をもとに構成されているが、印象的なのは、感動した作品が『冥土の飛脚』、真船豊、チェーホフであること、新派劇への台本提供が多いことだ。しかし、いくつかの芝居を観て感動したことが書かれていながら、不思議にも、歌舞伎や人形浄瑠璃で近松を観たという記録がない。テレビドラマや新派、商業演劇の台本執筆が多いのは生活のためだが、虚心に眺めていると、むしろ、五十六歳のときに新日本文学会に入会したことの方が、秋元の経歴の中での例外的事態だったように見えてくる。第一、師事した三好十郎は、既に左翼ではなかった。確かに貧困のうちに育ったことからいくらかは左翼演劇に共感するところがあったとしても、貧困を心の傷とする者は、観念的な左翼にはあまり共感しないものだ。どこかの時点で生身の男を断念した秋元には、自らの上昇指向だけが残ったと考えるほうが妥当ではあるまいか。その年譜は、一方からみれば林芙美子の、また別の見方をすれば小説を書かない有吉佐和子のそれのようである。

男に翻弄され、それでも男への憧れを止められない女の嘆きは、「閨怨《けいえん》」と呼ばれる。秋元が描く男への怨みはこの閨怨であって、東アジア文藝の古くからの型に過ぎない。秋元は、杉田久女《ひさじょ》や山川登美子を劇化し、神近市子や伊藤野枝の劇化はしなかった。日本の最も優れたフェミニズム文学といえば、富岡多恵子の小説『波うつ土地』だが、秋元はこのような冷眼をもって男を見ることはない。憧憬と怨念の入り交じった、それこそ週刊誌を賑わす、男に貢いだあげくに捨てられた女のような眼で男を見るのである。秋元の劇をフェミニズム文学と呼ぶのは間違いだろう。

新派劇は、未だ十全に演劇史の中に位置づけられていないジャンルである。それは要するに、尾崎紅葉のいう「女物語」の演劇化であって、近代的な意識を持った女が、前近代的な因襲とぶつかった時、これと戦うのではなく、共同化された悲哀感情、すなわち百川敬仁が「もののあはれ」と呼ぶものの中へ溶かしこむことによって諦念に至り、観客とともに歔欷《きょき》する劇である。「もうもう二度と女なんかに生まれて来はしませんよ」とか「あたしたちは、因果だねえ」とかいうのが、それである。一方、「新劇」は、日本の舞台藝術のなかでも、不幸な運命をたどったジャンルである。西洋演劇の上演はともかくとして、日本で作られた戯曲は、一方では左翼劇であり、もう一方では岸田國士の、チェーホフやイプセンに学んだ室内劇、台詞劇、心理劇だった。しかしそれは、結局のところ、中産階級の男と女が何らかの理由で集まって、会話をしているうちに男Aと女

Bの恋愛が仄めかされるという筋立てに帰するほかなく、それは一方で森本薫の『女の一生』のような変則的な、半ば通俗劇じみていながら、杉村春子の演技によって名作となった芝居、あるいは『華々しき一族』のようなブルジョワ芝居を産み、また福田恆存の戦後の作品のような、今日ではあまり顧みられない、やはりブルジョワ社会の心理劇を産んだ。

もう一つ、加藤道夫の『なよたけ』や、木下順二のような民話劇の流れもある。『なよたけ』などは、たまたま新劇になったような作品で、たとえば西洋演劇であれば、ジロドゥの『アンフィトリオン38』その他、神話や古典をもとにして新しい劇が書けたが、日本でそれをやると、歌舞伎の脚本になってしまう。また現代劇を書いて少しでも筋を派手にすれば、それは新派劇になってしまうという困難を抱えて苦しみ続けた新劇は、六〇年代に入ると、アングラ劇から攻撃を受けるようになる。戦後日本で最も成功した劇作家は、そういったジャンル区分にこだわらず、歌舞伎も新劇も書いた三島由紀夫だった。

秋元の戯曲のうちで、最も評価すべきなのは、やはり『常陸坊海尊』や『かさぶた式部考』であろう。私はこれらの戯曲の名を、廣末保の『悪場所の発想』で知ったのだが、これらには、柳田國男の「山の人生」「女性と民間伝承」のような民俗学の知見が取り入れられている。しかし柳田はもちろん「左翼」ではなく、常民の世界を描いて、これを温かく見守り、経世済民に役立てるのが柳田の意向であった。たとえば野間宏は『常陸坊海尊』について、「かいそんさま」は民衆が作りだした最後のよりどころで、近代権力はこれさえ民衆から奪おうとしたがそれはできなかった、と書いている（一九六八年の劇評、河出書房新社『かさぶた式部考・常陸坊海尊』付録）。ところが丸山眞男は、これは日本文化の基層に横たわるもの、天皇制を描いたものだという。大東亜戦争時における大元帥であった天皇は、敗戦によって日本国民の思想が、知識人たちに主導されてがらりがらりと変わっていった時に、今度は、実は軍部の専横を憎んでいて、ご聖断によって戦争を終わらせた人にされ、実は平和主義者であったことになった。イタリアでは敗戦後、王制は国民投票によって廃止されたが、日本ではその同じ人物が国家の象徴として存在し続けたのだから、戦争中の「かいそんさま」が、戦後の昭和三十六年になっても生き延びているとしたら、それは天皇でしかない。

だが、私が『江戸幻想批判』（新曜社）で指摘したように、廣末の悪場所論も含めて、民衆のうちの穢れたものが聖なるものに転化するという図式は、一九六〇年代のカウンター・カルチャーが生み出した、一種オカルティックな徒花《あだばな》であった。それは八〇年代の小劇場運動で再度復活するが、そこから生まれたのは、遊女は聖女であった式の、いたずらな過去賛美でしかなかった。『常陸坊海尊』の雪乃や『かさぶた式部考』の智修尼のような淫女・娼婦＝聖女・巫女像は、昭和の初年に中山太郎が言いだし、戦後になって谷川健一やら宮田登が作りなおしたユング心理学＝オカルト的な幻像、あるいはもっと適切に言えば、「前近代の民衆」への幻想である。もちろん、学問が文藝の価値を左右するわけではないが、私はたとえば天皇制が千年以上存続したのはただの偶然であって、そこには何らかの深層など存在しないと思っている。だから、『常陸坊』や『かさぶた』は、今日において、その洞察を誇るというわけにはいかない。先に蜷川演出への批判を紹介したが、もしかしたらこれらはもともとそのような本質を持った過去賛美的戯曲ではなかったのか。『かさぶた』も、そうした意匠を取り払えば、二重の三角関係のメロドラマである。

あるいは秋元は、近松の心中もの浄瑠璃を読んで、違和感を感じなかったのだろうか。私は近松の心中もので面白いと思うのは、『心中天網島』の「河庄《かわしょう》」を歌舞伎でやったときの、徳兵衛のダメ男ぶりが喜劇としておもしろいだけである。ほかは、歌舞伎で見ようが浄瑠璃で見ようが、徳川時代の日本人のある種の頭の悪さを露呈しているものとしか思えない。現実の客と娼婦の心中などというのは、双方金に詰まってのものであって、近松が描いたようなものは現実には存在しない。しかもそこでは、下級娼婦が、『罪と罰』のソーニャのような聖女と化して、男の境涯に共感して心中につきあってやるのだ。ところがこういうものを喜んで観るのは男ではなく中年婦人である。彼女らは恋愛至上主義にとらえられていて、一緒に死んでもいいようなよき男あれかしという心理を抱いている。思うに秋元も、こういう中年婦人の同類だったのではあるまいか。ここでも私は、似たものを有吉佐和子や円地文子に感じる。

戦後日本の新劇は、昭和期の政府に弾圧を受けた左翼演劇の復興だったはずだが、それは徐々に拡散、変質し、商業化した。秋元は「成功した文化人」としてその生涯を終えたわけだが、もちろんそれはそれで構わない。ただ私が言いたいのは、秋元は生来のメロドラマの作家であり、恋だの愛だのに憧れる女であったということであって、「左翼」とか「フェミニスト」とかの枠で捉えるのはもうやめたらどうかということである。単に秋元は一時期、そういう枠を使うと評価してくれるシステムがあることに気づいたから利用してみただけとしか思えないのである。

私はむしろ、何をどう間違えて、秋元を左翼だのフェミニストだのと思い込んでしまった人々がいるのか、その勘違いの過程こそ興味深いと思う。民衆や方言を描けば左翼だというのはあまりに単純ではないか。

演劇評論家挫折の記

私のように、最近は小説形式まで使って自分の人生を切り売りしていると、どの話は書いたことがあってどの話はまだなのか、だんだん分からなくなってきているのだが、元来私は演劇評論家とか、劇評家とかになりたい、あるいは演劇研究をやりたいと思っていて、結局は挫折した人間である。

ちょうど私の世代あたりが、もの心ついた時にはテレビがあった、ということになろうし、実家は特に裕福ではなかったから、金持ちの家ではそれ以前からあったろうが、ちょうど一般家庭に白黒テレビが普及し始めたころのことで、ということは、それ以前には映画館とか劇場へ行かなければ観られなかった「演技的なもの」が家庭で観られるようになったわけで、親の方針でテレビがなかった、というような家に育ったのでない限り、そういうものは日常的に存在したといえるだろうが、それが「演劇」へ向かい、映画に向わなかったのはなぜか、ということになると、これは最近調べて年次が分かったのだが、小学一年生の夏休みに、伯母に連れられて、有楽町のよみうりホールへ、木馬座の『不滅の人リンカーン』を観に行き、ひどく感動したことを覚えている。ただ、ほかにも市民会館あたりで上演した芝居も観ていたはずなのだが、これは記憶から抜け落ちている。

以後も、浮きつ沈みつ私の演劇好きというのは続いていて、小学四年生の時には教科書に載っていたシェイクスピアの『リア王』の一部に感動し、五年生からは、辻村ジュサブロー歌舞伎仕立ての衣装と、坂本九の講談調の語りによる人形劇『新八犬伝』に夢中になり、中学二年生の時は平将門を扱った大河ドラマ『風と雲と虹と』を、原作も読むほど熱中した。中学校では演劇部へ入ろうと思ったのだが、女子しかいなかったので断念、代わりに、週一回の課内クラブで落語研究会に入った。

高校一年生の時は、俳優になろうか作家になろうか迷ったもので、実際演技力には自信があったが、体力とか、藝能界のような苛酷な世界で生きていく胆力は欠けていた。高校三年の時にドイツから来たオペラ『フィガロの結婚』をＮＨＫで放送していたのを観て感動し、かたがた初めて歌舞伎『忠臣蔵』を歌舞伎座へ観に行った。それで、大学へ入った頃は、美学科へ行って演劇研究をしようと思っていたのだが、どうも美学科というのは、哲学の一種であって、演劇の実物を論じるものではないらしいと気づき、英文科へ行って、大学院入試に落ちたので卒論を二回書いたのだが、最初がエドワード・オルビー、二度目が『マクベス』だった。というのは、英文科の大学院へ行くなら、英米いずれかに決めなければならないと知ったので、やはりシェイクスピアのいる英国がいいかと思って『マクベス』にしたのである。

劇団などへは入らなかったが、それはやはり、体力に自信がなく、演劇などすれば「学業抛棄」というような末路だろうと思い、かつ劇団内の人間関係が面倒そうだと思ったからで、実際に演劇に携わったのは、一年生の時に「文三劇場」という、駒場祭でクラスでやる演劇で、コクトーの『恐るべき子供たち』の脚色と演出をやったくらいに留まった。もちろん、よく劇場へは行ったが、アルバイトの金を使ってのものだからそうたくさんではなく、月に一、二回だったろうか。当時は野田秀樹らの小劇場が盛んだったから、そういうものと、歌舞伎が中心だったが、特に唐十郎や蜷川幸雄が好きで、蜷川の『王女メディア』の芝増上寺での上演には、教育実習が終った後で駆けつけ、教育実習が終った翌日には、花園神社で唐の『ジャガーの眼』を観たのをよく覚えている。

結局、当時演出家として盛名のあった渡邉守章先生がいる比較文学の大学院へ行き、渡邉先生を指導教官として、「オペラと歌舞伎の比較」という研究題目を掲げた。本格的に劇場通いが始まったのは大学院へ入ってからで、その一方、オペラのCDもよく買い込んでは聴いていた。ところが渡邉先生は、能「葵上」をモティーフとした芝居も上演しており、それは観ていたのだが、実は私が初めて本物の能を観たのは、大学院へ入った年の五月のことだった。当時、渡邉先生はもちろん、先輩の佐伯順子さんなどは、当時大学院担当だった高橋康也《やすなり》先生を指導教官にやはり演劇研究をするために入学したのだが、祖母が能楽師で自らも仕舞と謡をやり能管を吹くという人で、ほかにも平川祐弘先生や先輩の成恵卿《ソン・ヘギョン》さんなどが能に関心が深く、修士一年の時の渡邊先生の授業題目は、世阿弥の能楽論だった。言い訳をするようだが、世阿弥の『風姿花伝』は高校生の時に読んで感動していたが、それまでなぜか能は敷居が高くて行っていなかったが、授業題目が世阿弥で、これはいかんと思って国立能楽堂へ行った。しかも、演目が「西王母」「屋島」で、退屈だったのか、寝てしまった。

私が次に観た能というのが、十二月の「江口」で、宝生能楽堂の銕仙会《てっせんかい》公演だった。となると、何のことはない、その前月に佐伯さんが『遊女の文化史』を刊行していて、「江口」はその重要なモティーフだったのだから、それで観に行ったのだろうが、シテは確か観世榮夫《ひでお》で、何も知らない私は、マスコミで有名な観世榮夫というのは偉い能楽師なのだろうと思っていて、実際には一時期能を離れていて、能楽師としての評価がちょっとアレであることももちろん知らなかった。のみならず、あの当時の私の「キョドリ」方というのは相当なもので、古典藝能全般を敷居が高いと思っている人には、歌舞伎を観ていてなぜ能でそれほど？　と思うかしれないが、徳川時代から、能は幕府の式楽、歌舞伎は庶民の見世物と全然地位が違っており、「勧進帳」などというのは能の「安宅」を歌舞伎に移したもので、初演時には能楽師らがさんざん馬鹿にしたという、それくらい違うのである。それに歌舞伎は二十五日くらいやるが、能の上演は一回こっきりである。

いくら当時でも、チケットぴあで切符くらい買えたろうと思うのだが、あんまりキョドっていたものだから、上演前日、大学の帰りだろうが宝生能楽堂へ寄って直接買うというありさまで、しかも「鋏仙会」というのを私は「かねせんかい」だと思い込んでいて（もちろん観世鋏之亟《てつのじょう》なんて名前も知らないわけ）、「あのー、明日の公演の」と言ったらおばさんが「ああてっせんかいですね」と言ったので内心ドッキリ、一瞬遅れたら「かねせんかい」と口にしていたぞと冷汗三斗《さんど》、切符を買ってどぎまぎしながら帰宅というありさま。

で、「江口」は、寝ずに観られた気がする。数日後、大学で佐伯さんに会って、「江口観ましたよ」と言ったら、「あら、あたしも母と一緒に行ってたんだけど」と言う。それで佐伯さん曰く、「暗い江口だなあと思った」というのだが、能というのは、どこそこがこうこう、と言うのではなくて、全体としてどうだった、と言うものらしい。

ところで、もちろん当初は純粋な演劇への興味から始まっていたのだが、次第に私の中に、不純な動機が入り込んできた。要するに、華やかさへの憧れである。大学院入学の直前に、銀座にセゾン劇場が開場して、第一回公演「カルメンの悲劇」を観に行ったのだが、初日だったのか、ロビーには、辻邦生とか赤川次郎とか横尾忠則とかの有名文化人がぞろぞろいて、ああ俺もこんな風に招待を受けたり、あわよくば渡邊先生のように演出もしたりして、女優と親しくなったりして……と妄想を膨らませたのである。

さて、その年はそれも含めて、観た舞台藝術は二十六件、翌年は修論執筆に入ったので八件になってしまった。もちろん「オペラと歌舞伎」という題目は、佐伯さん同様、棄却である。芝居そのものは、数は減っても観続けたが、留学から帰ってきたのが九二年で、その頃からまた、やっぱり演劇も、研究主題の一つとするか、演劇評論家になるかしたい、と思い始めて、翌年春から東大で大学院の授業を内野儀さんが持ち始めたのにも出席し、九三年には三十二本の芝居を観、翌年は大阪へ移ったが芝居は観続け、その年は二十七本だった。その頃、平田オリザの青年団が人気があったが、私が初めてその舞台を観たのは、九四年八月三日に東京の俳優座劇場でのことで、ちょっと俳優座の位置が分からなくなって六本木の街中で迷子になっていたら、向こうから俵万智が歩いてきて、なぜかぱっと眼が合った。もちろん向こうは私を知るはずがなく、劇場へ辿り着いたら既に俵さんはいて、平田と親しく話しているのを、ロビーにいる人がみな注目していた。

さて、内野さんはアメリカ演劇を専攻しつつ日本演劇も観る、それこそ「演劇評論家」として打って出ようという人だったが、この年の内野ゼミは、いま早大准教授で、アメリカ小説の翻訳をするようになった都甲幸治、演劇専攻で京都造形藝大にいる森山直人ほかが出席していたが、私はその頃、内野さんに、「芝居を観ていると、本、読めますか」と訊いてみたら、「読めない」と笑いながら答えて、「いや、でも結婚していなければ読めるか」などと言っていた。結婚すると忙しくなるというのが、当時の私にはよく分からなかった。

その後、博士論文の執筆などでいったんは演劇から遠ざかりつつ、博士号を取得すると再び精力的に劇場へ足を運ぶようになり、九七年には二十三本を観ている。あの頃、独身で恋人も友達もあまりおらず、一人で大阪の近鉄劇場あたりへふらりと出かけて、時にはキャンセル待ちをしたり、後ろで立ち見したり、ふしぎにあの頃が懐かしい。けれど、肝心の演劇論のようなものは、できなかった。

永竹由幸の『歌舞伎とオペラ』という新書判が丸善ライブラリーで出たのが九三年のことで、その頃読んで、おもしろくはあったが、これは学問ではないな、と思った。その頃は、学問に対する姿勢が私の側で出来上がりつつあって、歌舞伎とオペラというような主題は、学問ではなく評論でしかありえないと思っていた。河竹登志夫先生がやっているような「比較演劇」というのも、結局、学問でありうるのは、『日本のハムレット』のような実証研究でしか存在しないと分かった。

さらに、内野さんへの問いに端的に現れていたように、演劇評論家をやろうとしたら、それ以外のことはできなくなる。演劇を観に行くというのはどうしても半日潰れるし、映画ならほかの仕事をしながら論評できるが、演劇はそうは行かないと分かったし、いくら演劇がヴィデオで録画されることが増えてきても、観られるものは限られている。何より、一過性の演劇という形式では、批評というものが絶望的なまでに売れない、読まれないという事態をもたらす。だから、演劇評論家は、新聞や雑誌に拠って劇評を書いたり、人気のある劇作家や俳優に関する「提灯持ち」めいた仕事をするしかないのだということが分かってきた。特に新聞の劇評は、文藝雑誌の書評と同じように、褒めるために存在するものになりつつあって、その頃私が尊敬して、ほぼ全著作を読んでいた渡辺保さんは、新聞などで厳しい劇評をすると激しい抗議が来る、と言って、二〇〇〇年からウェブ上で独自の歌舞伎劇評を始めた。

九八年から私は「朝日新聞」に月一回の文藝書書評の連載を始めたので多忙になり、劇場へもあまり行けなくなった。九九年には東京へ帰ってきたが、この頃私の本が初めて売れたので仕事が多く、やはりあまり劇場へは行けずにいるうち、あの天下の悪法・健康増進法、およびその拡大解釈と政府の弾圧のおかげで、各劇場のロビーがどんどん禁煙になり、かつて待望した「招待状」も来るようになったが、まずい飯だと食事が細るというのと同じで、何度か我慢して、寒空の下へ追い出されて喫煙するような経験もしたが、嫌になって、ほとんど劇場へ足を運ばなくなった。今では、劇場へ足を運ぶのは年に十回もあればいい方だろう。

こうして、私は演劇評論家になり損ねたわけだが、別にそれはかならずしも禁煙措置だけのせいではないように思う。歌舞伎研究家の中村哲郎氏は、若い頃、師匠の郡司正勝に、「先生、歌舞伎というのは飽きますね」と言ったところ、少し沈黙した郡司が「精神がないからだよ……」と呟いたと書いている（中村『歌舞伎の近代』岩波書店）。確かに私も、歌舞伎に飽きつつある。しかしそれは、歌舞伎に精神がないからではなくて、演劇というもののどこかに、「飽きる」性質があるのではないかと、最近は思いつつある。たとえば、新劇は飽きないだろうか。

「新劇はシェイクスピアでもっている」とかつて言われたが、今はこれに、チェーホフとギリシャ悲劇が加わっているのかもしれない。近代劇はチェーホフだけである。イプセンはかろうじて生き残っているか、オニールやショーは既に滅びかけている。テネシー・ウィリアムズは？　アヌイやジロドゥーやイヨネスコは？　そして日本の新劇、小山内薫や久保田万太郎、久保栄や久板栄二郎、加藤道夫や木下順二は、福田恆存や森本薫はどうか。見るところ、日本の近代劇は、歌舞伎と三島由紀夫だけが生き残っている。小山内なら『息子』が、真山青果なら『元禄忠臣蔵』が、谷崎潤一郎なら『お国と五平』が、といった具合である。私は、加藤の『なよたけ』の商業演劇での上演を観たことがあるが、実にやりきれなかった。こんな童話劇めいたものがなぜ演劇史的に有名なのか、と思った。木下順二という人は、国家的名誉を拒否し抜くなど、政治的節操の点で私は尊敬しているが、その劇が、今でも観るに耐えるかどうか、となると話は別だ。谷崎について評伝を書いたから、その全戯曲を読んだが、再演されないのも無理はないと思わざるをえなかった。福田の『キティ颱風』や『龍を撫でた男』なども、文学史に載っているから古書店で買って読んだが、これでは今読まれず、上演されないのも無理はないと思うほかなかった。『解つてたまるか』はむろん、面白くはあったが……。

ストリンドベルィは『令嬢ジュリー』が、筋立てが面白いので時おり上演され、ショーは結局『ピグマリオン』が、『マイ・フェア・レディ・イライザ』のような題で映画に寄りかかって上演されるといった具合で、新国立劇場ができてからは、こういう上演されなくなった近代劇の、考古学的展覧会的な上演をするけれど、たいていは新聞などで「意外に面白かった」などと書かれるだけで、別段それで再発見されて再演されるわけでもなく終ってしまう。久保の『火山灰地』など、あまりに長くかつイデオロギー的で、とうてい今では観るに耐えない。

日本の「新劇」の中で、レパートリーとして生き延びたのは、森本薫の『女の一生』くらいだったと言っても過言ではない。それすら、杉村春子亡き後は、二〇〇〇年に後を継いだ平淑恵主演による公演のあとは、細々と続いているだけだ。演劇というジャンルの特性上、小説や詩のように、あるいはレンタルビデオやＤＶＤ普及後の映画のようにあちこちで、ばらばらに、好きな人が鑑賞することで生き延びていくことは難しく、上演の際に観客が動員できなければ、それでしまいである。新国劇は滅び、新派は滅びかけている。新劇は、中でも、映画やテレビドラマにとって代わられやすい性質を持っているから、かろうじて有閑夫人の、高い金を出して、外出して芝居を観るという娯楽性などでもっているだけで、かつて立川談志は、「このままでは落語は『能』のようになってしまう」と言ったが、新劇など、能になれればよいほどだ。確かに新劇界は優れた俳優を育ててきたが、私たちは彼らの演技を、映画やテレビドラマで十分楽しむことができてしまう。歌舞伎が飽きるというのとは別の意味で、新劇は、わざわざ観に行く理由をどんどん失いつつあるのだ。

とにかく、現在の劇場の喫煙者迫害だけは、やめてもらいたい。シアターコクーンのようにロビーが小さくて、喫煙者を外へ追い出す場合は、切符なしで戻れるようにしてもらいたいし、国立劇場などロビーの大きいところ、これから造る劇場などは、国会図書館をモデルケースとして喫煙室を作ってもらいたい。私はもう、つくづく、喫煙者を外へ追い出す劇場へなど行きたくないのだ。

現代演劇おぼえがき

一　演劇論の困難

最近では「演劇」と言う代わりに「舞台藝術」と言うことが増えてきた。あるいは「パフォーミング・アーツ」などとも言う。「演劇」では、バレエやダンス、オペラを排除することになるからだろう。

だがいったいに、ジャンル論というのは面倒である。そこには、共時的なものと歴史的なものとがある。現代において「文藝」といえば、日本では詩、小説、短歌、俳句、随筆などを含むが、歴史的に見るならば、詩は前近代においては漢詩のことで、近代詩というのは近代以降のものだ。俳句は正岡子規が始めたとも言われるが、実際には徳川時代から、五七五の音節からなる短詩として存在した。それも、俳諧連歌の発句を独立させたものであり、俳諧連歌は連歌の一種で、要するに五音と七音の連なりを基調とする和歌の一種である。実際今でも連歌、連句で遊ぶ人はいるし、上位ジャンルとして和歌がある中に、短歌や俳句は含まれる。また川柳、雑俳《ざっぱい》というのもあって、これは単に季語がないことで短歌と区別されているだけなので、形式的には同じである。

特に小説となると、これは「虚構散文」という上位ジャンルに属するもので、『源氏物語』などもその中に入る。それらを統一した呼称というのは、日本では使われていない。舞台藝術というと、オペラやバレエが入るなら、落語や講談も入るはずだが、一般にはこれらは含まれていない。

ところで、小説と物語の違いということが、かつて問題にされたことがあったが、今では、これらは概念のクラスが違い、小説の中に物語がある（またはない）ということで収まっているはずだ。『源氏物語』などを「物語」と呼ぶのはあくまで文学史上のことである。叙事詩の中にも物語はある。フランス語で言えばレシ、あるいはイストワールである。もちろん、マンガの中にも物語がある。

すると、「演劇」というのも、その「物語」のような、クラスの異なる概念になりうるのではないか。落語、講談、一人芝居のことはひとまず措いて、複数の人間が何かの役を演じ、台詞をやりとりする、という行為を「演劇」と呼ぶなら、映画やテレビドラマの中にも「演劇」がある、ということになる。

映画というものは、百年強の歴史しか持たず、テレビドラマはその半分の歴史しかない。一般的には、映画の誕生は演劇の地位を脅かし、テレビの登場は映画を斜陽産業に追い込んだと言われている。しかし、歌舞伎、また新劇あるいは近代劇は、今日もなお生き延びている。

映画やテレビドラマが、いわゆる「演劇」と大きく異なるのは、撮影がシナリオ順に行われるわけではないということだろう。かつては、中抜き撮影といって、俳優はそれがどの場面なのかも分からないまま台本通りの台詞を言って、監督があとで編集するということさえあり、映画では「演劇」のような演技は要求されないことになっていた。これを演じる側からいえば、しかるべき「盛り上がり」がないということになる。

「演劇」と「映画」には、ほかにも違いはあって、今さら言うまでもない。しかし、そこに、広義の「演劇」が含まれているのも否定できない。

私は長らく「演劇派」であり、映画を演劇の下に置いて見てきた。演劇を映画より上に見る人の意識には、それが生身の俳優を目の前にするものだということがあるだろう。あるいは、かつて如月小春は、演劇は日常から離脱するところにあるという意味のことを言った。もっともこれはテレビと比較してのことだが、蓮實重彥のように、映画は映画館で観るべきであるとする論者にとっては映画もそうかもしれないが、蓮實の現場主義は一種の信仰のようなもので、都市生活者を基準としているから度外視するなら、映画は今ではDVDなどで完全な形で家で観られる。演劇の場合、ヴィデオ化、DVD化されるのはほんの一部であるため、依然として特権的地位を保っているといえよう。松本幸四郎の『ラ・マンチャの男』のようにロングラン公演を続けていると、テレビ放送されることもないが、それは単なる営業上の問題だ。私は森繁久弥がロングランしていたミュージカル『屋根の上のバイオリン弾き』が終る時にテレビ放送されたので初めて観て、こんなあっけないものだったのかと拍子抜けした。

演劇を生で観るのは、明らかに映画よりコストがかかる。たいていは大都市でしか主要な演劇はやっていないから、演劇は大都市近辺居住者の特権的藝術であり、チケットも映画より高く、また短期間しかやっていない。演劇が映画によって駆逐されずに残ったのは、一つにはこのことからくる「高級感」のためであろう。その分、演劇の評論家は、古い演劇は観られず、観て何か書いても十年後の読者はほとんどその舞台を観ないから読まれないという悲哀を抱えることになる。

また、演劇が映画化されることもしばしばある。シェイクスピアの主要作品は何度も映画化、ドラマ化されており、BBCでは全作品をドラマ仕立てにした。テネシー・ウィリアムズの『欲望という名の市電』もヴィヴィアン・リー主演で映画化されているし、ミュージカルのヒット作品は『オクラホマ！』『南太平洋』から『マイ・フェア・レディ』『コーラスライン』『ラ・マンチャの男』『オペラ座の怪人』など映画化は数多い。しかしこれも、劇作家や作品によって映画化しやすいものとしにくいものがあり、ラシーヌやイプセンはあまり映画はないが、海外ではテレビドラマ化されている。オニールやバーナード・ショーもそうである。

では日本の近代劇はどうか。歌舞伎向きに書かれたものがあまり映像化されないのは当然として、輸入ものとして明治末期に一世を風靡したゴーリキーの『どん底』は黒澤明が映画にしている。ただそれ以外の、日本の劇作家による初期の作品の多くは、上演すらされなくなっているし、映画化もあまりされていない。三島もよく戯曲を書いたが、うち『鹿鳴館』は映画化されている。谷崎潤一郎の最後の戯曲「顔世」は、一度も上演されたことはないが、新藤兼人が『悪党』として映画化している。真山青果『元禄忠臣蔵』は戦前に大作として映画化された。

また戦後では、つかこうへいの戯曲はよく映画化されているが、安部公房、唐十郎の劇は映画化されておらず、むしろ安部は小説が映画化され、唐は自身がドラマの脚本を書いた。しかし、野田秀樹は、映画やドラマに自身が出演することはあっても、その戯曲が映像化されたことはない。平田オリザに至っては、映画やドラマとは無縁である。もちろん、野田や平田の劇作術が、映画に馴染まないせいもあろう。

だがここで不思議なのは、映画評論家と演劇評論家というものが、劃然と分かれていることである。しかも、映画評論家であり文藝評論家でもある、という人なら、たとえば蓮實重彦や四方田犬彦などがおり、作家では、演劇・映画・小説を自由に論じる人もいるが、全体として、これらの批評は専門化し、ギルド化し、タコ壺化している。

映画と演劇は、実際には「演技」「脚本」という共通の要素を持ちながら、その「批評」の場は、ずいぶんかけ離れてしまっている。映画評論家は、主として映像を論じ、カメラワークを論じて、脚本や演技の評は二の次になりがちであり、それが映画批評の王道だと思われている。さらに、映画評論家や演劇評論家は、一年三六五日のうちほとんどを、次から次へと上映され上演される映画や演劇を観なければいけないということになっているから、とても兼業はできない、ということになる。

しかし、文藝であれ映画、演劇であれ、専業評論家というものは、おのずから、実作者とのなれ合いが生じやすい。かつて鴻上尚志は映画評をしていたが、そうすると試写会への招待状が来たり、制作側の人間と会ったりすることもある。そして、今回の映画はどうも出来が良くないですが、次からよろしく、と言われて、あっ、これでこの会社の映画を悪く言えない、と思ったという。

小説の批評家でも、当初は厳しくかつ客観的な批評をしていた人でも、作家とのつきあいができると、それにつれて評が甘くなる。かつて、明治期に近松秋江、また明治から昭和まで正宗白鳥、大正から川端康成、また小林秀雄などが文藝時評をしていた頃は、友人であってもよくない時は容赦なく切った。戦後になって、丹羽文雄が、中村光夫の批評を不満として、筑摩書房の雑誌『展望』に拠る中村と臼井吉見が、小説の悪口ばかり言うと言って論争になったこともあるし、小説の評価をめぐる論争は何度も起きた。

だが、それがなくなってきたのは、二十一世紀に入ろうとする頃だ。一九九〇年代には、絓秀実、渡部直己、福田和也、斎藤美奈子といった批評家たちが、厳しい文藝時評を展開したが、文藝雑誌はこうした批評家を締め出した。いわば「干した」のである。文藝雑誌で、いま普通に作品に対して厳しいことの言える場は、『群像』の創作合評か、ないしは『文學界』の新人小説月評くらいになってしまい、書評はおしなべて「仲間」による褒め書評になった。吉岡栄一の『文芸時評——現状と本当は怖いその歴史』（彩流社、二〇〇七）によると、新聞の文藝時評は、一九七〇年頃に「朝日新聞」で石川淳が担当して以来、褒めるのが主になってしまったという。

むろん、村上春樹のような大物になると、批判的批評も出るが、それらは文藝雑誌、新聞といった中心的な場ではなく、単行本のような周縁的な場に限られる。むろん今ではウェブ上での酷評が、以前よりも多くなったが、要するに批評は、その作家を売り出す文藝編集者が左右するものとなり、批判する論者には場を与えないということになったのである。

批評が健全に機能するかどうかは、その作品に触れる人の数に比例する。純文学の読者は少ないから、不健全になるし、演劇もまた、映画に比べると不健全である。映画は観る人が多いだけに、ごまかしが効きにくいが、それでも『キネマ旬報』が選ぶベストテンなど、ひどいもので、偽善的な正義を掲げるものやら、新興宗教のようなものやら、山田洋次の十年一日のごとき甘ったるい人情ものなどが平然と並び、これに、藝術選奨あたりが尻押しをしている。だが幸いにして『映画芸術』があって、ワーストテンも出してくれるから救いがある。

二　歌舞伎批評の世界

鑑賞する人の数が少ない演劇が、だから最も悲惨な状況にある。まず最も古い歌舞伎となると、興業自体が、前進座を除けば松竹に牛耳られており、『演劇界』などは松竹の機関誌のようなもので、厳しいことを書くような批評家はまず執筆することはない。松竹御用評論家ともいうべき、毎度名前を見かけるような面々が、大物は絶賛し、ダメな役者でも無理をして褒めるという惨状がずっと続いている。『演劇界』は、一九四三年、戦時下に創刊された。何も知らない人は、この題名で歌舞伎の雑誌だとは思わないだろう。演劇出版社から出ている。

直木賞作家になった松井今朝子《けさこ》（一九五三―）なども、この雑誌の執筆者だったが、ほかに萩原雪夫（一九一五―二〇〇六）、上村以和於《いわお》（一九四〇―）、松井俊諭《としのり》（一九二九―二〇〇八）、志野葉太郎（一九一三―）、土岐迪子《みちこ》、如月青子《せいこ》（一九二九―）などがいる。こうした人々は、歌舞伎上演の際に売っている「筋書」と呼ばれるプログラムにもよく書いているが、こうした人の文章はほとんど批評としては評価されないし、あまり書籍にもならない。また大物として藤田洋（一九三三―）や、毎日新聞記者だった水落潔（一九三六―）もいる。藤田は『演劇界』編集長、演劇出版社社長を務めた歌舞伎評論界の大御所である。むろん、入門書的なものとして、藤田は『演劇年表』で藝術選奨文部大臣賞、水落は『上方歌舞伎』（東京書籍、一九九〇）で藝術選奨新人賞を受賞しており、いずれも価値ある書だが、批評ではない。またそれより上の世代では、戦後『歌舞伎への招待』（一九五〇、のち岩波現代文庫）がベストセラーになり、のち小説で直木賞をとった戸板康二《やすじ》（一九一五―九三）がいる。だがこれも、いわゆる歌舞伎エッセイストであり、批評家というのとは違う。

歌舞伎の批評家として、古くは三宅周太郎（一八九二―一九六七）がおり、さらに遡ると森鷗外の弟の三木竹二（一八六七―一九〇八）が歌舞伎批評家だった。彼らの批評はそうした紐付きでない、ダメならダメと言う批評だった。徳川時代には「歌舞伎評判記」というのがあって、これもしかるべく役者に評定を下しており、明治・大正期までは、その流れを汲む、いわば容赦のない「批評」が生きていた。明治・大正期には、文学者や知識人は、ほぼ例外なく歌舞伎を観たから、批評も自由だった。歌舞伎は、当然観るべき教養の一つだったが、昭和生まれの世代から、歌舞伎を観ない文学者が現れ、今では演劇批評家でも歌舞伎をほとんど知らない人がいる。

ましてや、松竹の掣肘《せいちゅう》など受けない時分には、多くの文学者たちが忌憚のない劇評を書いたものである。それが、歌舞伎を観る人自体が少なくなり、批判的な劇評を新聞は好まなくなり、一九七〇年以後は、歌舞伎評は半ば松竹の提灯持ち批評になってしまう。

そんな中で、最後の歌舞伎「批評家」ともいうべき存在だったのが、渡辺保（一九三六―）である。渡辺ははじめ東宝に勤めて新劇の劇評をしていたが、『女形の運命』（一九七四、のち岩波現代文庫）で六代目中村歌右衛門を文藝評論的に論じて一躍歌舞伎批評の前線に出た。この本は、歌右衛門が、本来舞台の中心に立つべきではない女形でありながら劇界の女王となってしまったことを批判したものだが、その藝を否定していたわけではない。それから渡辺は斬新な歌舞伎評を新聞などに書き続けていたが、二〇〇〇年一月、自身のウェブサイトを開設し、新聞の歌舞伎評で厳しいことを書くと、担当記者にまで抗議が来て迷惑をかけるから、自分で開いたと述べた。

しかし、私がその後見ていても、特に渡辺の劇評は厳しいとは思えないのである。つまり、新聞その他の活字媒体での劇評が「大甘」だということだ。

一方、それまで渡辺の著書をほとんどすべて読んでいた私は、『歌右衛門伝説』（新潮社、一九九九）が出た時に新聞で取り上げたが、むしろその頃から、渡辺の書くものから遠ざかってしまった。その理由は、渡辺からかつての鋭利さが消えていったこと、『黙阿弥の明治維新』（新潮社、一九九七）がかなり不出来であったのに読売文学賞を受賞するなど、渡辺が一方の権威になってしまったことなどがある。

しかし、実際には、私がとりあげた『歌右衛門伝説』が良くなかったのである。渡辺はこの本で、歌右衛門と「和解」したと言われ、歌右衛門は「渡辺保もやっと分かったのね」と言ったとされ、翌年歌右衛門は死去した。

『歌右衛門伝説』では、歌右衛門が晩年やった北條秀司《ひでじ》（一九〇二―一九六）の「建礼門院」（一九九五）が褒められていた。これは『平家物語』の末尾灌頂《かんじょう》の巻、つまり平家が滅びたあと、隠棲している建礼門院を、後白河法皇が訪ねるという物語である。そこで後白河は、戦乱を起こしてしまった責任を認めて謝るが、渡辺はこれを、昭和天皇が戦争責任を詫びるものに重ね合わせられると論じた。渡辺は、『女形の運命』でも、天皇の名の下に行われた戦争を批判し、歌舞伎俳優は愛するけれども天皇は愛さないと書いていた。だが、そのような解釈をしても、「建礼門院」は劇として愚劇であり、政治的な価値観で演劇を評価するのは誤りである。

私が初めて歌舞伎を観た一九八〇年には、歌右衛門は既に老いていた。阿古屋の琴責めで琴、三味線、胡弓を演奏しても、無残なほど下手だった。姿は醜く、猫背で悪声で、とうてい名人とは思えなかった。歌舞伎好きの歌人・水原紫苑は一九五九年二月生まれなので私の四つ年上で、自分は美しかった歌右衛門に間に合わなかったけれど、その悪声を含めた妖気漂う姿がいい、と書いていた。

しかし、いま坂田藤十郎になっている中村扇雀は、私が見た頃でも、その後も、十分に往年の美しさを感じさせたし、歌右衛門の甥ということになっている中村芝翫は、美しさは備えていないが、藝は見事であって、それは老いてからも分かった。かつて美しかった女形というのは、雀右衛門にせよ、老いてからもその残り香は窺《うかが》えるものだが、歌右衛門にはそれもなく、また藝が巧いとすら思わなかった。

いったい、本当に歌右衛門は名人なのか。私はもやもやしたものを抱えていたが、先ごろ、中川右介《ゆうすけ》『十一代目團十郎と六代目歌右衛門』(幻冬舎新書、二〇〇九)を読んで、ようやく胸の痞《つか》えが降りた気がした。中川は、歌右衛門は五代目歌右衛門の次男と言われているが、実際は長男とされる中村福助は養子で、歌右衛門はその福助が十代の頃に産ませた子である、ということを指摘し、かつては養子であることは普通に書かれていたのにそれがいつしか隠蔽され、歌右衛門を批判できない雰囲気が歌舞伎周辺に出来上がったことを指摘している。

歌右衛門は、舞踊の名手ともされるが、古いビデオを観ても、それほどの名手とは思えない、と、私よりは踊りを見る目のある人が言っていた。昭和二十年代の歌右衛門は、美しかったと言われるが、その当時の写真を見ると、田中絹代風の美で、私好みでないことは分かる。三島由紀夫はその当時、歌右衛門に心酔して、「地獄変」以下の三島歌舞伎を歌右衛門のために書いたが、その後次第に歌右衛門から離れ、晩年の『葉隠入門』では、男が女に扮するような藝能人を軽蔑するような言を吐くに至っている。三島の短編「女方」は、歌右衛門と三島の出会いを小説にしたもののようだ（『花ざかりの森・憂国』新潮文庫所収）。

中幕　原爆ファシズム

戦後日本の藝術界は、原爆に呪われていると言っても過言ではない。推理作家の森雅裕は、エッセイ集『推理小説常習犯』（ベストセラーズ、一九九六）の「ミステリー作家風俗事典」の「原爆」の項で「日本の作家が名作をモノするための最終兵器。原爆体験を描いたものに駄作はない（そうである）」と書いているが至言である。

むろん、小説に限らない。映画でも演劇でも、原爆が描かれていれば、その作品は実際の藝術的価値より数段上、ないしはまったく無関係に「名作」扱いされてしまう。

あまりパッとしない中堅作家だった井伏鱒二は、六十を過ぎて書いた『黒い雨』（一九六六）で一躍世界的作家となり、文化勲章を受章した。最近ではこれが、ネタ本である重松静馬の日記とさして変わらず、盗作ではないかと言われているが、とりあえずそれは問題ではない。原爆を扱った小説として、原民喜、大田洋子などのものがあるが、今ではあまり読まれていない。

むしろ「原爆」ものは、一九七〇年代以後、書けばまず評価されるという位置を確立していくが、そのさきがけとなったのが七二年の佐多稲子『樹影』であり、七五年に『祭りの場』で、長崎の被爆体験を描いた林京子（一九三〇―）が芥川賞を受賞した時は、銓衡委員のうち、井上靖、瀧井孝作、舟橋聖一が絶賛した。舟橋は選評で「芥川賞にははじめての原爆もの」と書いているが、以後林は、ほとんど原爆もの小説ばかりを書いては、次々と賞を受けていく。同人雑誌『文藝首都』で一緒だった中上健次はそのことに苛立ち、林を「原爆ファシスト」と呼ぶに至るが、八二年に、「文学者の反核声明」事件が起こったころのことで、中上は一部から激しい非難を浴びた。

しかし、八〇年代のセゾン文化、ニューアカ・ブームの中では、反核声明を批判した吉本隆明、柄谷行人、蓮實重彥らが若い知識人に尊敬されていたし、演劇では小劇場ブームで、野田秀樹、鴻上尚史らが続々と擡頭し、そこでは少なくとも、反核・反戦などを安易に掲げることは、しかるべく軽蔑されていた。だが、野田・鴻上らには、当時「ピンポンパン演劇」と呼ばれた純然たる軽薄さがあったのは否定できないし、ニューアカ・ブームもまた、景気の良さの上に開いた仇花であった。

だから、九〇年代に入ってバブル経済が崩壊すると、アカデミズムには、フェミニズム、ポストコロニアリズム、カルチュラルスタディーズといった形で、新装版旧左翼のようなものが蘇ってくる。反核に熱心だった文学者として、中野孝次《こうじ》と大江健三郎があげられるが、大江はやはり戦後日本を代表する文学者であって、作品においては「ただの反核」になることはなかったが、九二年に中上健次が四十六歳で死去し、九四年に大江がノーベル文学賞をとり、九五年に阪神淡路大震災が起き、地下鉄サリン事件が起こると、文化の様相が少しずつ変化してくる。

「小劇場ブーム」のあと、「静かな演劇」がささやかなブームになったが、その担い手が平田オリザ（一九六二―）、松田正隆（一九六二―）らである。一見、政治性を持たない劇作家に見えたが、平田の著作は左翼系の晩聲社から刊行され、その舞台で交わされる会話は、たとえ女子高生であろうともみな大学院生の会話のようで、エリート的で、偽善的で、常に政治や戦争や恋愛における「正しさ」を囁き続けるようなものだった。そして野田秀樹は、夢の遊眠社を解散し、ロンドンに留学して帰国、左目を失明したことを題材にした『Right Eye』で久しぶりに注目されたが、その劇作の手法は以前と変わらないものだった。そして九九年には、遂に反核を題材とする『パンドラの鐘』を上演し、これが高い評価を得てしまう。

映画監督の黒木和雄は、八八年に、長崎の原爆投下の前日を描いた『TOMORROW 明日』で評価されたが、内容的には見るべきものはなかった。しかし二〇〇二年には、黒木と同じ長崎出身の松田正隆との共同脚本で、反戦映画『美しい夏キリシマ』、さらに〇四年には井上ひさし原作の『父と暮せば』を撮り、反戦三部作としたが、いずれも映画としては愚作に属する。

「原爆ファシスト」と中上健次は言ったが、むしろ、文藝・文化界における「原爆ファシズム」が、九九年から始まったと言っても過言ではない。林京子は九一年に『やすらかに今はねむり給え』で谷崎潤一郎賞、二〇〇〇年に『長い時間をかけた人間の経験』で野間文藝賞を受賞して文壇に地歩を占めるが、これほど単調に原爆を描き続け、文学的価値の低いものでのし上がって行くさまは実に「林京子をめぐるファシズム」で、その後、芥川賞受賞から僅か四冊目の『爆心』で、やはり長崎出身の青来有一《せいらいゆういち》は、谷崎賞と伊藤整文学賞を受賞している。谷崎賞の選考委員の一人である筒井康隆は、原爆を描けば評価されるというのはおかしいと反対したようだが、ファシズムに抵抗しきれなかった。

井上ひさしは、言うまでもなく反戦反核の人だが、大江が、八〇年代にかなり衰弱したにもかかわらず、ただ反戦反核を叫ぶだけの作品を書いたりしなかったのに対して、井上は脆弱だった。『父と暮せば』は一九九七年、駄作である。

その九七年ころから、「歴史修正主義」をめぐる論争が起こり、今も「新しい歴史教科書」をめぐって燻《くすぶ》っているが、それは要するに、六十年以上戦争をしていない日本が、もはや「あの戦争」くらいしか、最大公約数の知識人の関心を集めることができないという、問題の閉塞状況に陥っていることを示しているだけだろう。

三　戦後の演劇

野田、鴻上の頃から登場した劇作家や劇団を思いつくままに挙げると、

「劇団維新派」（一九七〇―八七年改名）

宮沢章夫（一九五六―）「遊園地再生事業団」（一九九〇―）
いのうえひでのり（一九六〇―）「劇団新感線」（一九八〇―）
中島かずき（一九五九―）
松尾スズキ（一九六二―）「大人計画」（一九八八―）
宮藤官九郎（一九七〇―）
ケラリーノ・サンドロヴィッチ（一九六三―）「ナイロン100℃」（一九九三―）
佃典彦（一九六四―）「B級遊撃隊」（一九八六―）
深津篤史《しげふみ》（一九六七―）「劇団桃園会」（一九九二―）
倉持裕《ゆたか》（一九七二―）「ペンギンプルペイルパイルズ」（二〇〇〇―）
岡田利規《としき》（一九七三―）「チェルフィッチュ」（一九九七―）
長塚圭史（一九七五―）「阿佐ヶ谷スパイダース」（一九九六―）
三浦大輔（一九七五―）「ポツドール」（一九九六―）
蓬莱《ほうらい》竜太（一九七六―）「劇団モダンスイマーズ」（一九九九―）
前田司郎（一九七七―）「五反田団」（一九九七―）
本谷《もとや》有希子（一九七九―）「劇団本谷有希子」（二〇〇〇―）
江本純子（一九七八―）「劇団毛皮族」（二〇〇〇―）

といった具合で、このうち、新感線や維新派は古くから、若者向け娯楽演劇としてやってきており、その意味では三谷幸喜、マキノノゾミに近いが、それでも三谷、中島かずきは岸田戯曲賞を受賞している。かつては、劇作家が一般に認知されるメルクマールとなったのが、紀伊國屋劇場での上演、ないしは岸田戯曲賞だったが、この中ではほかに、宮沢、松尾、宮藤、ケラ、岡田、前田、三浦、本谷が受賞している。

これより前に「青春五月党」を率い、岸田戯曲賞を受賞した柳美里は、小説家に転身しているが、この顔ぶれは、小説を書く人も多く、宮沢、松尾、前田、本谷が小説で芥川賞候補になっており、前田は三島由紀夫賞、岡田は大江健三郎賞を受賞している。また演劇活動から映画に出演したり、自作が映画化されたりする例も多く、宮藤などは岸田戯曲賞受賞前に、テレビドラマのシナリオ『木更津キャッツアイ』で藝術選奨新人賞を受賞しており、多面的な活動を特色とする。それを考えると、野田秀樹が、俳優としてドラマに出演することはあっても、自ら映画に手を出すことはなく、歌舞伎の脚本などを書いているのは、やはり演劇に徹している平田オリザとともに、「演劇人」として地位を高めているのと対照的だともいえる。

演劇から小説へ、というのは、かつて大正期に、久米正雄、山本有三、また岸田國士、岩田豊雄が獅子文六の名でやったことだし、小山内薫も小説を書いている。円地文子も劇作から小説に進出したし、谷崎、三島、安部などは、小説家が戯曲を書いた例だが、寺山修司などは本来歌人で、余技的に演劇や映画をやり、別役実とともに童話は書いたが、小説は書いていない。井上ひさしは元放送作家で、そこから小説・劇作へ転じており、井上とつかこうへいとは直木賞を受賞、唐は芥川賞をとったが、小説家は開店休業状態だ。

一九六〇年代から、小説家と劇作家の職能分離が激しくなったようで、山崎正和は『世阿弥』で岸田戯曲賞をとり、むしろ評論家として活躍しつつ戯曲も書いているが、小説は書いていない。唐、柳を除くと、芥川賞をとれていないことが気にかかるし、私は宮沢の『サーチエンジン・システムクラッシュ』が芥川賞候補になった時、本命だと思ったくらいだから、銓衡委員の側に劇作家を忌避する傾向があると感じた。

あるいはアングラや小劇場だが、私は学生時代、野田秀樹の芝居を観て激しく興奮したが、二度目に野田の芝居を観ると、「同じ」なのである。これは多くの人が言うことだ。それから十数年たち、『Right Eye』を上演した際、野田にも変化が生まれるかと思って観に行ったが、やはり同じだった。今でも同じである。歌舞伎『研辰の討たれ』の演出も、まったく感心しなかったが、人気はあるらしいし、評価も受けている。当時叢生《そうせい》していた劇作家兼演出家たちも、太田省吾や岸田理生《りお》やつかこうへいのように死んだ人がいて、鴻上尚史や川村毅のように劇団活動を続けている人がいて、北村想は劇団は解散して一時は演劇をやめたが、調べたらまた再開していて、その他さまざまだが、私は追いかけていない。九〇年代に擡頭した平田オリザには、当初から違和感を感じていたが、いずれにせよ、二度目に観ると同じだという現象は、野田と同じようにあると思う。しかし唐十郎だけは、同じ感をさほど強く感じなかった。

だが、私がこうした、劇作家兼演出家たちに関心を失っていったのは、むしろ八〇年代の演劇ブームが去ったあと、九四年に読売演劇大賞、二〇〇〇年に朝日舞台藝術大賞が創設され、二〇〇一年に国が文化藝術振興基本法を定めて、演劇にカネを出すようになり、唐十郎を始め、舞台人たちが次々と大学教授に就任するようになったことが大きなきっかけだろう。『江戸幻想批判』(新曜社)に収めた唐十郎に関する評論は、一九九四年に書いたもので、その冒頭で私は、山崎哲の、演劇が文化になってしまった現状を嘆く文章を引用して、山崎に異を唱えているが、当時私が想像した以上に事態はひどくなっていった。新国立劇場の設立もそうだが、舞台藝術は、まるで護送船団方式のように、国家の手に落ち、代償に何か大きなものを失った。

たとえば、現在、劇作家協会の会長を務める坂手洋二は、九四年に『ブレスレス』で岸田戯曲賞を受賞し、今では選考委員だが、その代表作『天皇と接吻』は、九九年に読売演劇大賞を受賞している。私は残念ながら今日に至るまでこの作品の上演を観ていないが、というのも、再演されていないからである。ただし、『テアトロ』に載った戯曲は読み、これは近年稀に見る、天皇制批判の劇だと思った。平野共余子《きょうこ》という、ニューヨーク在住の研究者が、敗戦後すぐのGHQによる検閲を描いた同名の著作に刺激されて書かれたものだが、最後のほうでは、「歌舞伎を救った男」として知られる米軍将校バワーズに対しても、歌舞伎など救うべきものではない、と言われるなど、実に果敢な劇だった。

ところが、読売新聞という、むしろ保守系と思われる新聞の賞をとり、意外に思っていたら、それから以後、おかしなことになっていった。まず、単行本がなかなか出なかった。その頃私は坂手と少し話すことがあって、単行本化について尋ねたが、あまりはっきりした答えは得られず、坂手の著作はそれまで而立《じりつ》書房から出ていたが、二〇〇一年に、『テアトロ』を刊行しているカモミール社から出た。ところが、それはまったく話題にならず、私など後になって、刊行されていたことを知ったほどだった。さらに、この戯曲は、坂手自身によっても、他の人によっても、再演されなかった。

そして極めつけは、二〇〇七年一月頃、衛星放送で坂手の鶴屋南北戯曲賞受賞作『だるまさんがころんだ』の舞台を放送した時のことだ。これは以前、扇田昭彦が司会をして、現代演劇を紹介する番組のいわば続きで、扇田の頃から、冒頭にその劇作家、あるいは作り手側の人のインタビューが入ることになっており、その頃は林あまりと鈴木裕美が担当しており、この時も二人による坂手へのインタビューがあった。扇田の頃から、対話には盛んに人名や戯曲名の固有名詞が出てくると、画面下にスーパーインポーズされるようになっていた。

ところが、この三十分近いインタビューの最中、驚くべきことに、坂手の作品名は、『天皇と接吻』を含めて、一度も、言及されなかったのである。鈴木が、坂手は社会派と言われている、と話しつつ、「ゴミの問題とか、ひきこもり、戦争とか、沖縄とか」などと言うのだが、「天皇制とか」とは言わないのである。『だるまさんがころんだ』でも、皇居にアル・カーイダが地雷を仕掛けて、皇族らは那須の御用邸へ避難したとかいう話柄も入っているのだが、インポーズで流れた坂手の紹介文でも、受賞歴はあっても、戯曲名だけはきれいに取り除かれていた。私には、『天皇と接吻』を隠蔽するためとしか思われないほど、不自然なインタビューだった。そのことに気づいた時、私は背筋が寒くなった。鈴木も林も坂手も、笑顔で話しているが、そこにはNHK側の、坂手の戯曲名は出さないという意向が働き、坂手がそれを受け入れたとしか思えないものがあった。「天皇」の語は決して現れないこのインタビューのほうが、本編以上に恐ろしい不条理劇のようだった。

私は、いわゆる「左翼」ではないが、天皇制には反対である。しかしそれ以前に、こういう「隠蔽」の仕方は、恐ろしい。今の日本では、「戦争」その他、国を批判することは一向に差し支えないが、天皇制はやはり一種のタブーである。だが、『天皇と接吻』の扱われ方は、二十一世紀の演劇空間が、明らかに陰湿で閉鎖的で、ファシズム的なものとなりつつあることを示しているように思えてならない。先ほどの喫煙問題にしても、それと無縁ではないはずで、喫煙者も多いはずの演劇界で、誰もこうした、過剰な喫煙者排除を問題にしないのはおかしい。新設の大きな劇場では、その気になれば喫煙室を設けることくらいできるはずなのに、それをしない。私は、そういう演劇の現状が、たまらなく不快である。

もう一つ、私を不快にしたのが、十数件の文学賞・演劇賞の選考委員を務めた井上ひさしの帝王ぶりである。前日本ペンクラブ会長で、かつては激しい反天皇論者だったという井上は、二〇〇四年に文化功労者に選ばれ、その後行われた天皇主催の茶会に出席した。私はこれに打ちのめされた。かつて杉村春子は、文化功労者にはなったが、天皇から直接渡される文化勲章は辞退した。それを、天皇の茶会に出たのでは、まるで節操がないと言うほかないではないか。そして井上は長く岸田戯曲賞の選考委員を務め、しかもある年の選評で坂手が、選考会は井上ひさしの道場のようなものだ、と書いているのを見て、坂手の変節すら感じた。井上の茶会事件のあと、唐十郎が紫綬褒章を辞退していたというニュースが流れた時は、本当に嬉しかった。あるいは浅利慶太は、自民党政治家との関係などを言われ、「演劇政治家」などと言われているが、実は国家からの褒賞はすべて辞退していると知ったときも、すがすがしく思ったものだ。

それより少し前に、私は井上の『紙屋町さくらホテル』を擁護したことがある。しかし全体として見た時、井上がそれほど優れた劇作家かどうか、疑わしい。井上は、「遅筆堂」などと名乗り、しばしば舞台の初日に台本が間に合わないという騒ぎを起こしている。その一つで、新派のために書いた『ある八重子物語』などは、初日に間に合わず、水谷良重（二代目八重子）らが舞台に手をつき涙を流して観客に謝った。普通なら、劇界から追放されてもおかしくないのに、井上は平然と劇作家を続けた。私は、忘れもしない、京都南座で、このいわくつきの『ある八重子物語』の再演を観た時、こんなくだらない芝居のために初日に穴を開けたのかと愕然とした。林芙美子を描いた『太鼓たたいて笛吹いて』も鶴屋南北戯曲賞をとっているが、勝手に林を井上好みの反戦家に仕立てたもので、とうてい菊田一夫の『放浪記』に拮抗しうるものではなかった。

渡辺保さんに失望したのは、やはり『野田版　研辰の討たれ』に朝日舞台藝術大賞を与えた時だろう。実際は、『黙阿弥の明治維新』（一九九七）は惨憺たる出来だったが、読売文学賞を受賞した。

しかし誰でも、失敗作を書いてしまうことはあるし、それが何かの縁で賞をとってしまうこともある。だが、『研辰の討たれ』は、保さんにはっきり批判してほしかった。あの時あれを批判したのは、立川談志師匠くらいだったろう。これをプロデュースした当代中村勘三郎のところへ行って、「お前、何だあれは」と言ったら、勘三郎が、待て待て、みなまで言うな分かっている、しかし歌舞伎に客を集めるにはああいうことをするしかないんだ、と言ったという話が、『en-taxi』に載っていた。こういうぶっちゃけた話なら歓迎である。

ほかに、戦後の劇作家・演出家を、年齢順に、主宰ないし関係の深い劇団とともに挙げると、

木下順二（一九一四—二〇〇六）「民藝」
三島由紀夫（一九二五—七〇）「文学座」退団
安部公房（一九二四—九三）「安部公房スタジオ」（一九七三—九三）
山崎正和（一九三四—）
井上ひさし（一九三四—二〇一〇）「こまつ座」（一九八三—）
寺山修司（一九三五—八三）「天井桟敷」（一九六七—八三）
蜷川幸雄（一九三五—）
清水邦夫（一九三六—）
別役実（一九三七—）

鈴木忠志（一九三九―）「早稲田小劇場」（一九六六―）「ＳＣＯＴ」（一九七六―）
太田省吾（一九三九―二〇〇七）「転形劇場」（一九六八―八八）
唐十郎（一九四〇―）「状況劇場」（一九六四―）「唐組」（一九八八―）
斎藤憐《れん》（一九四〇―）
串田和美《かずよし》（一九四二―）「オンシアター自由劇場」（一九七五―九六）
佐藤信（一九四三―）「黒色テント六八／七一」（一九七〇―）「黒テント」
山崎哲（一九四六―）「転位21」（一九八〇―）「新転位21」
岸田理生（一九四六―二〇〇三）「岸田事務所＋楽天団」（一九八四―九三）
竹内銃一郎（一九四七―）「秘法零番館」（一九八〇―八九）
つかこうへい（一九四八―二〇一〇）「つかこうへい事務所」（一九七四―八二）「北区つかこうへい劇団」（一九九四―）
永井愛（一九五一―）「二兎社」（一九八一―）
北村想（一九五二―）「彗星86」（八二）「プロジェクト・ナビ」（八八―二〇〇三）
岩松了（一九五二―）（「東京乾電池」（一九七六―））
野田秀樹（一九五五―）「夢の遊眠社」（一九七六―九二）「ＮＯＤＡ　ＭＡＰ」（一九九三―）
渡辺えり子（一九五五―）「劇団二〇〇《にじゅうまる》」（一九七八―）「劇団三〇〇」
大橋泰彦（一九五六―）「離風霊船《りぶれせん》」（一九八三―）

鴻上尚史（一九五八―）「第三舞台」（一九八一―二〇〇一）「サードステージ」
高泉淳子《あつこ》（一九五八―）「遊◎機械／全自動シアター」（一九八三―二〇〇二）
川村毅《たけし》（一九五九―）「第三エロチカ」（一九八〇―）「T―Factory」（二〇〇二―）
宮城聰（一九五九―）「冥風過劇団」「ク・ナウカ」（一九九〇―）
マキノノゾミ（一九五九―）
三谷幸喜（一九六一―）「東京サンシャインボーイズ」（一九八三―九四）
坂手洋二（一九六二―）「燐光群」（一九八三―）
平田オリザ（一九六二―）「青年団」（一九八三―）
飯島早苗（一九六三―）「自転車キンクリート」（一九八二―）
鐘下辰男（一九六四―）「THE・ガジラ」（一九八七―）

こうしてみて気づくのは、つか、唐などが、直木賞や芥川賞をとりつつ、結局演劇に帰ってきていることで、本格的に小説家になったのは柳美里くらいだということと、最前線にい続けるのは、唐、野田、平田など十年に一人であり、しかしほかも、目立たないながら演劇活動を続けていることで、北村想など一度はやめたがまた復帰している。

ほかに、流山児祥《りゅうざんじしょう》（一九四七―）の流山児事務所、劇団青い鳥、如月小春（一九五六―二〇〇〇）、新宿梁山泊、その出身の鄭義信《チョンウィシン》（一九五七―）、花組芝居など多数の劇団が、八〇年代以降叢生した。よく言われるとおり、かつての新劇の劇団と違い、「アングラ」以降は、唐、寺山といった「天才」が一つの劇団を率い、もっぱらその劇作家の作品を上演するという形式が一般化した。清水邦夫と蜷川幸雄、別役実と鈴木忠志、斎藤憐と串田和美のように、初期においては劇作家と演出家が一体化していた例もあるが、寺山が死ぬと天井桟敷は消え、唐十郎なくして状況劇場はないというのは、文学座や俳優座とは異なるあり方で、如月が劇団綺畸を、木野花が青い鳥を退団したり、梁山泊を退団した鄭が、自作の梁山泊（金守珍《キム・スジン》代表）による上演を差し止めて裁判になったりという例もあるが、これらはむしろ例外で、劇作家・演出家・劇団（近年はユニットという）が一体化しているのが通例である。

いま挙げた中で年齢順に見ると、六四年生まれの鐘下から七〇年生まれの宮藤まで六年あり、このあたりが手薄だ。柳美里（一九六八―）が抜けたためもあるが、恐らくこのあたりが、八〇年代の小劇場と、九〇年代後半以降の、小劇場演劇の低迷期に当たるのだろう。活動を始めた年代順に並べると、

一九七六　野田秀樹
一九七八　渡辺えり子
一九八〇　山崎哲、川村毅、新感線、竹内

一九八一　鴻上尚史、永井愛
一九八二　北村想、飯島早苗
一九八三　平田、三谷、坂手、大橋、高泉、
一九八四　岸田理生
★
一九八七　鐘下辰男
一九八八　松尾スズキ
★
一九九〇　宮沢章夫
★
一九九三　ケラリーノ・サンドロヴィッチ
★
一九九六　長塚圭史、三浦大輔
一九九七　岡田利規、前田司郎
二〇〇〇　本谷有希子、毛皮族

と、八〇―八三年が、やはり小劇場ブームで圧倒的に多い。しかし九六年以降また盛んになった

のはなぜか。

私の記憶で言うと、九〇年代初めにブームになったのが、まず青年団で、次いで永井愛だった。九〇年代前半は、ニューアカの続きで、柄谷行人・浅田彰の『批評空間』第一期の時期だから、知的な若者の関心は、「批評」に向っており、九五年の大震災とオウム事件をへて、後半は宮台真司がブームとなり、今度は社会学に向ったから、小説も演劇も、この当時はさほど注意を惹かなかった。流れが変わったのは、九九年に平野啓一郎が芥川賞をとってからで、二〇〇六年から〇七年にかけて、松尾、本谷、前田が続けて芥川賞候補になったことや、宮藤がドラマや映画で活躍したこと、野田が歌舞伎脚本を書き始めたことなどで、演劇熱が再燃したように見える。

四　近代劇は古典になれなかった

なぜ人は、映画やテレビドラマが普及したあとで、なお演劇を観に行くのか。もちろん、生の俳優を見たいというのはあろう。だが、少し意地悪なことを言えば、それは東京、大阪といった大都市でしか観られないから、という特権意識の満足があるだろう。古い新劇の劇団は、だから地方巡演というのをやるわけだが、小劇場ではそれは不可能であるか、せいぜい関西、ないし福岡、名古屋程度だろう。特に二〇〇〇年以降はインターネットやDVDが普及し、いったんデジタル化された映像は容易に観られるようになっていくが、それに比例して、記録されていない演劇は、実地に身を運ばないと観られないものという性質を強めていくことになり、都市生活者の特権性は強まって行く。

私は五年間大阪にいたが、主な演劇は観ることができた。京都の南座、神戸の新神戸オリエンタル劇場、尼崎のピッコロシアター、また大阪市内では歌舞伎の松竹座（かつては中座があった）、阪急劇場、扇町など、やはり京阪神地区は劇場も多い。

村上龍や中上健次は、大江健三郎の影響を強く受けている。それと同じように、八〇年代の小劇場は、唐十郎の影響が強いと言っていいだろう。詩的な台詞が早口で繰り出され、一人の俳優が複数の役を演じ、おおむね複数の筋が交互に入り乱れて登場し、最終的に統合されて大きなカタルシスとクライマックスに至るという唐の劇作術は、野田、鴻上らに影響している。また、少年時代への郷愁を底に潜めている点などは、野田の初期の代表作である『小指の思い出』（一九八三初演）に如実に反映されている。ただ唐独自のものだったのはその少女幻想で、これは演劇ではなく、小説などに影響したようでもあるし、むしろ川端康成から引き継いだようにも見える。唐の代表作の一つ『秘密の花園』（一九八二初演）は、構成が泉鏡花の『草迷宮』や『日本橋』に類似しており、唐はこうした「日本的」とされる先行の文学者から影響されている。

もう一つの流れは、安部公房、別役実らの不条理演劇で、これは米国で隆盛を見たものだが、当然予想されるごとく、ある程度書かれると同じようなことの繰り返しになっていく。だから、全体としての不条理劇はほどなく廃れ、劇の一要素として不条理なやりとりなどが行われるだけになったが、むしろこの技法は小説や、日本では特に赤塚不二夫、山上たつひこのギャグ漫画で最も隆盛を見たと言うべきだろう。

非・唐十郎的な演劇を始めたのが、平田オリザであり、当初は、演劇らしくもなく、普通の会話のように台詞が語られ、観客は息を潜めてじっとその会話が聴き取れるように耳を傾けなければならない、ということが関心の的となった。平田自身も自著で、台詞がより自然になるには、といったことを語ったから、戯曲の内容はあまり問題にされなかったのだが、数年たつと、平田自身が、終る三十分くらい前にラブシーンがある、と書き、確かに言われてみればそれはけっこう古典的なメロドラマだったのである。それはむしろ、通俗的なチェーホフという趣きがあった。

実は私たちは、十九世紀後半から始まった「近代演劇」というものを、未だにうまく位置づけられていないのである。イプセン、ストリンドベルイ、チェーホフ、バーナード・ショー、オニールといった面々である。日本では、もちろん『人形の家』は上演されて話題を呼んだが、これは女性解放とか「新しい女」とかとの関係で話題になったのである。ほかの、『幽霊』『野鴨』『ヘッダ・ガブラー』といった戯曲は、実はよく分からない。とうてい、シェイクスピアのような普遍性はなく、その時代と地域特有のものをたっぷり抱え込んでいる。イプセンが有名なのは『人形の家』があるからである。ストリンドベルィは、『令嬢ジュリー』が面白いから今でも上演されるが、ほかはほとんど上演されないし、ショーもオニールも、試みに上演されることはあるが、それ以上のものではない。

ワイルドなら『サロメ』、シングはほとんどない。あるいはフランスの古典劇、ラシーヌ、ないし近代のクローデル、またジロドゥ、アヌイ、サルトルなど、戦後の一時期、新劇でよく上演はしたが、遂に根付くことはなかった。海外の演劇で、今でもしかるべく上演され受容されているのは、ギリシア悲劇、シェイクスピア、チェーホフだけであろう。

では日本の近代劇はどうかというに、これまた惨憺たる状況で、小山内薫なら「息子」が歌舞伎で上演されるとか、せいぜい歌舞伎向け、新歌舞伎の再演があるくらいで、あとは三島の『サド侯爵夫人』『鹿鳴館』など、あるいは文学座で杉村春子が長く主演した森本薫の『女の一生』があるくらいで、広く演劇のレパートリーとなった戯曲は数えるほどしかない。日本の近代劇というのは、ちょうど「新作落語」のようなもので、たちまち古びてしまい、半世紀ももたなかったのである。

チェーホフの戯曲については、多くが語られている。悲劇的な結末を持つのに「喜劇」と題されていることで分かる通り、チェーホフは従来の演劇の概念を変えてしまった。なぜか一つの屋敷に大勢の人物が集まって、とりあえず筋はあるのだが、台詞は筋を進めるためというより、それらが一つ一つ詩であるような、独自の世界を作っている。

しかし、日本では『青い鳥』くらいしか読まれなくなったフランスのメーテルリンクと同じように、近代西洋演劇は、シェイクスピアと異なり、アリストテレスの三一致の法則を比較的守っており、事件はしばしば一つの場所で起こるし、『令嬢ジュリー』はたまたまこれを守っているが、いずれにせよ近代市民演劇が、室内演劇の性質を持ち、一家庭内での出来事を描くことが多いのは、戦後のエドワード・オルビー、アーサー・ミラーなどにも見られるところである。

しかし、平田の演劇はチェーホフめいたところはあるが、全体にエリート主義的で、会話はインテリ間のもののようであり、かつ感傷的で偽善的で、そこに「なんとなく、リベラル」な戦後民主主義的なイデオロギーがくっついてくる。イデオロギーが悪いのではなくて、それが微温的で、「俗情との結託」がある。それは井上ひさしにもしばしば感じられるところだ。何よりも、反戦がやはり大きい。岡田利規の『三月の5日間』(二〇〇四初演)は、私が観た新しい演劇の中では最も面白かったもので、何よりもその、演劇の約束ごとを破ったような形式と、登場人物たちが奇妙な仕草をして、落ち着きのない現代の若者を巧みに表現しているところが良かった。中でも、松村翔子の演じる「ミッフィーちゃん」と自称する若い女が、映画館で出会った男に一目ぼれして玉砕してその経緯を語る部分はすばらしかった。

しかし、この演劇で描かれる、町で出会った男女がラブホテルで五日間を過ごしてしまうという主筋は、その間にイラクで戦争が起きていたという背景を持っていて、それだけなら一種の意匠、つまり世間で大きなニュースとなっていることを知らずにいる男女という風にとらえられるのだが、岡田はこれを小説化し、『わたしたちに許された特別な時間の終わり』(新潮社、二〇〇七、のち文庫)に入れられ、それは「反戦小説」として高橋源一郎に礼讃され(『週刊朝日』)、遂に大江健三郎賞を受賞して、反戦演劇―小説になってしまった。私にはそれは、作品を矮小化するものだと思えた。

あるいは『野田版　研辰の討たれ』や、井上の『ムサシ』のような仇討ち否定演劇というのもある。『研辰の討たれ』は、菊池寛の「恩讐の彼方に」と同じころ書かれ上演された、実際に仇討ちを否定する木村錦花（一八七七―一九六〇）の原作がある。『日本戯曲全集　現代篇』第七輯（春陽堂、一九二八）に入っている。これには元になった史実があり、千葉亀雄「『研辰の討たれ』の史実」（『千葉亀雄著作集2』ゆまに書房、一九九二）がある。また錦花はこれが当たったので、研辰を主人公にシリーズものにした。一九八二年に歌舞伎座でも上演されている。

野田はさらにそれをドタバタ劇にした上、原作では実際に殺人を犯している研辰を、ただ驚かそうとしたのが相手が心臓マヒか何かで死んだことにして、微温的な、作為を含んだ仇討ち否定ものにしてしまった。以後も野田によるものが歌舞伎で上演され続けているが、中村勘三郎などは、観客が高齢化していくばかりの歌舞伎に、若い観客を取り戻そうとしてやっているのだろう。しかし私は、猿之助のスーパー歌舞伎を評価しないのと同様に、野田歌舞伎を評価しない。

もっとも、反戦ものだから評価する、というのもおかしいが、反戦ものだから評価しない、というのもおかしいので、たとえば私は井上の『紙屋町さくらホテル』は評価する。井上の演劇としては『化粧』に次ぐ秀作だろう。あるいは映画でも、新藤兼人の『さくら隊散る』（一九八八）は優れたものだ。いずれも、丸山定夫が率いる移動演劇隊を扱ったものなのは偶然だが、前者は、天皇側近すらが、ポツダム宣言受諾の遅れを詰るにいたる経緯、また後者はそのリアリズムが優れていた。

＊

「笑い」について考えてみたい。一九八〇年前後、山口昌男が「道化」ということを言っていささかのブームになり、「トリックスター」という言葉が流行したが、日本の演劇はとりたてて一人のアルレッキーノ的な人物を生みださなかった。

七〇年代半ばころ、井上ひさしは、笑いの復権を唱えて、小説や演劇でそれを実践したが、笑いというのは極めて文脈への依存性が高く、米国人が四コマ漫画を読んで笑っていても、日本人が読むとちっとも面白くなかったりする。井上の『表裏源内蛙合戦』など当時の代表作も、私には何が面白いのかさっぱり分からなかった。

八〇年前後に、漫才ブームが起こり、だから八〇年代演劇には、その名残とも言うべき多くの「笑い」が含まれることになった。ただし、唐、鈴木忠志、蜷川などはこの時代にもほとんど「笑い」は用いず、演劇運動において「笑い」の先導になったのは東京乾電池であり、ボケとツッコミという漫才のうち、「ボケ」の笑いが多く、野田、鴻上などは「言葉遊び」をふんだんに用い、鴻上などは、『朝日のような夕日をつれて』で、ニーチェ、サルトル、フンボルトといった思想家の名前をギャグに用いたことから、岸田戯曲賞選考委員である田中千禾夫《ちかお》の怒りをかい、同時代の劇作家が次々と受賞する中、岸田賞を受賞できず、九五年になって、田中が老齢のためもあって欠席した回に、平田とともにようやく受賞している。

六〇年代の政治運動の影を背負った「アングラ」があくまで生真面目であったのに対して、八〇年代には、卑俗であっても「笑い」が解禁されたという雰囲気があり、そのことは後に、太田省吾が、今の演劇は面白いですか、私は面白くない、と激語に近い言葉を発して転形劇場を解散するという結果をもたらし、野田などは「ピンポンパン演劇」と悪口を言われていた。この時代の「笑い」が、それほどの成果をもたらしたかといえば疑わしく、つかこうへいなども「笑い」を導入しておいて、あとで自ら悔いるようなところもあった。なかんずく、「楽屋落ち」ないしは、若者に人気があるアニメやマンガを用いたネタは、のちに鴻上尚史が『ゴドーを待ちながら』を演出した際に、最もひどい形で現れた。何度も上演されてしまえば決してそれだけで面白いわけではない『ゴドー』に手こずった鴻上は、人気漫画『ガラスの仮面』のネタで笑いをとったのだが、これは知らない者には笑えない、内輪受け的なものでしかなく、私は知っていたが不快なだけだった。

ところで、あまり指摘されないように思うのだが、『朝日のような夕日をつれて』は、「リーインカーネーション、生まれ変わりを私は信じます」という男たちの群読で終る。当時私はこれを何かの比喩だと考えていたが、今にして思うと、どうも鴻上はそれなりに本気だったのではないか。当時は、中沢新一がニューアカのスターだったことと合わせて、後年のようなオカルト批判は一般的ではなく、むしろ九〇年代になって、『噂の真相』や『トンデモ本の世界』(最初のものは一九九五年)がオカルト批判を始めたのであり、九五年のオウム真理教事件で、オカルトへの懐疑が一般化した。むろん今でも大衆は血液型診断や占星術を信じているが、この当時は上層の知識人ですら、そういうものを信じる傾向があったのである。たとえばアーサー・ケストラーの『ホロン革命』や、マイケル・ポランニーの『暗黙知の次元』のようなものが大まじめに読まれていたし、カトリック作家の遠藤周作は晩年オカルトにとりつかれ、『深い河』(一九九〇)で既にそうした思想を取り込んでおり、九二年には、「朝日新聞」に連載中の随筆『万華鏡』（のち朝日新聞社）で、F・D・ピートの『シンクロニシティ』（朝日出版社）を絶賛し、前年刊行のこの本はベストセラーとなった。いわゆる「虫のしらせ」のようなものを、何らかの必然が働いているものとみなす歴然たるオカルトで、しかもこの本を翻訳していたのは学者の管啓次郎だったが、当時はそれを奇異なこととして批判する者がほとんどいなかった。

当時の日本の文化状況は、いくぶん多幸症的であって、野田は新聞で、自身の劇『怪盗乱魔』に伊藤蘭が出演して、その中には伊藤蘭が釜の中に入る場面すらあり「か・いとうらん・ま」になったのだがそれは偶然で、そのような偶然を引き起こす自分は天才である、と書いていたし、しかしそれは若く才能ある劇作家の、ユーモアとして受け止められた。あるいは平田オリザは、インタビューに答えて、「二年後には巨匠になっています」などと言っていた。事実野田と平田は、朝日賞受賞、阪大教授にして政府の委員と、めでたく出世したわけだが、今ならこんな発言は誰であっても許されないだろう。

私には野田秀樹が高い評価を受けているのが不思議である。夢の遊眠社を解散し、いったんは最前線から退いて、『Right Eye』で新境地を開くのかと思って久しぶりに観に行ったら前とまるで変わらず、その後も、ファンタジー風のとりとめない、しまりのない舞台で高く評価され続けている。反戦と歌舞伎で出世したのかと思う。私には、太田省吾の怒りを無にしてはならないという気持ちがある。

演劇といわず、小説でもそうだが、「売れる」ものと売れないものとがあって、売れるものが偉い、というのが、笙野頼子のいう「売上文学論」で、売れないものについては、批評家が責任をもってよしあしを言わねばならないし、売れているものについても、その文学としての価値を秤量《ひょうりょう》していかなければならない。

だが演劇は、世阿弥の『花伝書《かでんしょ》』が既に述べるとおり、小説以上に、客が入らなければやっていけないものである。仮に小劇場がいつも持ち出しで、役者たちがアルバイトで生活しているとしても、客が入っていればこそそのものであり、小説のように、市場に放出して、たとえ全然売れなくてもいい、というのより厳しい。全然客が入らないというような演劇は観たことがないが、地方の映画館などへ行くと、本当に客が自分らだけ、といったことはある。

たとえば全国に千人の支持者がいたら、小説なら成り立つが、演劇では、上演している都市周辺に支持者がいなければ成り立たない。もちろん現代では、東京やニューヨークに、リテラシーの高い観客がいることを前提としてはいるが、小説と同じく、評価システムが正常に機能しなくなるということがある。渡辺保が新聞での劇評をやめた頃、新聞は次第に劇評の外注をやめ、演劇記者が執筆するようになったが、言うまでもなく記者の劇評は興行元と結びついており、厳しい劇評にはならず、毒にも薬にもならないものがすべてだと言っても過言ではない。

野田の『Right Eye』は鶴屋南北戯曲賞を受賞しているが、光文社を勧進元とし光文シェヘラザード文化財団が主催するこの賞の選考は、朝日、読売、毎日、日経など主要六新聞の演劇記者であり、これではとても藝術的に厳正な審査は望めず、人気のある劇作家が選ばれる結果になるのもやむをえない。

また九四年に読売演劇大賞、二〇〇一年に朝日舞台藝術賞が創設されて話題を呼んだが、新聞だから多くの人の目に触れるところで、あたかも演劇シーンが花盛りの隆盛を見せているように思えるものの、内実は貧しい。朝日のほうは二〇〇九年で休止してしまったが、驚くのは選考委員の「劣化」で、読売のほうは、創設時の選考委員は「朝倉摂、衛紀生《えいきせい》、大笹吉雄、七字《しちじ》英輔、戸部銀作、堂本正樹、西堂行人《こうじん》、山崎正和、渡辺保、北川登園」だが、現在は「小田島恒志、北川、近藤瑞男、永井多恵子、西川信廣、萩尾瞳、長谷部浩、矢野誠一、渡辺保」で、第一回から現在までやっているのは渡辺と北川(読売記者)だけだが、演劇に詳しい人なら、ずいぶん顔ぶれが貧弱になったなと思わざるを得ない。特に、「批評家」が激減している。第五回までは当初の顔ぶれだったのが、次第に入れ替わってこうなった。途中委員となって抜けたのが、みなもとごろう、野村喬、山田庄一、小田島雄志、松井今朝子、妹尾河童、九鬼葉子、沢田祐二、岡本螢で、野村、近藤は歌舞伎研究家、松井は『演劇界』系で、あと舞台の実践の人が多く、岡本は劇作家だが主として漫画原作者である。永井はむろん、元NHKアナウンサーで、特に演劇に詳しいとは思われない。

明らかに、次第に「批評家」が減り、「褒め屋」的な人が増えている。長谷部浩は演劇評論家だが、概して褒めることを主とする人である。扇田昭彦などは、朝日新聞記者出身の評論家だし、これもまた褒めるのが主である。もちろん褒める一方では評価しないものについては沈黙するわけだが、新聞記者は概して空気を読みがちだから、人気のあるものを褒めるという方向へ行く。しかしいずれも、「舞台藝術」として、新劇から歌舞伎、ダンスまで対象にするのは無理があり、選考委員は役割を分担しているのだろうが、それらを全部観るのは不可能だ。

朝日のほうは、より批評色が弱く、選考委員は、

二〇〇一　石井達朗、大笹吉雄、太田耕人、佐々木涼子、扇田昭彦、俵万智、野村喬
二〇〇二　扇田が田之倉稔に代わる
二〇〇三　天野道映、石井、大笹、太田、佐々木、田之倉、俵
二〇〇四　俵が抜ける
二〇〇五—〇七　天野、大笹、小田島雄志、佐々木、森西真弓、山田洋次、山野博大
二〇〇八—〇九　大笹、太田耕人、小田島、佐々木、山田、西堂行人、山野

である。俵万智は、高校時代に演劇をやり、あとつかこうへいが演出した戯曲を描いたことがあるだけだ。ここでは大笹が重石になっている。小田島雄志はキーパーソンの趣きがあり、読売のほうでは「世襲」すら起きている。小田島は東大名誉教授で文化功労者、演劇界の重鎮として、既に小田島翻訳賞すら創設されている。野田は東大中退だが、教養学部時代には小田島にかわいがられており、小田島は紀伊国屋演劇賞の選考委員でもあり、野田の「出世」には一役買ったと思われる。

野田は一九九八年から、ほぼ毎年のように何かの賞を受賞しており、二〇一〇年には遂に朝日賞を五十五歳で受賞した。朝日賞は、リベラル派の文化勲章とも言うべきもので、おおむね文化界の、六十、七十の人たちが受賞するものであり、若くして受賞したのは、学歴なき古筆学者・小松茂美が五十四歳でとって驚かれたのと、黒澤明が野田と同じ五十五歳、小澤征爾が五十歳、森下洋子が四十一歳、村上春樹が五十八歳で、大江健三郎ですらノーベル賞受賞後、井上ひさしも六十六歳、蜷川幸雄も六十四歳で、唐十郎もとっていないのだから、かなりの出世ぶりである。

これには恐らく、東大出身であることと、八〇年代演劇の代表的存在であること、演劇一筋で小説を書いたり映画を撮ったりしないこと、伝統演劇である歌舞伎に進出したこと、日本における戦後の伝統藝能とも言うべき「反戦」をやっていることなど、といった要素に、小田島、ないし長谷部浩や高萩宏、鴻 英良《おおとりひでなが》のような支持者を持ったことが加わっているのだろう。

九〇年代後半、演劇は不振で、若い知識人の多くは、せりふのある演劇ではなく、モダンダンス、舞踏などに関心が深かった。三浦雅士も『身体の零度』（講談社選書メチエ、一九九四）で、フランク・カーモウドの『ロマンティック・イメージ』の衣鉢を継いで、演劇は最終的にはせりふのない踊りへと向うと予言していたし、ピナ・バウシュに圧倒的な人気があり、『ダンスマガジン』のような雑誌がよく読まれた。八〇年代演劇に随伴していた演劇批評家、たとえば西堂行人などは前線から退いた。ただつかこうへいが、この当時、『熱海殺人事件』の新ヴァージョンで気を吐いていた。岸田戯曲賞の発表の場だった白水社の『新劇』は、九〇年に『レ・スペック』と改題したが一年ともたず休刊になり、以後、岸田戯曲賞の選評は、受賞作が白水社から刊行される際に、付録としてつけられるようになったが、受賞時に既に刊行されていた場合は、選評を発表する場さえなかった。もっとも、演劇雑誌としては、『テアトロ』と、早川書房の『悲劇喜劇』が今日まで残っているから、白水社の社内事情だったのかもしれない。さらに小学館が一九九六年に『せりふの時代』を創刊して、井上ひさしを中心に演劇への梃入れを行う。二〇一〇年七月号をもって休刊となったが、ということは井上あっての雑誌だったのかと、唖然とするほどである。

その当時、野田秀樹は下らなくなった、いや、最初から下らなかったのだと言われたりもしたものだが、『パンドラの鐘』のあたりから盛り返して、再度せりふ劇が隆盛に向ったように見える。しかし、野田が『パンドラの鐘』で摑んだのは、特に新しい手法ではなかった。今日なお、野田の演劇は、とうてい「前衛」とは言えない。野田が摑んだのは、まさに「反戦」を唱えると評価されるという、時代の波だったといえよう。『オイル』(二〇〇三)は、二〇〇一年のニューヨークにおける9・11テロに着想を得た作品だが、大和朝廷の神話から追放された出雲の神々という説を下敷きに、原爆投下、米国への復讐といった主題を据えたもので、天皇の戦争責任にも触れたものだが、特に新しみはない。これは野田の戯曲として初めて文藝雑誌『文學界』に載ったもので、続く『ロープ』は『新潮』に載り(二〇〇六)、読売文学賞を受賞したが、これはプロレスを舞台に、暴力について、正しい暴力はあるのかといった問題を扱ったものだ。

いずれも、昔ながらの野田の、どことも知れない、不思議な名前の人物たちが出現するファンタジー風の作品で、松たか子、藤原竜也、宮沢りえといった人気俳優を起用したものだ。私は九〇年代に、野田の芝居を観ているのは若い人たちで、昔の野田を知らず、それが斬新に見えるから観ているのだろうと思っていたが、演劇批評が退潮する中で、長谷部浩などが登場してきた。長谷部は『傷ついた性』(一九九七)というデヴィッド・ルボー論で国際演劇批評家賞を受賞したが、フェミニズム批評を演出に適用したもので、さしたるものではなく、政治的正しさばかりが目についた。以後長谷部は、何やら「褒め屋」じみてきて、遂には七代目尾上菊五郎のような凡庸な俳優を礼讃する本まで出している(『菊五郎の色気』文春新書、二〇〇七)。

本格的な『野田秀樹論』(河出書房新社、二〇〇五)を書いたのも長谷部が最初だが、つまり私は長谷部を批評家としては評価していない。『パンドラの鐘』『オイル』『ロープ』と観てくると、それはまるで、朝日新聞や毎日新聞あたりの文化面やオピニオンを演劇化したようなものとしか思えず、何ら世間の常識に抵抗するようなものはない。坂手の『天皇と接吻』が優れているのは、天皇の戦争責任を追及しようとする学生に対して、嫌がらせをする者たちを描いているからであり、野田の芝居にはそういう対立はなく、ただ「なんとなく、リベラル=戦後民主主義」に追随しているだけである。

長谷部の文章のどれをとってみても、それは「提灯持ち」の名にふさわしい、ただ劇作家や演出家の意図を汲み、それに他のテキストからの引用を付け加えて装飾的に礼讃するものであり、あたかも興行主の御雇評論家のようで、どちらかといえば褒める人である扇田昭彦ですらこれほど薄っぺらな言葉は用いなかった。長谷部が演劇評論家として存在しうるという事実は、批評家が実作者の下婢と成り下がった現状をよく示している。

昔であれば、福田恆存や三島が、このような演劇は鋭く批判したことだろう。だが、この十年ほど、野田に関しては讃辞ばかりが呈されている。もっとも、それはいくぶん裸の王様じみていて、批判的であるような人はそもそも野田に関心がないとも言える。さらにその間、中村勘三郎が主導して歌舞伎座で上演した「野田歌舞伎」も、おおよそ下らないものであると言うほかない。かつて市川猿之助が、戸部銀作の発案で始めた宙乗り、早替わりなどの「けれん歌舞伎」は、歌舞伎に一時的な隆盛をもたらした。ただその後猿之助が始めた「スーパー歌舞伎」となると、既に歌舞伎の規格を外れていて、評価できない。その辺は、個人的な好みもあり、ちょうど若い頃に猿之助の歌舞伎を観ていたといった事情もあって、客観的とはいえないかもしれない。

また九〇年代には、「近代人物伝」と呼ばれた演劇が少し流行した。飯島早苗と自転車キンクリートの『法王庁の避妊法』(一九九四)が、排卵周期を発見した荻野久作《おぎのきゅうさく》を描いた秀作で、ほかにマキノノゾミの、与謝野鉄幹・晶子夫妻を描いた『MOTHER――君笑ひたまふことなかれ』(一九九五)、朝永振一郎をモデルとした『東京原子核クラブ』(一九九七)などがある。しかしそれらは、三谷幸喜を筆頭とする「ウェルメイド・プレイ」の一環としてとらえられた。三谷は八〇年代から活躍していたが、テレビ、映画に進出してめざましく、失敗作もあるし、『絆―コンフィダント』が読売文学賞をとったのが妥当かどうか疑問だが、少なくとも野田のような、微温的イデオロギーに先導されていない分だけ、こうして比べると好感を抱く。

演劇を「復活」させたのは、二〇〇一年に施行された文化藝術振興基本法ではないか。法律の文言では「文学」も入っているのだが、実際にこの法律によって助成を受けたのは、演劇、美術館などであり、売れない純文学作家が助成を受けたという話は、あるのかもしれないが聞いたことがない。演劇、展覧会といったものにカネがかかるのは確かだが、そちらを応援した結果、演劇が復興してしまったのである。

しかし不思議なことだと思う。明治以来の演劇運動の中で、新国劇は滅びたが、新派はまだ残っている。新劇も、その実態は分からないが、文学座も俳優座も民藝も残っている。唐十郎も、鈴木忠志も、蜷川幸雄も現役である。もちろん歌舞伎も能楽も、前進座も残っている。そして野田も、青い鳥すらも残っている。これだけテレビ、映画、DVD、インターネットの時代になって、なおこれらの演劇が残っていることが不思議だ。歌舞伎や新劇の客層は、恐らく高齢女性が中心になっているのだろう。アングラ以降の演劇は、中心人物が生きて現役である限り残るのだろう。

その他、三谷幸喜のもてはやされ方など、かつて「オケピ！」の岸田戯曲賞受賞の際に少し擁護したのを後悔させるものだが、今や知的な若い観客にとって、井上や三谷など、もはやどうでもいいものなのだろう。彼らは、今や台詞劇など見放して、ダンスや舞踏の方へ向っている。私が演劇評論家挫折者なのは、台詞のない、所作事やダンスやバレエについてまるで感性がないためもある。

あと、演劇人が大学教授になることについて一言するが、それは日本では演劇教育が抑圧されてきたという大笹吉雄の言に答えてのものというより、現状では、私立大学の人寄せパンダ的側面が強く、あまり感心できないが、もっともこれは、学者である私が、大学院で博士号まで取りつつ就職できないまま四十、五十になっていく学者たちを見て怒りを感じるからかもしれない。しかし、藝術文化は振興しても、人文系の学問に対しては極めて冷淡で、この世から消えてなくなれと言わんばかりなのが、現在の文部行政である。もっともそれは世界的趨勢でもあり、九〇年代の大学改革で、人文系の大学院など増設した教授連の責任でもあって、今からでも削減を行うべきなのだが……。

一時期は、平田オリザを先達として「静かな演劇」なるものが流行したが、それは時に、久保田万太郎の現代版のような様相を呈した。また平田の「現代口語演劇」の提唱とその理論には、私はかねがね疑問を抱いており、第一に平田の戯曲にははっきりとドラマがあり、登場人物はみな大学院生のような会話をし、平田の理論とは裏腹に、あまりに明晰な言語を語るからだった。私は九〇年代に、言語学の談話分析の論文を見て、そこに、実際の会話を活字に起こした記録を見て、いかに実際に私たちが交わしている会話が支離滅裂、主語と述語はどこかへ飛び、主述が対応しないどころではなくて、相手との会話によってかろうじて伝達機能を果たしていることを知ったが、同じ経路から、平田のものより遥かにリアルな会話を、デフォルメしつつ再現したのが、岡田利規であって、その代表作『三月の5日間』は、ほとんど野田の『小指の思い出』を観た時以来といってもいい驚きをもたらした。ただ、これについても、二度目に岡田の別の芝居を観た時には、もう「同じ」感があった。

ほかにも、長塚圭史や前田司郎のような若い劇作家が出てきているが、ここでは私は演劇や演劇批評の明るい未来を語るつもりはない。もうだいぶ以前から、日本では演劇は若者のものであって、中年男女は演劇を観ない、と言われてきたが、その状況は変わっていない。歌舞伎も一時期ブームだなどと言われたが、数年前久しぶりに行ったら、泉鏡花作品二つが演目だというのに、大方は中年から老年の女性が観客だった。

学問・文藝篇

大人／子供の危うい綱渡り

かつて、三十代半ばで、大学に勤務していた頃、ある同僚の友人から、あなたは態度がでかい、と言われたことがある。どういうところか、と訊いてみると、「みんなでわいわい話しているのを黙ってじっと聞いていて、話が一段落したところで口を出すでしょう、それが」と言うのである。これには、私はうなった。よくテレビの、あまり真面目ではない討論番組などで、人が話しているのを遮って「人の話は最後まで聞きなさい」などとやっているが、私はだから、黙って聞いていて、一段落したら口を出すという「大人らしい」態度をとっていたのである。ところがそれは「態度がでかい」と見えたということだ。実際、この同僚はともかく、私の、黙って聞いている態度が気に入らない、と絡んできた者さえいた。企業などでもそうだろうが、現代日本では三十代半ばといえばまだペエペエだ。それが、あまりに「大人らしい」態度をとると、よくないということなのである。むしろ若手教員として、少しバカなくらいに振る舞ったほうが適切だということになる。そうなると私たちは、いわば織田信長の前における羽柴秀吉のように、少々バカを演じなければならないことになる。かくのごとく、教科書や学校が教える「大人」像というのは、現実の社会には適合しない。

それで思い出すのは、弘兼憲史《ひろかねけんじ》のマンガ『課長 島耕作』に出てくる、「裸踊り」のエピソードだ。島は四十代、メーカー企業の課長である。小売店からクレームがつき、島は五十代の部長と二人で謝罪に出掛ける。この部長は、派閥に属さない一匹狼の島が唯一信頼している人だ。謝罪が済んで酒盛りになると、小売店主たちは、酒に酔って、島に、裸踊りでも見せてくれ、と言いだす。島が困って、それはちょっと勘弁してください、と言うと、謝りに来たんじゃないのか、と店主らが怒りだす。するとこの部長が、特に、島が困っているのを見て、という感じでもなく、ふと、「裸踊り？　それなら私、得意藝ですわ」と言って、かっぽれの裸踊りを披露するのだ。呆然とこれを見ている島。後で二人きりになって、島は自分がダメな人間だと絞り出すように言う。部長は若いころの思い出話をする。大学を出て勤めはじめると、顧客連は、酒の席で自分たち新入社員に相撲を取らせて座興にした、大学で学んだマルクスもケインズもなかった、と言う。

教科書的、学校的知識では、酒の飲み過ぎはいけないとされているが、現実社会では、そんな建前は通用しない。酒を飲んでバカ騒ぎをしなければ通用しない場面は、いくらもある。それに乗れないと、大人と見なされない。大学における学問、あるいは大学内では、「アルハラ」だの「モラル・ハラスメント」が問題にされているけれど、一般社会、なかんずく企業では、そんな話はどこ吹く風である。ひどいセクハラを受けて裁判に持ち込んで、うまく行って賠償金が貰えても、そういう訴えを起こす者を採用しようという企業はないだろう。

このことは、「いじめ」をめぐる研究にも奇妙な影を落としていて、たとえばイヴァン・イリイチのように、「脱学校化」を唱える者、あるいは学校の自由化による「いじめ」の解決を唱える者、果ては、共同体主義を唱える者などがいるが、奇妙なことに、幾人かの論者は、まるで「いじめ」が「子供」の社会だけのできごとであるかのように論じる。だが、大人の社会にだってそんなものはたくさんあって、しかも多くの現代人が、生きていくために大小の企業体その他の組織に属さなければならない社会では、学校制度をいくらいじろうと、大人になった時に、どうしようもない壁にぶつかることになる。それを避けようと思えば、社会民主主義を徹底させる方向へ行くか、ヤマギシズムのような自給自足のコミューンを作るかしかない。

たとえば、二〇〇〇年十一月、失言が続く森喜朗総理に対して、野党が不信任案を提出した時、自民党の加藤紘一と山崎拓が、不信任案に賛成票を投じると表明した、いわゆる「加藤の乱」の時、テレビ番組で、当時の自民党幹事長・野中広務と加藤が、中継画面を通して、議論をしたことがあった。その際野中は加藤に向かって「そんな書生っぽのようなことを」と言ったのである。その後、小泉純一郎が総理になると、反主流派になった野中は引退し、野中に対する国民の目も変わったが、この時、多くの国民は、野中の「書生っぽ」という表現に、いかにも裏取引をこととする薄汚い「政治家」を感じただろう。そして、加藤派の総務会長・小里《おざと》貞利の斡旋《あっせん》で、加藤は涙ながらに、棄権の道を選んだ。この時国民は、どうも、敢然と森内閣不信任案に賛成投票し、堂々と自民党を出てゆくことを加藤らに期待していたようで、がっかりした、という声が多かったが、街頭インタビューでは、「組織に属する人間として、仕方がないかなと思います」と答えていたサラリーマンもいた。多くの国民は、政治家や企業の大物の不正に怒ってみせるが、現実には、企業等に勤めていて、いささかも不正や脱税やセクハラを見逃したことはない、などと言う人は稀だろう。

このように、大人の社会には裏があって、それに従わない者は社会や組織から弾き出されてしまうといった現象を、封建的な日本特有の現象であるかのように考えるのは、間違っている。『スミス都へ行く』のような映画を観たり、先入観を去って注意深く観察すれば、いずこの国にもその種の現象はあることは分かるし、しかもそれは「近代」特有のものですらなく、未開社会はむしろ近代社会以上に、大人の世界のウラというものが強力に個人を縛っていたのである。

もっとも、『スミス都へ行く』が政治の世界を扱っているように、多くの人は、政治の世界がそういう世界であることは知っており、それがある程度やむをえないものであるとも思っている。しかしむろん、企業に勤めていても、官庁に勤めていても、それどころか大学に勤めていても、それはある。以前、新聞の広告記事で、最近「ニート」問題について活発に発言している玄田有史《げんだゆうし》・東大助教授が、次のようなことを言っていた。学生に嘘を言うのはやめよう、資格をとれば就職ができるというものではない、企業は資格など役に立たないと思っているから、一から教育する、むしろ、この社会は理不尽なことに満ちているから、大学ではそれへの耐性を鍛えるべきだ、と。これには、つい苦笑してしまった。もし玄田が、資格が取れることを売り物にしている私立大学に勤務していたら、このようなことは言えないだろう。「嘘を言わないようにしよう」という玄田の発言自体が、そのような理不尽な社会構造から、たまさか玄田が外れているがゆえに可能なのである。しかし、より問題なのは、理不尽な社会への耐性を鍛えるということは、果して大学の役割なのかということであって、そもそも大学教育というものは、そのような方向性を持ってはいない。むしろセクハラやパワハラをなくそうという動きは、一見したところ、社会の理不尽さを排除しようとするものであって、もし本当に社会の理不尽さへの耐性を鍛えようとするなら、こうしたハラスメントは残しておいて学生に耐えさせたほうがいい、ということになってしまう。

年齢が上にいけば地位が高くなる年齢階梯《かいてい》制というのは、どの社会にもあって、成人成女の式というものは未開社会にもある。だが、近代先進社会においては、子供と大人の間とも言うべき「青年」の時代というものが、次第に長く引き延ばされる傾向がある。結局、問題はそこへ行き着くだろう。以前、私の知人の大学教授が、「学生と社会人の違い」というテーマで三、四年生の学生に発表をさせたら、「社会的責任の有無」という結論が出たというので呆れ返っていた。二十歳を過ぎて、社会的責任がないと思っているのか、と。たとえば、高知県で行われた成人式で、知事の挨拶の途中に数人の若者が妨害を行って、のち謝罪に出向いたという事件があったが、もしこれが徳川時代の土佐藩で、藩主に対して若い藩士がこんなことをしたら切腹ものである。前近代社会がシンプルに見えるのは、こういうところであり、たとえば吉田松陰や高杉晋作のように、社会を変革しようとして藩に逆らった時、彼らは死を覚悟していた。何もそれは前近代に限らないことは、大日本帝国憲法下での反体制派の弾圧を見ても分かる。むろんそういう時代が良かったと言いたいのではない。だが、余りに寛大であることが教育上良くないことは確かだ。ドイツの作家、エーリヒ・ケストナーは、次のように言っている。

だれかがだれかにたいして心が広すぎる？　そんなことがあるだろうか？　あるんだ。ぼくの生まれ故郷には、「ばかやさしい」ということばがある。人は、友情や好意を寄せるあまり、ばかになることがある。そして、それはまちがっているのだ。子どもたちは、心が広すぎる人には、すぐにぴんとくる。子どもたちは、こんなことやったらおこられると、自分たちでさえ思うようなことを、してしまうことがある。なのにおこられないと、子どもたちは、へんだなあ、と思う。そして、そんなことが何度もあると、子どもたちはだんだんと、その人への尊敬を失っていくのだ。（中略）

尊敬は必要だ。尊敬できる人は必要だ。子どもたちが、いや、ぼくたち人間が未熟であるかぎり。

（『点子ちゃんとアントン』池田香代子訳、岩波少年文庫）

ナチス・ドイツに抵抗した作家であるケストナーが（ただしケストナーが亡命せずに抵抗した、という褒め方は、彼がユダヤ人ではなかったからということを差し引いて考えるべきだ）、理不尽な厳酷さをよしとしたわけはないことは言うまでもないだろう。この点で、現在の日本と米国の、大学進学率の高さは、既にそれだけで、若者に対して心が広すぎると言うほかないだろう。河合隼雄は『母性社会日本の病理』（中公叢書）で、日本社会では父性的な断ち切る力が弱いと論じ、その実例として、学校に飛び級や落第がないことをあげたが、それが戦後日本の例でしかないことは、私はこれまで何度も述べてきた。ヨーロッパに比べた、日本と米国の大学進学率の高さ、大学の多さが、いわゆる「猶予期間」の延長をもたらしているとしても、その米国でさえ、大学を卒業するのは日本より難しいというのだから、戦後日本は世界一若者に対して甘い国だということになってしまう。それは高度経済成長以後の日本の、表面的な無階級性とも関係しているだろう。しかし、そうはいっても大学・短大の進学率はせいぜい五割程度だから、その「甘さ」の恩恵に浴していない層もまた存在するが、その恩恵に浴する層の多さが、現代日本の問題なのである。かつて「モラトリアム人間」という言葉がはやったが、それは現在ますます増大している。

ある四年制大学で非常勤講師をしていた時、私の叱責が厳しすぎる、という苦情が学生から出て、私に伝えられた。自分自身のことだから、客観的に見るのは難しいかもしれないと思ったのだが、ほぼ同時期に届いた全教員宛の手紙に、「最近は帽子をかぶったまま授業を受ける学生がいますが、むやみに注意すると〝きれる〟ことがありますので、授業を優先させてくださるようお願いいたします」とあり、なるほど学生はもはやご機嫌をとるべき「顧客」なのだな、と納得したのであった。

ここでは、「ばかやさし」くなる理由は、好意でも愛情でもなく、ただマンモス大学の経営を円滑《えんかつ》に進めたいという金儲け主義でしかない。日本と米国における大学の多さは、利潤追求のために教育というものの本義を忘れた大人たちが生み出したものなのである。

また十年ほど前に文部省が進めた大綱《たいこう》化によって多くの大学院が作られ、文科系では特に、大学院へは行ったけれど就職できないという若者が増え、社会問題化している。学生による授業評価というものも、米国に倣って導入されているが、とうてい何かを改善する役には立っていないのは、そもそも日本の大学の問題は、教師も学生も多すぎるというところにあるからだ。ある大学で私がこの授業評価アンケートをした時、自由記入欄に「出席をとるのかとらないのかはっきりしてほしい」と書いた学生がいたが、これでは、出席をとらないなら出ない、と言っているに等しい。

*

もう一つ、現代社会特有の問題を挙げるなら、社会全体の高齢化である。明治から昭和初期にかけて、日本人の平均寿命は、幼児の死亡を除いても五十代だった。となれば、五十代にもなれば十分に「長老」であり、夏目漱石などは四十代で、與謝野鉄幹や上田敏は三十代で、既に仰ぎ見る「師」でありえた。それは当然、責任をも伴う地位だから、自ずと、若者に責任ある地位が回ってくるのも早かったわけだ。しかし現代では、三十代でそういう地位に就く者はほとんどいないのだから、全体として成熟が遅れるのも当然だろう。ただし正確を期すために言っておくと、奈良平安朝の朝廷では、藤原氏などの権門、あるいは特異な出世をした者を除くと、左大臣、右大臣といった地位に就いているのは、六十代、七十代といった人々が少なくない。そもそも儒教圏では長幼の序が厳しいため、年長者には逆らいにくい。長幼の序があること自体は悪いことではなく、誰にでも同じように訪れる年齢というものを、序列の基準として定めることは、幼い君主が老家臣よりも目上である社会に比べれば、最も民主的な序列のつけ方である。むろん今でも多くの組織で、中心をなしているのは五十代だが、やはりそれより年長の世代が多く残っていることの影響は免れない。「五十代は洟垂れ小僧」などという世界があったのでは、二十代、三十代の者が、大人の自覚を持つのは無理というものだ。数年前、東大が、それまで六十歳だった定年を漸次延長して、最終的に六十五歳になるようにした時、元教授らが盛んに反対したものだが、通ってしまった。元々、後進に早く道を開くという主旨で、国立大でも最も若く定年を設定していたのだが、その理念は踏みにじられてしまった。

師弟関係は、年齢が近いほうが好ましい、十五歳程度離れているのがいい、と言われることがある。東京大学のような大学へ入る若者は、とりあえず日本の将来を担う人材とみていいだろう。ところが、これを指導する教授といえば、既に五十代になっており、学生を二十歳とみれば三十以上の差、大学院生を二十五歳と考えても三十歳程度の差がある。谷崎潤一郎は、新進作家の頃、京大教授の上田敏に呼ばれて二度ほどご馳走になりながら、敏に近寄るのが怖くて遠ざかってしまったと書いているが、敏は谷崎の僅か十二歳年上である。谷崎が終生師と仰いだ永井荷風でも、僅か七歳年上である。やはり大学でも、せいぜい十五歳くらい年上の師匠を持つのが望ましいのではないか。

＊

話を戻すと、「大人になる」ことは、果して常にいいことなのか。私などは、しばしば「大人げない」と言われている。おかしな学説や、他人の裏表を批判し、かつ他人がいちゃもんをつけるといちいち反論し、また反論せずに自説を繰り返すと文句をつけるからである。こういう場合、「金持ち喧嘩せず」とばかりに沈黙してやり過ごすとか、適当に無視するのが「大人」の態度だというわけだ。「どうせバカなんだから相手にしない方がいい」と言われることもある。だが私は、それは要するに事勿れ主義やなあなあ主義ではないか、と思っている。もちろん私の議論などは、イプセンの『民衆の敵』のケースのように、人の命に関わるわけでもなければ、生活に関わるわけでもない。だがそんなことを言っていたら、人文学などというものは大方がそういうものなのだから、源義経がジンギスカンになったと言っても、写楽は北斎だったと言っても、人が楽しんでいればそれでいいではないか、となってしまうが、そういうわけにはいかない。その点では私は、スマートにやろうとはあまり思っていないのである。ただし、私のような生き方を万人に勧めることはできない。普通の会社員がこんな生き方をしていたら、大変である。水俣病の原因を作ったチッソの社員が内部告発をしたら、その人を雇う企業はいないだろう、と柄谷行人は言い、世界市民として生きることは不幸になることだ、と書いている（『倫理21』平凡社ライブラリー）。

太平洋戦争の時代、多くの文学者が国策協力的な仕事をした。與謝野晶子など、日露戦争の時「君死にたまふこと勿れ」を書いた反戦歌人だと喧伝《けんでん》されているが、十五年戦争ではだいぶ戦争礼讃の文章を書いており、その種の随筆は、つい最近、『與謝野晶子評論著作全集』（龍溪書舎）に収められるまで、全集にも入れられず、隠蔽されてきたのである。だが、静かに抵抗していた作家たちもいる。たとえば谷崎潤一郎、永井荷風らである。谷崎は『細雪』の連載を軍部から差し止められ、密かにこれを書きつづけた。ただし谷崎は「シンガポール陥落に際して」という戦争賛美の短文を書いている。しかし、谷崎ほどの大物にとって、この程度の協力で戦時下を生きていくのはかなり危険だったし、それができたのは経済的基礎と援助があったからだ。

現代日本においては、そのような国家的規模での言論弾圧がないが、自らの属する組織を批判すること、あるいは天皇制批判のような、なおタブーである事柄を一介の会社員などが口にすることは危険だ。逆に学者社会では、一部の人文社会科学において、むしろ「左翼」的な動きをし続けることが、保身や出世に繋がる世界もある。冷戦後の先進社会では、国家規模での抑圧よりも、小さな社会の抑圧が大きくなった。そして、高度経済成長とバブル経済の中で育った今の大人（三十―五十代）は、いささかでも生活水準が下がることを恐れて、保身的になっており、逆に未来に希望の見えない若者は、ミュージシャンになるとか小説家になるとかいう、己れの才能を見極めない夢を抱いて、フリーター生活を続けていたりする。私は「中庸」を尊ぶから、このいずれも好ましいとは思えない。しかし、型を破った生き方は、一握りの人間にしかできないというのも事実である。

　小説の世界に、ビルドゥングスロマンという、主人公の成長を扱ったジャンルがあるとされている。ドイツが発祥の地であり、ゲーテの「ヴィルヘルム・マイスター」がその嚆矢《こうし》とされる。だが十九世紀のそれを、現代日本に当てはめるのは難しいだろう。これはあくまで、少数のエリートのみが高等教育を受けた時代にふさわしいもので、現代の日本や米国のような大衆教育社会では無効である。志賀直哉の『暗夜行路』も、一種のビルドゥングスロマンではないかと言われるが、これはエリートどころか、働かなくても生きていける資産家の息子の話であって、一般大衆とはかけ離れた世界であり、これが名作扱いされている理由が、私にはよく分からない。これを読んで感動するのは、金のある家に生まれて、プレイボーイ的な青年時代を送った者だけではあるまいか。

　私たちは子供のころ、よく「偉人伝」というものを読まされた。たとえば野口英世である。貧しい農家に生まれ、赤ん坊のころ囲炉裏に落ちて片手に怪我をするといった苦難を味わいながら、世界的な医学者として名をあげた、といった話である。最近では、野口が出世欲や名声欲のきわめて強い人だったといった面が取り上げられることがあるが、問題は、貧しい生まれで出世した、というところで、豊臣秀吉なども、そういう人としてかつては「太閤記」ものに人気があった。その貧しさを裏書きするものとして、野口の母シカの、たどたどしい手紙なども人気がある。ところが、よく調べてみると（というより、大人になれば分かることだが）、野口のようなのは例外で、貧農から身を起こしたなどという偉人は、あまりいないのである。私は子供のころ、山田耕筰の伝記の一部で、少年時代に工場で働いている山田の悲しみの部分を読んだことがあり、山田は貧しい家の生まれなのだな、と思っていたが、後に自伝を読むと、確かに一時期、昼は働いて夜学に通っていたことがあったけれど、中流階級とも言うべき家の生まれで、その姉恒子《つねこ》は、裕福な家庭の娘が通う明治女学校に行き、エドワード・ガントレットと結婚して、父亡きあと耕筰を支え、それで東京音楽学校（今の東京藝術大学）へ行ったというエリートであって、決して貧家の生まれではない。長塚節《たかし》は、『土』という名作で、貧農の生活を鮮やかに描いたが、長塚自身は豪農の息子だったし、木山捷平《しょうへい》の「尋三《じんさん》の春」という短編は教科書に載ることがあり、そこでは貧農の子供の苦労が描かれており、うっかり読むと木山自身の経験のように読めるが、木山もやはり庄屋級の家の息子で、これは木山の実体験ではない。最近の例でも、中上健次は被差別部落の出身で、高卒で働いていたとされているが、小説中にも描かれているとおり、実父は事業で成功した男で、中上はその仕送りを受けていた。本当に貧しい中から身を起こした作家といえば、『豆腐屋の四季』でデビューした松下竜一など、むしろ少数である。

つまり、この種の「偉人伝」は、貧しい家に生まれて立身出世したという、例外的な物語、あるいは木山の場合のように、誤解を与えるような例を与えて、子供に半ば嘘を教えるものだったのだ、と私は考えている。福沢諭吉の『学問のすゝめ』は、近代日本最初のベストセラーとされており、「天は人の上に人を造らず、人の下に人を造らず」という言葉で有名だが、福沢の主旨はもちろん、題名が示すとおり、人の上に立つためには学問が必要だというところにあり、徳川時代の門閥制度否定にあったのである。ところが明治初年、まだ義務教育も始まっておらず、いざ義務教育制度が行われても、商人や農民に学問は不要だ、と考える親が多かった。国家が強要したために、小学校には行かざるをえなかったので、日本人の識字率はアジアでいちばん高くなるほどに上がったが、立身のためには、とうてい小学校卒業程度では埒《らち》が開かない。しかし実際、明治・大正・昭和前期まで、貧しい家の子や女性は、高等教育など受けられないのが実情だった。だからそういう人たちは、商売での成功を目指すのが普通だった。女性教育は、戦前は女専と呼ばれた高等女子専門学校、または女子師範学校（後のお茶の水女子大学）が最高だった。東京女子大、日本女子大なども、名前は大学でも女専だった。もちろんそれでさえ、進学できる者の数は限られていた。作家の瀬戸内寂聴は、大正十一年（一九二二）生まれで東京女子大へ行っているが、これは当時の女性として最高の教育を受けたこと、瀬戸内の実家が裕福だったことを示している。

戦後、女子も大学に行けるようになり、学制改革でそれまでの旧制高等学校が大学になって、どんどん大学の数は増え、ついで高度経済成長に伴い、高校進学率はほぼ百パーセント、そして現在まで、大学進学率も四十パーセントを越して五十パーセントに近づいている。しかしここで、ある勘違いが起きた。誰でも努力すれば立身ができるという幻想である。確かに、高度経済成長によって、能力はあるが資産がないために教育が受けられない、という事態は減少した。ところが、能力がない者でも努力次第で立身ができるという幻想が広まり、日本人や米国人の精神の健康を損なった。実際には、誰もが社会の上位に立つということがありえない以上、いくら高校や大学の進学率が上がっても、結局はその高校や大学の中に格差が生まれるだけである。しかもドイツのように、ことさら知的能力に秀でていない子供は、早いうちから職人としての、熟練工としての修行をするといった考えがなくなった。日本でも昔は「手に職をつける」という考えがあったものだが、それも消えて、理解できない高校の授業に出席して「将来何の役に立つのか」といった不満を抱くばかりの生徒が増えてきた。一九七八年には、八〇パーセントの日本人が、自分は「中流」だと思っている、という社会調査の結果が発表され、「一億総中流」などと言われたが、英国では、中流と下層を区別する指標は、二十世紀始めにおいて、使用人がいるかいないかだったと言われる。これを現代に当てはめるのは無理だとしても、団地に住んでいて中流というのはおかしな話で、そもそも中流（ミドルクラス）というのは、ある程度資産のある階級をさす言葉であり、上流といえば貴族であって、戦後日本では上流といえば旧華族か財閥くらいしかなかったわけだから、語の定義にずれが生じたとはいえ、まさに岸本重陳《しげのぶ》が『「中流」の幻想』（講談社、一九七八）を書いたように、「幻想」だった。しかし、高度成長によって国民にその幻想を抱かせたことに満足した自民党政権のもとで、幻想だという声はかき消されてしまった。

その一九七〇年代以後、広い意味での文藝、つまり小説のみならずテレビドラマなどの世界で、主人公たちの帰属階層は、次第に曖昧にされるようになっていった。特に大学生を描く場合に、その大学名は抹消されていく。三島由紀夫の『永すぎた春』や、柴田翔の『されどわれらが日々――』には、主人公が東大生であることが、後者ははっきりと、前者もほぼはっきりと書かれているが、それ以後は、よほど注意していないと分からなくなっていく。まして、大衆小説やテレビドラマでは、いくら注意しても、その主人公たちがどの程度のレベルの大学を出ているのか、模糊《もこ》として不明になってゆき、階層の存在は隠蔽されていった。バブル経済の時代のテレビドラマなど、まるっきりその辺は曖昧なまま、ただ「普通の人々」であるといった見せかけのもとに恋愛ばなしが繰り広げられていた。そして現在さかんに、日本が再び階層社会になり、格差が広がるといった言説が横行しているが、それは単に、高度経済成長からバブル経済期に至る、パイが膨らんでいく状態によって覆い隠されていたものが顕在化しつつあるということに過ぎず、むしろその当時のほうが、長い歴史の中での例外的状況だったのだと考えるのが正しい。

これは、本論とは直接関係ないように見えるが、八十パーセントが中流だなどといった幻想に三十年間とらわれてきたこと、誰でも努力すれば社会の上層に行けるなどという嘘が信じられてきたことは、大いに関係のあることなのだ。

＊

同じように、現代の先進国だけでなく、中進国にまで広まりつつある恋愛至上主義の問題がある。恋愛して結婚するのが正しくて、恋愛することによって人は大人になる、という考え方だ。これは近代のイデオロギーで、恋愛（交際）のできない人もいるのだから、間違った考え方である。けれどこのイデオロギーは、イスラム圏などを除いた世界中に、小説や映画やテレビを通して広まってしまっている。この問題が解決するには、あと数百年かかるだろう。だから今現在言えることは、恋愛ができないからといって恥じることはないし、いわゆる激しい情熱のようなものがなくても、結婚していいのだ、ということくらいだ。ただし、多くの雑誌が、こうすればもて男になる、とかいい女になる、などと特集を組んでいるのは、そうすれば売れるからで、やっぱり商売のためなのである。藁にもすがる思いでそういう本を手にするのは分かるが、商人の手に引っかからないのも大切なことだ。

私はここで、利き目絶大の解決策のようなものを出す気はない。むしろ、大きなアイディアによって世界を変えようと考えることは、結局惨禍を引き起こすだけだということは、歴史が証明している。少しずつ、身の回りの小さな理不尽と戦っていくほうがいいのだとは、カール・ポパーが言うところだ。もちろん、その中でも、今日は理不尽と戦ったけれど、明日はちょっと周囲に合わせる、といった中途半端なやり方で構わない。普通の人間は、みなそういう風にして生きているのだ。大きな変革を担うのは、一握りの強靭な人たちに任せておけばよい。

ブックガイド

ロマン・ロラン『ジャン・クリストフ』（岩波文庫など）

最近ではあまり人気がない「教養小説」つまり成長文学だが、再評価されるべきだと私は思っている。みながジャン・クリストフのように、俗物に抵抗して生きていけるわけではないが、一生に一度、ジャンのようになることはできるはずだ。

松田道雄『恋愛なんかやめておけ』（朝日文庫）

一九七〇年刊行の、当時から現在にいたる恋愛至上主義のばからしさを説いた本だが、晩婚化が進む現在では、結婚するまで禁欲しろというのはちょっと無理。

エーリヒ・ケストナー『飛ぶ教室』（講談社文庫など）

やはり本文中に引いたケストナーの思想を十全に現した児童文学の最高傑作で、変に子供に理解があるふりをしない教師の姿を描いている。

瀬沼夏葉《かよう》をめぐって――学問のルール

中村健之介・悦子夫妻による『ニコライ堂の女性たち』(教文館)が刊行されたのは、二〇〇三年三月のことだが、私が同書を繙《ひもと》く機会を得たのは、それから一年ほど経ったときのことだろうか。瀬沼夏葉(一八七五―一九一五)について新事実が書かれていると知ったからである。それより前に私は、この、尾崎紅葉門下の女性文学者が、チェーホフや、トルストイの『アンナ・カレーニナ』を訳したことに、『比較文學研究』八〇号(二〇〇二年一〇月)の「研究余滴――ロシア文学をめぐって」で触れており、その際、夏葉の夫である瀬沼恪三郎がトルストイと書簡を交わして、オブロンスキーはアンナの兄なのか弟なのかと問うた話などを書きつつ、なぜか恪三郎が、自分が訳していると書いていて、妻夏葉(郁子)の名をまったく出していないことに不審の念を表明していた。この往復書簡は二種類もの日本語訳があり(シフマン『トルストイと日本』末包《すえかね》丈夫訳、朝日新聞社、

一九六六、および同「トルストイと日本」法橋《ほっきょう》和彦訳『レフ・トルストイと日本』ローザノワ編、ラドガ出版社、ナウカ、一九八五)、中村喜和(一九三二―)も、恪三郎が夏葉の名前を出していないことに不快感を表明していた(「瀬沼夏葉　その生涯と業績」『一橋大学人文科学研究』一九七二)。この文章はのち私のエッセイ集『猫を償うに猫をもってせよ』(白水社、二〇〇八)に収めた。

さて、中村夫妻はこの夏葉について、男性関係にかなりだらしのない女性であったことを明らかにした上で、ロシヤ語の能力を疑問視し、翻訳は実際には恪三郎がやっていたのではないか、と仄めかしている。私は、それで、恪三郎の手紙の謎が解けた、と膝を打ったのだが、どうもこの「中村説」の評判が悪い。私は東大比較で同期に加藤百合さん(一九六四―、筑波大准教授)、一学年上に沼野恭子さん(一九五七―、東外大教授)という、ロシヤ比較文学の人を持っているが、二人とも、その説についてはもう少し慎重に、などと言うのである。

しかし、『比較文学』四六号(二〇〇四)で沼野さんはこの本を書評し、この問題を「重大な疑義を呈している」とし、「安易な判断は控えたいが、これはぜひ実証的な研究によって真偽のほどを確かめるべき重要な問題だと思う」と書いた。

ただ今にして思えば、中村夫妻は、この時点で集めうる証言などを網羅して、この示唆に至っているわけで、沼野氏の文章は、何やら中村夫妻の研究が「実証的」ではないかのように読めるし、これ以上の何かを求めるなら、新資料を発掘せねばならないだろう。

私としては、恪三郎の手紙とぴったり平仄《ひょうそく》が合っている以上、中村説は妥当と見て、自分のエッセイを著書に収める時に付記したりもしたのだが、二〇〇九年になって、『翻訳家列伝101』（新書館）を企画して、加藤さんにロシヤ文学の翻訳家のところをお願いした。すると、実はうすうす恐れていたことだが、加藤さんは概説で、瀬沼夏葉を翻訳家として紹介し、中村説を完全無視していた。それで、私は加藤さんに理由を尋ねたのだが、中村説は憶測に過ぎず、定説になっていない、と言う。しかしそれなら、このような説があると書くだけでもよいはずで、かつまた、定説になっていないというのは、批判や反論が出た時のことであろうと私は言った。

そこで私は、この中村著の、ほかの書評を見ようと思い、小野理子《みちこ》（一九三三―二〇〇九）の「信仰と愛憎のはざまに」（『むうざ』ロシア・ソヴェート文学研究会、二〇〇三年十二月）と、中村夫妻が連載をしていた『窓』二〇〇四年四月の、塚本善也（一九六五―）によるものを見て、唖然とした。小野・塚本ともに、中村著における瀬沼夏葉のことは、かなり大きく紙幅を割いて、学問的判断を超えているのではないかと思われる感情的な、とはいえ中村夫妻に否定的なわけではない文言を書きつけているものの、それは夏葉の男性関係についてであって、恪三郎が翻訳者であったという示唆には一切触れていないのである。小野にいたっては、夏葉の文章は論理的でない、という中村の文言に対して、夏葉の翻訳はいいが評論は良くないとは生前から言われていたことで、「今日の視点からの批判は、慎重でなければならないだろう」と夏葉を弁護しつつ、翻訳への疑念には触れていないのである。

やんぬるかな、と私は天を仰いだのである。今日、女がした文筆上の仕事を、実は夫がしたのだと、虚偽を言えば「テクスチュアル・ハラスメント」とやら、評論家の小谷真理が自身の体験に基づいて名づけたのは知っている。しかし、虚偽でなければその「テクハラ」ではないのである。それをただ、小野・塚本のごとくに「無視」し、批判・反論もないままに「定説になっていない」など決め付けるのでは、イデオロギー的な行為であるのみならず、学問のルールを逸脱するものである。

学問においては、論文、覚書などの形で疑念、批判、反論などを表明して初めてそれは存在したことになるのである。むろん稀に、学会発表の形で述べて、それがなかなか活字にならないといったこともあるが、単にロシヤ文学会あたりで「あれはまずいよね」などと囁き合うのみで、無視・黙殺してなかったことにするというのは、学問の社会的責任を拋棄するものだ。

以前なら、批判・反論したいけれど雑誌が載せてくれないというようなことがあったものだが、今ならインターネットがある。私は、学者はすべからく自身のウェブサイトを持ち、適宜発言していくべきだと思う。もっともウェブサイトを使っても、ヨコタ村上孝之氏のように、私が『比較文學研究』に載せた論文で行った批判を、どういうわけかアマゾンの自著レビューで発見して、「皮野厚」などとおかしな名前をつけて、活字のほうではなくアマゾンのレビューの口調を論難したりするのは困ったやり口である。

私もずいぶん、この「無視・黙殺」にはひどい目に遭ってきたもので、中村夫妻のために一言弁じておきたいと思った次第である。

本稿に着手した際、私は小野氏が亡くなっていたことを知らなかったが、生前に疑問を表明できなかったのは残念である。ぜひ塚本・加藤氏らの意見を聞きたいところである。

白川静は本当に偉いのか

文句なしにえらい学者

私が、白川静（一九一〇―二〇〇六）という名を気に留めたのは、たしか、一九八七年に出た、呉智英の『読書家の新技術』（元本一九八二年）の朝日文庫版を、出てほどなく読んだ時のことである。そこで呉は白川の『孔子伝』（中公叢書）その他の著作を推薦していた。その他、『漢字』（岩波新書）、『漢字百話』（中公新書）、『中国の古代文明』（中公文庫）などである。その後白川の名声は、『字訓』（一九八七）、『字統』（一九九四）、『字通』（一九九六、いずれも平凡社）の漢字三部作を出すに及んでいよいよ高くなり、長命を保ったおかげもあって、遂に文化勲章受章に至り、『別冊太陽』が「白川静の世界」を出すなど、人気は高い。

私は『評論家入門』(平凡社新書)で、文句なしにえらい学者の一人として白川をあげておいた。だが、これは呉先生を始めとする世間の評判からそう判断しただけである。私自身は、白川の愛読者というわけではない。漢字の成り立ちについて説かれても、どうも私にはおもしろくなかったからである。『漢字』は読んだが、『漢字百話』など、中公文庫になった時に買って読み始めたが、面白くないので中途で放り出した。いちばん困ったのは、呉先生の勧める『孔子伝』で、私には全然面白くなかった。呉は、これに想を得たという諸星大二郎のマンガ『孔子暗黒伝』は、白川が描きされなかった孔子の呪的側面を描いたとして絶讃していたのだが、こちらは、『孔子伝』以上につまらなかった。呉は孔子について、聖人君子のように思われているがその背後には呪術的世界があるとか、世に容れられない怨念を抱いた人だったとか言い、そういうことが白川著には書いてあると言うのだが、私は何しろ、孔子が聖人君子だなどと教わったことがないから、いくら読んでも衝撃を受けないのである。私は呉先生には私淑しているが、世代差があるから往々にしてこういうことが起こる。

白川の著作で唯一面白かったのは『初期万葉論』(中央公論社、現在文庫)で、柿本人麻呂の蒲生《がもう》野猟歌が、天武・持統天皇の皇子で夭逝した草壁皇子《くさかべのみこ》の天皇霊を呼び出して、これをその皇子で後の文武《もんむ》天皇となる軽皇子《かるのみこ》に授ける呪術的意味を持っているという解釈である。しかしこれは万葉学者の中西進(一九二九―)の解釈を批判するもので、米国で、中西系のリービ英雄と、白川系のゲイリー・エバソウルが代理戦争をやっていた(Gary Ebersole, *Ritual Poetry and the Politics of Death in Early*

Japan, Princeton UP, 1989)。

「白川静を信用するな」

だから、私にはあまり興味がないけれど、きっとえらい学者なのだろうと、最近まで思ってきた。ところが、後輩でシナ文学もやっている某君が、あれはトンデモだ、と白川のことを言う人がいる、と書いているのを読んで、気になった。それで、やはりシナ関係の学者の友人に訊いてみたら、漢字学者の間ではそういう声が多いという。特に東大系の学者がそうであるらしく、東大教授だった藤堂明保（一九一五―八五）が白川の『漢字』が出た時、ひどく厳しい書評を書いて、白川が、「漢字学の方法」で反論していることも知った。

白川といえば、立志伝中の人としても知られている。立命館大という私学の出身で、母校の教授にはなったけれども、官学から差別され、こつこつと金石文《きんせきぶん》を研究し、『説文解字《せつもんかいじ》』に疑義を呈する『説文新義』を、地味な形で刊行してきた。四十代半ばまで著書はなく、高校の漢文の教科書を編纂しただけで、それを手伝った山城高校教論の長尾伴七《はんしち》が、谷崎松子の漢文の家庭教師をしていて、その教科書を持参し、松子が谷崎に見せたが、さして興味を示さなかったという話を、私は『谷崎潤一郎伝』に書いている。

その辺のことがよく分かるのは、谷沢《たにざわ》永一（一九二九―）の『紙つぶて』で、谷沢は一九七〇年、白川の『漢字』を、新しい創見に満ちていると絶賛し、「漢字の原義の研究が飛躍的に進歩したのは、甲骨文《こうこつ》および金文の分析の深化による。この本はその成果を圧縮した見事なものだが、著者はその研究の全容を、別に『説文新義』と題する全十五巻の大著として世に出しつつある。ところがそれが実に粗末な装丁で、神戸市の白鶴美術館から三か月に一冊というのろいテンポで細々と一部の篤志家に頒布《はんぷ》されている。後世に残る大著の刊行形式としては、あまりに淋しい」と書いていた。

ところがそれから三十五年、『紙つぶて　自作自註最新版』（文藝春秋、二〇〇五）で谷沢は、この文章の後に、白川の評価を逆転させる文章を付け加えた。

いったい漢字の語義なんか知ることが出来るものか、と私は思っている。学閥に属さないで苦労に耐えた、とセンチメンタルな同情が集まって、今は恰《あたか》も白川静の時代であるが、彼の説くところに実証性があるか。『字通』を見ていると、どの漢字の説明にも『説文』が論拠に使われている。あまりにも安直なのでつい笑い出した。（略）『説文』を論拠とする学者はすべて偽者である。

また甲骨文も金文も自らは何も語らない。それにもっともらしく理屈をつけて学者が判読する。要するに独断である。証拠がない。文字学は想像による印象論である。原始的な象形文字は印象批評で決めるだけである。白川静を信用するな。

これは、白川がまだ存命だった頃のものだ。谷沢がなぜこんなにがらりと立場を変えたのかと言えば、白川の人気への嫉妬もあろう。また、官学嫌いで私学びいきの谷沢としては、私学出の白川に同情するところが大きかったはずだが、阪大名誉教授の儒学研究家・加地伸行《かじのぶゆき》（一九三六―）が白川を絶賛したこと（「白川静著『字通』――壮大な漢文の世界へ」『東方』一九九七、四月）も一因だろう。もしかしたら呉智英が白川を持ち出して谷沢の『論語』解釈を痛罵したこともいくらかは影響しているかもしれない。谷沢も加地も「保守派」だが犬猿の仲で、加地が加わっている「新しい歴史教科書」を谷沢は激しく批判したし、谷沢と渡部昇一の『「広辞苑」の嘘』を加地は激しく攻撃したのみならず名誉毀損で谷沢を訴えて勝訴している。しかも加地はこの文章で、『字通』が『説文』とは違う説明をしている箇所を引いて説明しているのだから、谷沢の言うことはおかしいのである。

誰も活字で言わない

とはいえ、谷沢の言うことも半分は当たっていて、後段はその通りだろうと私は思う。しかしその前に、藤堂による書評を見てみたが（『文学』一九七〇年七月）、ほとんど、全否定に近い。岩波新書の書評で、岩波の雑誌でここまで書くのには驚いた。ところが、藤堂はただ白川の説を否定して、個々の漢字の起源についての自説を展開するばかりで、方法に関する議論がまるでないのだ。白川の方法がなぜ間違っているのか、藤堂の書評を見てもさっぱり分からない。その上、こんな人物に岩波新書の『漢字』を書かせるのは人選ミスだと、編集部まで非難している。白川が激怒して書いた反論「文字学の方法」は『文字逍遥』（平凡社ライブラリー）に入っているから、見ると、白川は自分の方法について当然ながら説明している。それに対して、藤堂が反論した形跡はない。

しかし藤堂は最後に、ちょっと面白いことを書いている。つまりこういう、漢字は面白い、というような本は反動勢力に利用されるであろう、どういう連中がそれを言い出すか、目に見えている、と書いているのだ。白川は「自らが全共闘の闘士であるという自負のもとに、この発言をしているのであろうが、全くよけいなことである」と言い返している。一九七〇年当時のシナ学者の間には、文化大革命支持者が少なくなかった。もっとも藤堂自身も漢字学者であり、漢字の起源について書いているのだから、おかしな話である。しかも、白川を岩波に紹介したのは、立命館大教授の北山茂夫（一九〇九―八四）という左翼日本史学者なのである。ただし、谷沢は今でこそ皇室崇拝家の右翼だが、若い頃は共産党員で、小田切秀雄らと行をともにしていたし、一九七〇年当時は、まだそうではなかったはずだ。さて、藤堂も白川も鬼籍に入った今なお、東大や官学系シナ学者には、白川を異端視する人々がいるらしいのだが、ふしぎにもそれが活字に現れてこない。

白川と似た立場にいるのが、立命館で同僚だった梅原猛（一九二五―）で、梅原は京大出身ながら京大には迎えられず、怨霊、つまり呪術的な見方を重視する古代史に関する評論で世に知られたが、国文学者はその『水底の歌』を厳しく批判した。これは明らかに批判のほうが正しかったが、梅原は全体としての仕事で文化勲章を受章した。ただ違うのは、梅原の場合、梅原の方で、はじめはともかく途中からは批判に答えず自説をくりかえしているのに対し、白川の場合、藤堂のように、徹底論争をしようとせず、蔭でこそこそ悪口を言う者が多いという点である。

私の先輩の張競さんが、『恋の中国文明史』という本を出して読売文学賞をとったが、この本は、どうやらシナ文学者の間ではトンデモ本扱いされているらしく、「中国人が書いたとは思えない」と悪評紛々であるらしい。シナ学者だけではなく、張さんの師匠に当たる平川祐弘先生も、出版記念会で内容を批判したというし、私も聞いた。それにしては、誰も活字で言わないのである。平川先生は遠慮があろうが、一般のシナ文学者や歴史学者は、蔭でこそこそ言わないで堂々と書けばいいのである。シナ学の世界には、論争などという薄汚いものはしたくない、という風潮でもあるのであろうか。

起源の実証は難しい

などと書いていると、そんな周縁をつつき回していないで、お前自身の判断を言えと言われそうだが、実をいえば、谷沢が言っていることが正しいのである。言語について、起源を実証することは難しい。特に漢字は表意文字で、音・形・義の三位相があるから、音と義だけの二次方程式を解くのとはわけが違う。音と義だけの表音文字の世界でさえ、どこで音と義の干渉が起きているか分からない。先に、藤堂は方法を書いていないと言ったが、藤堂はスウェーデンのシナ学者カールグレンの説に基づいている。しかしカールグレンは神様ではないのだから、カールグレンが言ったから正しいというのもおかしな話だ。ただ白川は、確かに金石・甲骨文についてこつこつと研究してきたが、その時点では資料性において紛れもない業績でありながら、金石や甲骨文を見れば漢字の起源が分かるというのは、どうもおかしい。白川は金石・甲骨文から、漢字のカテゴリーを抜き出してその起源を記述するわけだが、やはりそれも恣意的であって、なるほどご苦労ではあるけれど十分に科学的とは言えないのである。ただ、このやり方は、文化人類学者や民俗学者のそれと似ていて、未開社会を調査すれば、人類の太古の姿が分かるというのが彼らの前提だが、確かにそれである程度のことは分かった。しかし二十世紀に入る頃には、まるで文明人の影響を受けていない未開社会など、日本国内はもちろん、世界各地で消滅してしまい、しかもマーガレット・ミードのサモア研究のように、ミードが騙されていただけだと分かったりして、既に新規に未開社会を見出す可能性など残っていない。

見てきたような嘘？

もう一人、白川を批判というより痛罵しているのが、昭和三十年（一九五五）まで東大教授だった加藤常賢《じょうけん》だが、これまた、論文があるわけではなく、一九七八年の加藤没後、一九八四年に私家版非売品で出た深津胤房編『維軒加藤常賢　学問とその方法』（加藤さだ）に載せられた、二松学舎大学大学院での講義のテープを起こしたものの中にある。

先日も、あの白川君（白川静氏）のものを、なんかちょっと広告で読んだったっけなあ。「𠕋《さつ》」という字を、ちゃんと、これは『説文』にある字なんだ。これは「口」じゃねえと言うんだ。これは、なにやらの箱だと、こう言うんだ。箱の中へどうやらこうやらで、こうやらで。ちゃんとこりゃ「冊ヲ読ムナリ」と、『説文』にちゃんと注釈してあるんだから、なぜ、だから、その通りに「口で冊を読むんだ」というように、なぜ読めん、と私は言うんだ。それが箱であって、それが入れ替わったものだと。どこでそんなことを見てきたんだと。証拠のないことを言うな、と私は言いたいんです。だけども、そう言う《ママ》ものがあたかも正しいが如くに、なんと言うか、受けとる人が多いんですよ。だから、遠慮しがちに、最小限に、ものを言っている人間の心が分からないんだ、と言わざるを得んですよ。そんな見てきたような嘘を言って、そんなこと、俺、よう言わんて。証拠のないこと、言っちゃいかんて。

とある。時期が書いていないが、天皇が十八日かけて外国を回った、と冒頭の雑談にあり、これは一九七一年秋の訪欧のことだろう。広告で読んだというのは、前年出た白川の『漢字』の広告を見て読んだということだろう。しかし加藤は、白川がそもそも『説文』を疑うところから始めていることなどまるで知らないらしい。さきに谷沢の文章で省略したところは、『説文解字』を後漢の許慎の撰と紹介して（なお蛇足ながら「撰」とは漢語で著のことで、漢字の中から選ぶという考え方でそうい う）、「しかし、私はこんな小手先細工を信用しない。後漢の時代相を許慎が書いたのなら真実であろう。しかし何千年も昔に出来た、それも一度にでなく、また千年なら千年の、修正を加えられつつ成長した漢字の語義が、次第に判明してきたのではなく、大昔から突然の空白何千年後、許慎にだけお告げがあって判ったなどと、無茶な話を誰が信じるか」というのだが、それならこれは白川批判ではなく加藤批判である。

それにしても、加藤のこれはひどい。碌に白川の方法も知らず「見てきたような嘘」などと言うのだから、刊行者は白川から名誉毀損で訴えられてもおかしくない。もともと講義の中での放言だが、よくこんなものを活字にしたものだと思う。白川は、『説文新義』第十五巻（『白川静著作集 別巻 説文新義8』平凡社、二〇〇三）で、『説文解字』についてこう書いている。

許氏の文字学的な志向は正當なものであつたが、文字をその初形初義において考えることは、當時の資料によつてはなお不可能なことであり、また字説にその時代思潮である陰陽五行説《おんようごぎょう》を用いたことも、正當であつたとはいえない。しかし許氏の示した文字学的な方法の正しさは、今日においても揺ぐものではない。

つまりある程度は『説文』を認めているわけである。ここでは加藤常賢、藤堂明保の説もあげられていて、藤堂のほうは「一見してその稚拙さに驚かされるが、特に字形解釈における全くの無原則、またその無思想性を指摘すべきであろう」と痛罵している。

『説文新義』十五巻の刊行は一九七三年だが、白川は、加藤(一九七八年没)が講義でこんなことを言っているとは風説で聞いたかもしれないが、風説だけで反論するわけにもいくまい。驚かされるのは、白川を批判する者たちの、ひどく腰の定まらない、逃げ腰のやり方である。加藤は既に七十五を越えていたから仕方ないが、今もなお白川を批判する漢字学者などがいるなら、堂々と論考をもって問えばいいのである。そして白川の弟子筋とやりあえばいいのである。蔭でこそこそ悪口を言っていたって、学閥の人にしかわからないし、一般人は誰も信用しない。

いったい白川が偉いのか正しいのか、と言われても、要するに白川の方法も推測に過ぎず、漢字の起源について明確な科学的証拠など誰も提示できないというのが正しく、仮に精査したとしても、これについては白川に分があるが、これはどうだろうといった各論の問題になるだけだろう。だから、科学的言語学を推進するノーム・チョムスキーは、起源論や語源論には手を出さないのである。それにしても、白川を蔭でトンデモ呼ばわりしている人たちは、正々堂々と批判をしてほしいもので、白川が偉いかどうかより、表だっては何も言わずに蔭でこそこそ言う一部学界の風潮のほうがよほど問題だと、私は思う。

（付記）これが出たあと、三浦雅士（『アステイオン』67、二〇〇七）と高島俊男（『ユリイカ』二〇一〇年一月）が白川―藤堂論争をとりあげた。三浦は白川寄り、高島は中立の感じだったが、高島がこれを収めた『お言葉ですが…別巻3　漢字検定のアホらしさ』（連合出版、二〇一〇）は、あとがきでいきなり、白川の書いたものはいたって程度の低いものであった、と言い捨てている。それじゃ困るので、ちゃんと論じていただきたい。

藝術院とは何か？

二〇〇八年十一月、藝術院の新会員が発表された時、私は、いよいよ藝術院と文化庁は乖離を始めたぞ、と思ったものだ。映画監督の山田洋次（一九三一―）が会員になったが、これには二つの意味がある。映画監督は第三部（音楽・演劇）に属するが、映画監督が藝術院会員になるのは、実に、小津安二郎（一九〇三―六三）以来、四十五年ぶりのことなのである。黒澤明は入らなかったのだ。恐らく小津の場合、里見弴と親しかったところから、里見が推薦して入ったのではないかと思われるが、山田の場合、東大卒ということが、存外影響したのではないか。もう一つは、山田が既に文化功労者になっていたことで、文化功労者が藝術院会員になるのは、これが初めてのことなのである。これまでは、まず会員になってから、文化功労者ないしは文化勲章、という順番であり、会員でもないのに文化功労者になった者――たとえば海音寺潮五郎や中村汀女《ていじょ》――が、その後会員になるということは、なかったのである。

富岡多恵子（一九三五―）が会員になったが、これもある感慨を催した。既に藝術院賞を受賞していたから、果して会員になるかどうか、見守っていたからである。富岡といえば、「人類が滅びても構わない」と言ったフェミニスト、またかつては、明らかに反体制的、異端的な詩人・小説家だった。しかしもともと、近松や西鶴のような元禄文学を愛好する大阪人の面もあり、この十年ほどは、その穏健な面が目立ち始め、かつまた文壇の重鎮と化しつつある気配があったから、やや寂しい気持ちもある。

二十一世紀になってから、文化庁が与える文化功労者および文化勲章と、藝術院会員の顔ぶれとが、激しくくずれ始めているという現象に、私は注目してきた。作家でいうと、文化勲章を受章しながら藝術院会員ではないのが、杉本苑子、瀬戸内寂聴、そして今回の田辺聖子と三人もいて、第二部（文藝）では、かつて吉川英治が文化勲章を受章しつつ会員にはならなかったが、三人もいるとなると前代未聞である。私はこれは、青木保が長官を務める文化庁が、藝術院の旧弊さに愛想を尽かしつつあるのだと推測している（青木は二〇〇九年退任）。さらに文化功労者となると、井上ひさし、平岩弓枝、山崎正和、塩野七生など、非会員がどんどん増えている（その後井上は会員）。つまり藝術院は、人気のある有名な文学者よりも、地味な文学者を選ぶようになってきているのである。今年入ったのはほかに佐佐木幸綱、入澤康夫、飯島耕一で、今年の第二部新会員は、思えば全員詩歌の人だし、昨年の辻井喬、三木卓もいずれも詩人から出発した人である。ここに絓秀実のいう、詩のある部分での優位が現れている。

それも、あまり儲からない藝術家に年金を与えるためと解すればいいわけだが、私が高く評価する三木卓が会員になったのはいいとして、とうてい金に困っているとは思えない辻井喬も入ったし、大学教授を務めていて年金もあるだろう人もいるのだから、それが理由とばかりは言えまい。

また今回の選考でも、二世会員が目立った。書の日比野光鳳は五鳳の子、建築の谷口吉生は吉郎の子だ。佐佐木幸綱は信綱の孫だが、これは実力だからいいだろう。しかし、谷口吉生というのはそんなに偉い建築家なのだろうか。藝術院には家族で会員というのが非常に多く、親子でいえば、彫刻の雨宮治郎とその子の雨宮敬子、雨宮淳の姉弟など一家三人、日本画の郷倉千靭《ごうくらせんじん》と娘の郷倉和子、日本画の奥田元宋《げんそう》と娘で人形作家の奥田小由女《さゆめ》、金工の香取秀真《かとりほずま》と息子の香取正彦、彫刻の北村西望《せいぼう》と息子の北村治嘉《はるよし》といった具合で、洋画の中村研一と中村琢二は兄弟、日本画の西山翠嶂《すいしょう》と西山英雄は叔父甥である。歌舞伎や能楽のような伝統藝能で親子会員が多いのはやむをえないが、世界が違う例では、吾妻徳穂と中村富十郎、井上八千代（先代）と片山九郎右衛門が母息子というのがあり、有島生馬と里見弴は兄弟、斎藤茂吉と北杜夫、また井上通泰、柳田國男、松岡映丘は兄弟、幸田露伴と幸田延《のぶ》、安藤幸は兄妹で、娘の幸田文も入っている。文藝は実力でということも多いが、第一部（美術）はどうも縁故入会が多い気がする。ただ第二部に津村節子がいるのは、吉村昭が入っていたからではないかと思える。私は吉村のファンだから言いづらいが、津村がそれほどの作家かどうか。あるいは前田青邨《せいそん》と五代目荻江露友《ろゆう》、現院長の三浦朱門と曽野綾子は夫婦で会員である。芥川賞や直木賞を、兄弟姉妹や親子でとると話題になるが、そんなことは藝術院では日常茶飯事なのである。会員が選んでいるのだから当然ともいえるが、国会議員の世襲は問題にされるのに、税金でまかなっている機関なのだから、問題なしとしない。その点、かつて彫刻の部のボスとされた朝倉文夫だが、娘の朝倉摂、朝倉響子とも、藝術院入りとは無縁の道を歩んでいてすがすがしい。会員だった堂本印象《いんしょう》の甥である堂本尚郎《ひさお》も、文化功労者ながら非会員である。

私が藝術院などというものに関心を持ったきっかけは、『谷崎潤一郎伝』（中央公論新社）を書いた時に、従来の年譜で、昭和十二年に帝国藝術院会員、十六年に日本藝術院会員とあったのを疑問に思い、後者が間違いだと気づいてからである。帝国美術院を拡充して昭和十二年（一九三七）に帝国藝術院ができ、昭和二十二年（一九四七）に日本藝術院と改称した。だから、今でも藝術院会員の半数は第一部、美術である。しかるに今の第一部の地味なことといったら、片岡球子《たまこ》、高山辰雄、小磯良平、ついで黒川紀章《きしょう》が死んだ今、広く名を知られている人は、せいぜい絹谷幸二、また上村淳之《あつし》が、上村松園、松篁《しょうこう》から三代にわたる画家として知られているだけだろう。

一九五〇年から六〇年代には、藝術院批判が盛んだった。昭和三十二年（一九五七）七月九日、衆議院文教委員会での、前衆院議長の社会党の高津正道《せいどう》（一八九三―一九七四）の質問に端を発して、ひと騒動持ち上がったのである。高津は、永仁《えいにん》の壺事件でも活躍した人だが、最近の映画「ゼア・ウィル・ビー・ブラッド」の原作であるアプトン・シンクレアの『石油！』の翻訳もしている文人政治家である。委員長・長谷川保、理事・赤城宗徳《むねのり》、佐藤観次郎ら、文部省の内藤譽三郎《たかさぶろう》（のち文相)、社会教育局藝術課長の宇野俊郎らが出席し、ほぼ予定の質疑が終りかけた時、高津が質問に立ち、どうも藝術院は評判が悪い、日展《にってん》とのつながりが問題視されている、と糾し始めたのである。高津は、梅原龍三郎の辞任をとりあげ、やはり問題があるから辞任するのではないか、藝術院には「ボス」がいて、「日本画では福田平八郎、京都の方で中村岳陵《がくりょう》、山口蓬春《ほうしゅん》、洋画で張り合っておるのが石井柏亭《はくてい》と辻永《つじひさし》、彫刻ではただ一人朝倉文夫、工芸では高村豊周《とよちか》」と名をあげ、宇野課長が例によって、よく分かりませんでなどと応える。さらに高津は、工藝の会員である岩田籐七《とうしち》が、自身が経営する岩田硝子《がらす》の花瓶を勅使河原蒼風《てしがわらそうふう》が使っている関係があり、蒼風を会員にするため運動しているというのは天下周知の事実である、と問いただし、ついに三日にわたって藝術院関係の質問が続けられ、院長の高橋誠一郎が説明に出てきて、その結果、日展を藝術院から切り離し、財団法人日展として私的な組織とすることになったのだが、結局それでも日展と藝術院の関係はあまり変わらないままである。日展では、評議員、理事、常任理事、顧問という出世の階段があって、これを常任理事あたりまで昇ると、藝術院賞、ついで会員というルートがお定まりになっている。

『藝術新潮』などが盛んに藝術院批判の論陣を張った。藝術院批判の急先鋒は、反骨の美術評論家・針生《はりゅう》一郎(一九二五―二〇一〇)で、ほかに藝術院批判を行ったのは、小宮豊隆、福田恆存らだが、福田はその後会員になっている。また『俳句研究』一九六六年二月号では、池田弥三郎、楠本憲吉、清崎敏郎が「芸術院をめぐって――賞、ボス、役人」という座談会をやっている。もっともここでは、俳人がもっと入るべきだというのが主たる論調だ。折口信夫は昭和二十三年に釈迢空として出した『古代感愛集』で藝術院賞をとったが、会員にならぬまま、五年後に没した。池田は、「僕は折口先生などとうとうならずにね、室生犀星氏が藝術院会員に選ばれたとき、馬鹿々々しいと思いましたね。小説家は早すぎるんだ」と憤懣を漏らし、続けて、

折口先生の古代感愛集が芸術院賞を受けた時にね、谷崎さんが一票を投じて居るんだ。後で谷崎さん、僕に言われたんだが、折口さんの古代感愛集だから、「古代研究」の続編だと思ったって……（笑）読んでないどころか、詩集であることも御存知なかったんだね。さすがに僕はその事を折口先生には云えなかったね。（本文は「感哀集」となっているのを直した）

と、谷崎ファンの私としてはちょっと悲しい話を明かしている。

最近では一般人は藝術院になど関心がなく、単に企業のトップなどが、会員の絵などを高額で購入して社内の自室に掲げ、「藝術院会員某某氏作」として、訪れた客は、その某某氏の名など聞いたこともない、というような光景が繰り広げられているのだろう。藝術院では入会運動が熱心に行われるのは第一部で、やはり会員になると絵の値段が格段に上がるからだという。それに対して文学者は、原稿料が上がるわけではないので、昔から淡白で、しかし久保田万太郎などは名誉好きだから、第二部長としてずいぶん権力を揮ったようである。

藝術院入りしなかった有名画家として、当時から頑強に抵抗があった林武《はやしたけし》、あるいは棟方志功《むなかたしこう》、

三岸節子、存命の画家では平山郁夫（二〇〇九年没）、野見山暁治《ぎょうじ》がいる。藝術院は終身だが、辞任してしまった人として、川端龍子《りゅうし》、横山大観《たいかん》、富本憲吉、梅原龍三郎、小杉放庵（未醒）、藤田嗣治《つぐはる》がいるが、藝術院会員の肩書などなくてもやっていける人が辞任しているのがよく分かる。文藝では、当初、永井荷風、正宗白鳥、島崎藤村が辞退、谷崎潤一郎もいったん辞退したが、説得されて受け、白鳥と藤村は二度目の選任で受けた。戦後、戦争責任を問われて菊池寛と武者小路実篤が辞任したが、武者小路はあとで戻っている。高村光太郎が辞退したのは、第一部で彫刻家として選ばれなかったのが不満だったからだとされるが、弟の高村豊周は彫金の部のボスだった。第二部では大岡昇平が、俘虜《ふりょ》になった過去があるからという理由で辞退したのは有名な話だが、武田泰淳《たいじゅん》は辞退したことを死後まで公表しなかった。あと内田百閒、木下順二が辞退している。国家の機関だから、左翼的な文学者が辞退したり、もともと選ばれなかったりするのは当然あって、大江健三郎や野間宏はもちろん、左翼の彫刻家・本郷新《しん》なども、その口だろう。

「日本藝術院」は、正式に「藝」の字を使っている。読みは「にほんげいじゅついん」である。しかるに、日本のもう一つのアカデミーである「日本学士院」は、これも帝国学士院が昭和二十二年に改称したものだが「にっぽんがくしいん」である。これは一九七二年に政府が「ニッポン」を正式な読みとしたからではなくて、昭和二十二年の改称以来のことだという。不思議な国ニッポン、いやニホンであろうか。藝術院と学士院の会員を兼ねた者は、過去に四人しかいない。幸田露伴、徳富蘇峰、柳田國男、佐佐木信綱である。世知辛《せちがら》い戦後においては、そんな椀飯《おうばん》振舞はない。梅原猛は文化勲章を受章し、中西進は文化功労者だが、いずれの会員でもない。そのくせ、梅原が作って中西も教授だった国際日本文化研究センター名誉教授の杉本秀太郎は藝術院会員である。藝術院会員には、不思議な人がいる。漢詩の国分青崖《こくぶせいがい》、千葉胤明《たねあき》、明治の流行作家・小杉天外、俳句の富安風生、それから翻訳の業績で山内義雄、新庄嘉章、あと豊島与志雄《とよしまよしお》は小説家だが、翻訳で入っている。河竹繁俊、吉川幸次郎、高橋健二、佐藤朔《さく》など、学士院のほうが似合うのではないか、という人々もいる。長く藝術院院長を務めた経済学者の高橋誠一郎は、学士院会員だったが藝術院会員ではなく、吉田茂が、「学士院の年金を上げて藝術院の方を下げようか」と言い、高橋がむっとして「私は院長ですよ」と言ったという、にわかに信じがたい話もある（草柳大蔵『現代王国論』文藝春秋）。なお三浦朱門は、初めて会員で院長になった人である。元文化庁長官なのだから当然のコースと思う人もいるかもしれないが、そうでもない。今東光は、晩年藝術院の悪口を言っていたが、自分が入れられなかったのはともかく、弟の今日出海《ひでみ》が、文化庁長官まで務めながら藝術院には入れなかったのだから、憤懣推して知るべしである。藝術院は、文部（科学）省の管轄で、文化庁とは別系統なのである。数年前、『文學界』の、相馬悠々という人の匿名コラムが藝術院批判を書いたことがあるが、これは「鳥の眼・虫の眼」という連載で、もしかしたら筆者は、以前「読売新聞」に「鳥の目・虫の目」を連載していた文化庁長官・青木保ではなかろうかと、勝手な想像をしている。

伝統藝能の世界など、今の若い人にはみな同じように見えるだろうが、徳川時代、幕府の式楽だった能楽は、民衆藝能だった歌舞伎より格上で、さすがに今では藝術院に歌舞伎俳優は多いが、浄瑠璃となるとさらに下がるようで、戦後、豊竹山城少掾《とよたけやましろのしょうじょう》が太夫として初めて会員になった時、横山大観が「浪花節《なにわぶし》語りと一緒じゃ、棲む気がしないね」と言い、それが大観の辞任の原因になったという話もある（草柳）。さすがにその後、野澤喜左衛門、竹本綱大夫《つなたゆう》、越路《こしじ》大夫、住大夫《すみたゆう》と順当に入っているが、驚くべし、人形遣いは入ったことがなく、吉田玉男ですら入れなかったのは、太夫よりさらに格下らしい。第一部では、民藝作家は入れられず、金工なら入る。柳宗悦《むねよし》すら藝術院には入らず、その代わりだか何だか、妻の柳兼子《かねこ》が声楽家として第三部会員になっている。先日、棟方志功の伝記ドラマがあり、片岡仁左衛門が柳役で出てきたので観たが、ちらりと姿を見せた柳夫人が、棟方も入れなかった藝術院の会員であったことを知っていた人は少ないだろう。珍妙である（むろん宗悦が入るとしたら第二部だ）。吉川英治の名が出た時は、「あれは文学じゃない」という長老の一言でぽしゃったというから、司馬遼太郎や吉村昭くらいインテリ的なら入れたが、歴史・時代作家はほかにはいない。海音寺も入らなかった。川口松太郎も第二部では入れず、演劇の功績で第三部に入った。

　現在、第二部での最年少会員は、七十三歳の三木卓と富岡多恵子で、古井由吉より年上だ（現状も変らず）。私はこれから先十年、第二部会員になる人を予想してみたら、戦後生まれまで届かなかった。藝術院全体での最年少は、昭和二十三年生まれの森下洋子と梅若玄祥（五十六世六郎）である（現状も変らず）。市川團十郎は、藝術院賞はとったが、上がつかえているからなかなか会員になれない。いっそ中村又五郎を会員にしたらどうか（その後死去）、小澤征爾が会員でないのは、藝大出身ではないからか、など疑問が絶えない。まさか藝術に出身大学は関係ないだろうと思いきや、洋楽部門では、藝大ないしその前身の東京音楽学校出身者、ないし藝大教授を勤めた人がほとんどで、小澤や中村紘子《ひろこ》（これはまだ若いということもあるが）が入らないのは桐朋学園出身だからではないかと思える。山田洋次が東大卒だから入れたと推測したのも、そのためだ。

演劇人では、歌舞伎、能役者がいるだけで、第三部「演劇」の席はいま空席である。というのは、これは新派俳優のための席で、いま藝術院会員にできる新派俳優はいないからで、しかし森光子が文化勲章を受章し、杉村春子や高倉健が文化功労者になっている現在、俳優を新派どまりにしているのはやはり、時代から乖離しつつある藝術院というものを感ぜざるをえない。

もっとも、文化勲章や文化功労者と藝術院会員がずれてきているというのは、一人に名誉が集中しないという意味でいいのではないか、という考え方もあろう。なるほど、小沼丹《おぬまたん》や八木義徳などの地味な純文学作家を優遇する（というのは藝術院令にある言葉だ）というのは、いいことかもしれない。高橋英夫や秋山駿は、私も好きな文藝評論家だし、いずれも苦労人だから、喜ばしいことかもしれない。むしろ問題なのは、一般世間が、もはや藝術院批判すらしないほど無関心になっていることで、税金で運営しているのだから、国民はもう少し関心を持つべきだし、マスコミももう少しとりあげてもいいのではないかとすら思う。このままでは、藝術院は、もうなっているのかもしれないが、藝術祭賞のように、何の権威も持たない、国家の文化事業の掃き溜めのようになってしまうのではないか。

もう一つ問題は、藝術院発足時には五十二歳の谷崎潤一郎が会員になっているのに、昨今高齢化が進んでいることで、これは五十年代、六十年代にも「養老院」などと悪口を言われていたものだが、当時よりさらに進んでいる。昔は、第三部では会員になったとたんに死んでしまう者が多いと言われたものだが、高齢化が進んだから、なかなか死なない。それで、会員が死ぬのを待っている人たちもいると言われて、小杉未醒は、そんな、死ぬのを待たれるような地位は嫌だと言って辞任したそうである。

別に平山郁夫も小澤征爾も、藝術院に入れなくても何の痛痒《つうよう》も感じていないだろう。しかし、国家公務員が国民に対して責務を担い、国立大学の教員が、いかに独立行政法人化されようとも依然としてしかるべき責任を負っているように、国家の機関である藝術院に対して、国民が無関心であるということこそ、問題にすべきことであろう。誰が入ろうと誰が入らなかろうと害もなければ益もない、放っておけばいいというのは、国民としての権利の抛棄《ほうき》である。むろん、その先頭に立つべきはマスコミであり、藝術関係のジャーナリストは、立って藝術院の存在意義を問うべきではないか。どんなに下らない本が売れようとも、自由主義社会ではその責任を負う者はいないが、なぜ誰それは藝術院会員ではないのか、と問う権利が、国民にはあるからである。

「文学」への軽蔑——八〇年代文化論

筒井康隆の『文学部唯野教授』(一九九〇)で、老教授が助手たちに向かい、浅田彰を指すとおぼしい人を槍玉にあげて、「君たちも、こういうことはやめたほうがいいよ」「あの人なんかもう、教授になれないことが決定的なんだからね」と言っていた。しかしその頃、既に京大経済研究所助教授だった浅田は、それから十八年、京都造形芸術大学大学院長・教授にはなったが、京大教授にはなれなかった。もっとも、経済研究所勤務でありながら、経済学の論文など書かなかったのだから、若い頃の「ああいうこと」が原因なわけではない。

私が一浪して東大文三に入ったのは、一九八二年のことで、その翌年、『構造と力』が刊行され、「ニューアカ・ブーム」が訪れたのは八四年だから、その時は既に英文科へ進学していた。その頃、「ネクラ」という言葉が流行っていた。「笑っていいとも!」の放送が始まったのが八二年で、昼の番組だが、当時は大学生もよく観ており、そのホゥストたるタモリが使い始めたものだ。ところが、元来、見た目は明るいが根が暗い、の意味だったのが、単に人を指して「暗い」の意味で使われるようになり、対義語たる「ネアカ」も、「根」とは無関係に、明るい人を指して言われる語になった。

私なども、よく「暗い」と言われたもので、当時の大学生は、こぞって「明るく」あろうとしたものだ。その頃連載が始まっていた岡野玲子の『ファンシイダンス』では、主人公の陽平は「あ・かるい」と形容されており、明るくて軽い、しかし根は深いことも考えているというのが、当時の学生の理想像だった。

その頃、中年の文筆家が、自分の若い頃は、暗い顔をして実存主義やマルクスについて考えているのがかっこう良かったものだが、この頃は違う、と寿《ことほ》ぐように書いており、川本三郎は、山口昌男の「明るさ」を強調していた。しかしそれから二十数年たち、「ネクラ」はほとんど死語となった。それにとって代わった語は、一時期は「いけてない」だったが、最近では「キモい」だろうか。ただし、「暗い」は、本人に向って言っていい言葉だったが、「キモい」は陰口だ。そして、「暗い」と言われた者は、何とかして明るくなろうと努力したものである。

今の東大文科三類は、文一に受かる自信がなくて文三を受けた学生だらけだが、当時はさすがに、文学青年や哲学青年が多く、しかし「文学」は、いま不遇だというのとは別の意味で不遇だった。当時の芥川賞は、石原慎太郎、村上龍が受賞した時のように話題にはならず、三十五歳以上の受賞者がずっと続き、美人といってもいい髙樹のぶ子や小川洋子の受賞も、ほとんど世間の話題にはならなかった。当時盛んだったのは、野田秀樹や鴻上尚史らの小劇場演劇で、小説などというのはもうダメだと多くの人が思っていた。今でもそうだろう、と言う人があるかもしれないが、今はまだ、村上春樹や、芥川賞が社会的話題になる。春樹の『羊をめぐる冒険』は八三年に発表されて、一部の注目を集めていたし、学生の中には、春樹の描く「洒落た会話」に憧れる者もいたが、春樹が一般化するのは、八七年の『ノルウェイの森』のベストセラー以後のことだ。

かねてから、「ニューアカ」ブームとの接触でこうむった心の傷を、他者への批判としてばかり表現してきた高田里惠子は、私の三つ上なので、私が英文科三年生だった頃は、既に東大独文科の院生だったはずだ。文学研究者の中に、元は小説家や詩人を目指していた人が多いのは当然のことながら、高田自身はどうだったのか、今もって分からない。もちろん詩人では食っていけないが、小説で名を挙げる才能もないと悟った者が、少なからず大学院に進み、学者として名を挙げようと考えるようになった、そのきっかけが、浅田や中沢新一、四方田犬彦らの出現だった。ニューアカ以前に、芥川賞こそ取らなかったが、若くして小説家として有名になった田中康夫がおり、その作風が、「文学」的でないことによって当時の若者の興味の的となり、ファッションなどについて語る田中は、「文学」的でないために、人気を博し、それは最終的には、政治について語りついに自身が政治家となるところまで行き着く。

要するに当時、文学一筋といった姿勢は「暗い」の最たるものだったのである。その雰囲気は、八二年には既にあった。当時、まだ小説家になろうとしていた私が言われたのは「今どき、苦節十年とかいうのははやらないよ」であり、村上龍のように二十三歳で軽々と芥川賞をとって、しかし大江健三郎のようにはならず、女やスポーツについて穿《うが》った意見を述べたエッセイなどを書きつつ、娯楽性のある小説を書くことが、文学者でありながらスターでもある条件だった。

今の若い人には知らない者も多いだろうが、柄谷行人などは、『マルクスその可能性の中心』が講談社文庫に入った八五年の段階でも、あまり世間的に知られてはおらず、むしろニューアカがさらに展開した頃に、浅田などが言及することによって知られていったのだし、江藤淳や吉本隆明も、七〇年代には忘れられた存在に近かった。確か八五年ころのことだが、児童文学のサークルに入って、駒場祭で、手作りの同人誌を売っていた時、ちょっとおかしな感じの三十代くらいの男が室に入ってきて、同人誌を買ってくれるよう勧めると、ぱらぱらとめくりながら、「ここで書いている人たちは、まあその、著名人とかになるんですか」と訊いたのである。そして彼が、私と、隣にいたZ君が英文科の学生だと知ると、著名人の印として、新潮文庫の後ろに、当時はぞろりと載っていた文庫収録作品一覧の、翻訳者に触れて、「えーたとえば、『赤と黒』Z……訳、というようなことになるんですか」と尋ねたのだが、とりとめのない話なのでZ君は完全に困惑していた。

しかし、外国文学の学者になって「著名人」になるということは、中野好夫のように、新潮文庫に翻訳が入ることだ、と当時思われていたのは事実である。今でも、柴田元幸、高山宏、野崎歓、池内紀、沼野充義、亀山郁夫などのスター学者は、東大教授など、アカデミズムで出世し、翻訳をし、評論も書く人々である。ニューアカ初期の二人のスターは、しかし、文学が専門ではないため、英文科ではさほど話題になっていなかった。ところで、『文学部唯野教授』は、実は既に四十歳で都内の有名私大の教授で、芥川賞らしき賞を小説でとるという成功者だが、そういう実例としては明大理工学部の英語の教授だった三浦清宏がいるのだが、当時、そういう面ではまったく話題にならなかったのは、高齢だったのと、その後大したことがなかったためだ。受賞後に東大教授になった例としては、柴田翔と松浦寿輝がいるが、柴田は当時既に小説を書いていなかった。

しかし逆に、浅田や中沢が、あるいは続いて柄谷がスター学者たりえたのは、文学者ではない、あるいは文学だけをやっていないからでもあって、蓮實重彦にしても、映画評論で有名になったのは言うまでもなく、『大江健三郎論』や、ましてや『「私小説」を読む』などを読んでいる者は僅かだった。八〇年代の文学プロパーを見るなら、八七年の『ノルウェイの森』を中心に、二人の村上が辛うじて、別種の都会的ないし現代的意匠を纏うことによって目だって見えたほかは、古井由吉『槿《あさがお》』、黒井千次『群棲』、後藤明生《めいせい》『吉野太夫』などの代表作が出ているが、世間的にはごく地味でしかなかったし、あるいは蓮實が『小説から遠く離れて』で論じた、似通った主題と筋を持つ長編群があって、井上ひさし『吉里吉里人』は話題になり売れもしたが、それはSF風だったからでもあり、丸谷才一『裏声で歌へ君が代』などは、むしろ、江藤淳が「仲間褒め」を批判したことで話題になったほどであり、続く評論『忠臣蔵とは何か』など、学生の私ですら論理の飛躍に気づくほどだった。筒井康隆は、それ以前から若者の間で密かに人気があったが、『虚人たち』以後、急速に純文学作家として認められるようになるが、その筒井が『夢の木坂分岐点』という、『脱走と追跡のサンバ』の書き直しめいた作で谷崎潤一郎賞をとった八七年は、まさに『ノルウェイの森』と俵万智『サラダ記念日』が売れた年だが、そのあと二年にわたり、谷崎賞は該当作なしだった。

そんな中で、文学に志を抱く若者は、明らかに当惑し、また周囲からは、「オタク」とは別の意味で、「ネクラ」と見られることを恐れ、人文学全体へ視野を広げつつ、明るいほうへ向おうとし、その結果、ニューアカやポストモダンが、その内実を問われないまま、具体的には、カントを読んだことのない者が懸命に『アンチ・オイディプス』を読むといった形で広まったのが、八〇年代後半の趨勢だった。

文学や思想といっても、この当時、それらに関わっていたのは、大方が、人文系の学生や院生だった。もはや政治的「左翼」にさして希望があるとは思えず、「文学」などやっていたって女にもてるわけではない。このことはその当時、ごく痛切に感じられたことで、文学系の大学院にいる女たちでさえ、恋人や結婚相手には、医者や官僚を選んでいた。彼らには、「名声」「収入」「名誉」の間でどれを選んでどれを捨てるか、という思惑があり、むろん、いずれも得られないという可能性もあるのだが、当時はまだ、東大の大学院を出ても大学教員になれない、というほどの現実は襲ってきていなかったから、たとえば教授らの指導に唯々諾々《いいだくだく》と従って論文を書き、目立たないようにして（浅田のような真似はやめて）うまく就職し、仮にそれが三流、あるいは地方の大学であれば、相変わらず目立たないように論文を少しだけ書いて、長い年月をかけてすごろくのように母校ないしは有名大学へ移っていく、という道が「名声」を捨てて「収入」と「名誉」をとる道だったわけだが、かといって、それを諦めて「名声」を得ようとしても、それが容易だったわけではないのだが、あたかもそれが容易であるかのように錯覚させる雰囲気が、八〇年代後半から九〇年代前半にはあった。

その意味では、唯野仁のように、作家としての名声をとるか、学者としての出世をとるか悩むなどという現象は、本当はめったになかったのである。そして、大博打をやって、名声、収入、名誉の全てを手中にしたのが、八二年に『セクシィ・ギャルの大研究』をカッパブックスから出した上野千鶴子であり、当時上野は平安女学院短大助教授という、京大出身で職が京都という点では恵まれていたけれど、学者としての自殺行為と言われる、こんな本を出して、まずくいけば短大教授で終ったところを、京都精華大に二年半いて東大の、しかも教養学部ではなく文学部へ飛び上がるという離れ業をやったわけで、そのことと、八八年に起きた東大教養学部の中沢事件の後、生涯助手で終るかと思われた中沢が、中央大教授に就任したこと、あるいは小森陽一のような、少し目立ちすぎの国文学者が東大へ容れられたこととは、当時院生だった者たちのいくたりかを、「大学はこういうものを受け入れ始めたのだ」という錯覚に導いた。

ところで、その当時の浅田彰の発言は、知的な若者にかなりの影響を与えたものだが、数少ない著作の一つ『逃走論』の表題となったエッセイで、「男たちが、仕事や家庭から逃げ出した。ステキじゃないか」と書いたのを、いま読むと呆然とする。逃げ出すどころか、今の若い男たちは、仕事や家庭を手に入れることができなくて苦しんでいるのだから、今なら絶対に書けないものだ。ただ人間というのは不思議な合理化をするもので、当時の私は、仕事はともかく、家庭については、それを構成するのに必要な、自分を選んでくれる女がいないのではないかと恐れつつ、そのことを肯定する語としてこれを読んでいたように思う。あるいは浅田は、中沢との対談で、「今の若いやつって、なぜ小説家なんかになりたがるんだろう。有名になれるからかな」とも言っているが、いま思えば、自分は小説など書かなくても有名になったという、浅田らしい嫌味な発言だが、その浅田が、のちには小説の新人賞の選考委員をすることになる。しかしこの発言は、当時の雰囲気をよく表しており、もはや小説家を目指す時代ではなく、浅田のような学者評論家になるのがかっこいいのだ、と数千人くらいの若者が考えたはずだ。

高田里恵子が、『文学部という病い』で、ドイツ文学者として大学に職を得、カフカの訳者だった中野孝次が、小説を書いてさらに上昇しようとしたことを揶揄していたが、高田の頭には、恐らく浅田のこの言葉が依然としてこびりついていたのだろう。たとえば『唯野教授』で師匠である教授は、小説で賞をとった主人公を妬んで、「ほかのことで名をあげるならともかく、小説などという、特別な学問をしなくても誰にでも書けるようなものを書いてしまって」と罵るのだが、高田が中野を揶揄する口吻には、この老教授と似たようなところがある。むろん小説を「書く」だけなら簡単かもしれないが、それで作家になるのは、決して簡単ではないのに。確かに浅田は選考委員にはなったが、自分で小説は書かなかった。あるいはのち九四年に、絓秀実と渡部直己が出した『それでも作家になりたい人のためのブックガイド』は、今どき作家になどなりたがる者への軽蔑を表明していた。これらの傾向は、明らかに知的な若者に影響を与え、九八年の平野啓一郎、さらに松浦寿輝と堀江敏幸に至るまで、東大、京大卒で小説を書く者が出なくなった（三浦俊彦が例外）。それでも、「ニューアカ」にまみれた者たちでも認める作家というのがいて、それが中上健次、金井美恵子、島田雅彦、村上龍といったあたりだった。

『唯野教授』は、大学教員が小説を書くと学内でいじめられる、ということを一つのモティーフにしているが、筒井はここで、柄谷、浅田といった、批評家をも小説家の仲間に入れて見せている。ところが実際には、八〇年代の批評家の多くは、「小説など書く者」に対して時にはあからさまな軽蔑心をあらわにしていた。そして二〇〇〇年代に入ると、今度は作家たちが、作家としての名声のゆえをもって大学教授に採用され、大学院で孜々《しし》として学んだ者たちの怨嗟《えんさ》の的になるのだから皮肉である。

だから、『ノルウェイの森』がベストセラーになった時、知的だと自認する者たちはむしろ反撥したのみならず、自分も村上春樹のようになるんだ、などと考える者は、ニューアカやポストモダンの影響を受けた者たちの中には、ほとんどいなかった。むろん、蓮實重彦は、幻の小説と言われた、『陥没地帯』や、第二作『オペラ・オペラシオネル』を書いているが、文壇的には無視された。ほかに、池内紀も小説は書いている。しかし、江藤淳との対談『オールド・ファッション』で、江藤から、文学は好きなんでしょうか、と問われた蓮實は、事態を何度か反転していけば、自分ほど文学が好きな者はないと答えており、むろん当然のことではあるが、物語批判とともに、のち『文学批判序説』と改題された『小説論＝批評論』も書いており、絓、渡部もまた、文学は終りつつあり、安楽死させたいと言っていたに等しく、渡部は『日本近代文学と〈差別〉』（一九九四）で、文学こそが差別を生み出すのだ、こんなものは撲滅してしまえ、と言い、のちに大塚英志から、暗にそれを指して、文学とは別の仕事をすべきではないかと言われている（『群像』二〇〇二年三月）。

こうした「ニューアカ派」ともいうべき知識人たちは、文学に対して両義的な感情を抱いているのみならず（それは二葉亭四迷以来のものだ）、それは十九世紀に隆盛を見た西洋起源の藝術諸ジャンルの終焉に無自覚ではいられないという意識の現われでもあった。作家・中村真一郎もまた、一九九八年に、近代小説というジャンルは終りつつあると述べており、歴史的事実としてそれは正しいのだが、平安朝に隆盛を見た物語ジャンルは、衰退しつつも近世初期まで書き続けられた。

明確な態度をとっているのは村上龍で、書きたくなければやめればいい、と言っている。これを敷衍《ふえん》すれば、衰退しているとか終りつつあるとかいうなら、文藝評論などやめればいい、ということになる。むろん、過去の作品についての学問的研究は別問題だ。しかも、もともと文学の研究者とか評論家とかいうのは、「寄生虫」的な悲哀を抱えたものであり、寄生虫から終わりだ何だと言われたくない、自分が書けないからそういうことを言うのだろう、と言われても仕方のないところがある。

因みに言っておけば、「ニューアカ」とか「ポストモダン」については、私は、まったく学問として態をなしておらず、中沢はますますオカルトの度合を強めているし、アラン・ソーカルの攻撃以後も、なおポストモダン哲学だのデリダだのドゥルーズだの言っている者は不誠実だし、浅田彰はしかるべく総括すべきだと思う。私はかつて、ポストモダンを主張する仲正昌樹の『なぜ「話」は通じないのか』（晶文社、二〇〇五）を読んで、ポストモダンは相対主義ではない、とあったので、では何なのかと思ったら、「結論が出ない宙吊り状態に耐えること」だという。しかし実践においては、結論は出さなければならないものだし、学問上においては、数学以外のあらゆるテーゼは仮説である、とするのがポパーなどの言う学問の基礎であり、それと何ら変わらず、現実にはポストモダンを自称する者たちの言は、論理的に意味不明であるか、相対主義であるかのどちらかである。この点、仲正から未だ回答は得られていない。

なお一九八七年は、『ノルウェイの森』と『サラダ記念日』の年であるのみならず、吉本ばななが登場した年であり、前年には田中優子の『江戸の想像力』が、その年には佐伯順子の『遊女の文化史』が出て、「江戸幻想」が始まって、その後の「お江戸産業」の隆盛を準備した年であり、かつまた女性作家、女性学者の擡頭を画期する年でもあった。左翼的イデオロギーは、八〇年代には大退潮しており、八五年に出た『別冊宝島　保守・反動思想家に学ぶ本』は、若い知識人に秘かに大きな影響を与え、知識人はとりあえず左翼であるのが当然という風潮を変え、それがポストモダニズムと結びついた。唯一、当時、左翼的でありつつ勢いがあったのはフェミニズムであり、それが九〇年代半ばからの、全共闘世代が大学の中心に来たことと、米国の影響による、大学内における左翼の再度の擡頭まで続き、それが、文学研究の世界における、「ポスコロ、カルスタに非ずんば論文に非ず」的な傾向となって、今日まで続いている。それはいわば「ネクラ」のアカデミズムにおける逆襲だった。

話を戻すと、八〇年代以降の文学においては、実作家と批評家の分離が進んだ。昭和二十四年に、丹羽文雄は、河上徹太郎が、小説は十九世紀の遺物だと言ったのを捉えて反論し、ここから中村光夫との論争が起き、丹羽は「最近文壇には好ましからざる傾向が生じている。小説家と批評家の軋轢《あつれき》であり対立である」とし、中村光夫と臼井吉見を指して、『展望』イデオロギーと呼んで攻撃し、中村との論争になった（臼井監修『戦後文学論争』番町書房に収録）。面白いのは、中村がその後、戯曲や小説を自ら書くようになり、臼井も自伝小説を書いたことである。しかし、最後に、中村と丹羽に、井上友一郎《ともいちろう》、中立の判者として今日出海、福田恆存を交えて座談会が行われているが、中で今が「例へば中村君を不倶戴天の敵だ、こんなものは日本の文学の邪魔物である、といふくらいに情熱をもつてやれば、これはまた小気味いいんぢやないかな」と発言しているのは、今読むと背筋が寒くなる。今の日本では、そんな批評家は文藝雑誌から干されて終わりだからである。実際、一九九一年に渡部直己、翌年に絓秀実が『すばる』で、厳しい文藝時評を連載して話題になったが、二人ともそれ以後『すばる』とは無縁になったのみか、文藝雑誌からは次第に排除されるようになり、大学教授になった。福田和也や斎藤美奈子も、厳しい批評家として登場したが、福田はタブーである村上春樹を絶賛することで、斎藤はフェミニズムに依拠することで、辛うじて批評の場を確保している。つまり編集者のレベルで、かつての中村光夫のような批評家は排除されるのが現状なのである。

中村は、これほどに言われながらも、なぜかこの後、批評家として唯一芥川賞の選考委員を三十年近く務めたが、途中からは小説家でもあった。加藤周一、江藤淳、村松剛、吉田健一、澁澤龍彦も、その出来不出来は別として、小説を書いた。山崎正和や福田恆存は、批評家兼劇作家だった。しかし八〇年代以後、蓮實、池内ら例外を除けば、批評家は小説を書かなくなった。あるいは文学が専門でなくても、文学にも口を挟む者たち、たとえば上野千鶴子も栗本慎一郎も山口昌男も、いかにも書きそうな四方田犬彦や、若い頃は書いており、再度書き始めることを期待された加藤典洋も、今日に至るまで、書いてはいない。もちろん、松浦寿輝がいるが、松浦は元来詩人である。

これも例外的存在だが、東大のアメリカ文学の教授である平石貴樹は小説家でもあり、八三年にすばる文学賞を受賞し、以後推理小説の執筆を続けている。平石は、自分で書きもしないで小説を批評する者に対して怒っていたことがある。むろんそれでは、元力士以外は相撲評論をやるな、ということになるのだが、学者や批評家が小説を書く、というのは、コストも掛からないし、不断やっている執筆作業と同じ手続きでできることで、要するに自分で書いてあまりにひどかったりすると偉そうな批評ができなくなるから、ということもあろうが、八〇年代の「反＝文学論」的な雰囲気がその原点にあることは、思い出してもいいだろう。

若い知識人たちが、八〇年代に見せられた未来図は、そのほとんどが、裏切られたと言ってよかろう。もはや小説など書くのは古く、左翼である必要もなく、大学はこれから上野千鶴子のようなものも受け入れるのだという未来図である。いつの間にかすべては逆転していて、村上春樹はノーベル賞候補と言われ、芥川賞は以前に増して注目を集めるようになり、文藝評論など書いてもスターにはなれず、大学は一方では保守化を強め、一方では作家や通俗心理学者を教授に任用するようになり、日本近代文学や社会学、英米文学の世界では左翼的論文が主流を占めるようになった。

正直者の文藝時評

芥川賞・直木賞の決定発表があり、芥川賞は津村記久子の「ポトスライムの舟」（『群像』十一月号、のち講談社）が受章した。津村は、復活した太宰治賞を受賞してデビューした作家であり、復活太宰賞からの芥川賞は初めてである。私はこの賞が始まった年、主催の筑摩書房から出した本が売れていたので、太宰賞の不遇に心を痛めていた。喜びたい。

受賞作の主人公は三十近くなる女で、大学を出て就職したけれどいじめに遭って精神を病み、また工場で働き始め、離婚した母と同居しており、離婚を考えている友人の子供を預かって癒されていくというもので、佳作だと思う。しかし、はてなと思ったのは、これならむしろ直木賞ではないかということで、江國香織や角田光代が直木賞で、津村が芥川賞というのは、基準がどこにあるのか、と思った。もっとも、これが私小説だとすると、もう少し私の点は甘くなる。おかしな話だが私はすっかり私小説擁護派になってしまった。それにしても、最近の純文学小説は、妙に、社会的地位の不安定な三十前後の女の、ちょっと変わった日常を描くものが多い。しかし、男もそういうものを書いてほしいと思わずにはいられない。

芥川賞候補になった山崎ナオコーラの「手」は、同題の短編集（文藝春秋）に入っているが、これを読んでいよいよ、直木賞だろうと思った。悪い小説だとは思わないが、藤堂志津子とか山本文緒の系列ではないのか。『オール讀物』とか『小説新潮』に載るべきもの、昔でいう「中間小説」ではないのか。十年前に、純文学作家の車谷長吉が直木賞をとったというので話題になったが、山崎が純文学の範疇に入る理由が私には分からない。たまたま「文藝雑誌」に載っているから純文学だ、というのでは、かつて谷沢永一が、文藝誌に載っていれば評論で、学術雑誌に載っていれば論文だなどというバカなことがあるか、と言ったのを思い出させる。

絲山秋子の『ばかもの』（新潮社）は、福田和也が絶賛していたので読んでみたが、群馬県を舞台として、ヒデと呼ばれる男と、額子という年上の女との、かなりエロティックなセックスシーンから始まる。ヒデは群馬県内の大学に通っているが、いきなり下半身を露出したまま木にくくりつけられ、そのまま放置されるというひどいやり方で額子に捨てられる。時間は流れ、ヒデには新しい彼女もできるが、次第に酒に溺れるようになって、遂に本格的なアル中になり、入院して治療したあと、結婚したけれど夫の不注意による事故で左腕を失い、夫とも別れた額子と再会するという話である。ほかに、ネユキという仇名で呼ばれる、宗教に入ってしまった女も出てくる。私は酒を呑まないので、アル中に感情移入するのは難しいかと思われたが、そこもうまく描かれている。額子に捨てられたのが心の傷になっている、といったところか。名作とまでは思わないが、これも佳作だった。もっともこれも、直木賞の対象であってもおかしくない小説だという気がした。文藝時評を恒常的に載せている評論家などは、なぜこれらが純文学なのか、ということをもう少し突っ込んで論じるべきではなかろうか。あと言葉遣いがちょっと気になった。「ネユキを女性として見ることはないだろうな」。ここは「女として」とあるべきだろう。近ごろ、女の怒りが怖いのか、「女」でいいところをむやみと「女性」にしてしまう文章が多いが、作家たるもの、そんな政治的圧力に屈するべきではあるまい。

さて、「廃藩置県」というのがある。しかし日本は、武蔵とか相模とか信濃とかいった国に分かれており、この「国」は廃止されたことがない。東北地方は陸奥と出羽二国だったが、明治元年に陸奥、陸中、陸前、磐城、岩代、羽前、羽後に分けられ、以後そのままなのだ。だから「陸前高田市」などというのがある。

古川日出男の『聖家族』(集英社)は、とにかく分厚い小説である。長さでいえばもっと長いのもあるのだが、一冊にしてあるから「メガノベル」などと自称している。古川は、私には苦手な作家である。ガンダムのノヴェライゼーションのような大仰な文体に辟易させられたが、今回は、文体はかなりまともになったとはいえ、内容は前衛風で破天荒だ。狗塚という家の歴史を、いま殺人罪で収監されている男を起点にして過去へ遡り、視点は次々と移動し、過去と現在を往復し、物語は一つに収斂していかず、むやみと広がっていく。とはいえ、何のことはない、フォークナーの『アブサロム、アブサロム！』や、中上健次の熊野サーガの亜流の域を出ない。単にフォークナーの米国南部や中上の熊野を、「東北学」とやらが盛んな東北に置き換えただけである。古川は、歴史や地理をよく勉強しているらしく、それらに関して蘊蓄が傾けられているが、時おりミスをする。その一つが、「合併《あわ》さって福島県となる岩代と磐城の二国」という記述で、国は廃止されていないのである。また重要な人物である狗塚らいてうは、大正天皇が死んだ日に生まれたとされ、「歳末の七日間を除いて十三歳だった昭和の十五年」などとあるが、その当時は数え年が普通だから、おかしい。あとの方で、数え年から満年齢に変わった時のことも書いてあるのだから、直すべきだったろう。続いて「しかし、同時に昭和の十五年には当たらない。皇紀二千六百年にも当たるからだ」とあるのもおかしい。西暦一九四〇年にあたらない、なら分かるが、昭和十五年は昭和十五年だろう。また「中国に対して宣戦布告せず」「日華事変」と称された、とあるが、それは「支那に対して」と、この視点人物の年齢からいえばなるはずだし、「支那事変」か「日支事変」の間違いだろう。以前呉智英氏が佐々木譲の小説に対して、当時そういう言い方はしなかったはずだと批判して論争になったが、これほど壮大な物語を構想する古川が、「支那」呼称を避けるのは、出版社の意向かもしれないが、情けない。

そんな重箱の隅突つきはやめてほしいと思うだろうが、一九七五年頃に、結婚する恋人のことを「ガールフレンド」と呼んだりはしなかったし、「苗字」である「姓」を「かばね」と呼んでいるが、古代の「かばね」と、ここで言う「姓」とは別のものである。そういうミスを我慢しても、成功した小説とは言いがたく、むやみに長い小説である。古川もまた、『LOVE』で純文学の賞である三島由紀夫賞をとったが、これは実につまらなく、一般には娯楽作家と見られているらしい。しかし『聖家族』は、不出来ではあっても、純文学の範疇に入るべきものだ。

夏目漱石の、未完に終った『明暗』の続きを水村美苗が『続明暗』として刊行し話題になったのは二十年前のことだ。今般、粂川光樹が、もう一つの続編『明暗　ある終章』（論創社）を刊行したが、これは水村著以上の出来栄えだと思った。水村著は、漱石の文体に似ることを目ざしすぎて柄が小さく、教訓的な結末も気に入らなかったが、粂川のものは、漱石の文体に似せつつもそこで萎縮せず、『明暗』の下敷きとされるヘンリー・ジェイムズの『金色の盃』や、ドストエフスキー『白痴』に学び、展開はダイナミックで、もちろん漱石の『それから』『門』を思わせるところもあり、『夢十夜』『坑夫』『満韓ところどころ』『坊っちゃん』などから自在に材を得て、いかにも漱石集大成の観があって、いっきに読んだ。粂川は昭和七年生まれ、上代文学専攻の学者だが、昭和四十年には直木賞候補になったこともあり、『続明暗』刊行の際、先を越された悔しさはありながら、『明暗』連載時の挿絵画家だった名取春仙《しゅんせん》の絵柄を真似して自身描いた挿画を随処に挟み、七十七歳の男ならではの、夫婦という「片付かないもの」への洞察を滲ませて、実に堂々たる作、今回最も力を入れて推したいのは、この作である。

もちろん、いつもの通り、西村賢太の『小銭をかぞえる』（文藝春秋）が面白いのは言うまでもない。

平成文学・私が選ぶこの10冊

文学賞は当てにならない

小説というジャンルの全盛期は、二十世紀半ばで終わったと思う。これは中村真一郎も言っていたことで、作家の中には異を唱える者もあるようだが、いかなるジャンルも全盛期というものがあって、それは終わる。平安朝の物語文藝は『源氏物語』で全盛期を迎え、シェイクスピア以後、英国演劇は衰退期に入った。それでも、それ以後も物語や演劇は書かれ続けたのであり、それらが無意味だとか、まったく読む価値がないとかいうことではないし、事実私自身が小説を書いている。ただ、現代の小説がなおも全盛期のそれと同じ力を持っているかのように言うのは、やはり虚偽だろう。

というわけで、私は現代小説のあまりいい読者とはいえないのだが、それでも時には読む。平成二〇年間に一〇冊を選ぶ程度には、読むに耐える小説というのはあるだろうし、実際リストアップに際しては、三、四冊は削らなければならなかった。因みに割愛したのは、川上弘美『神様』、村上龍『イン　ザ・ミソスープ』、村松友視『鎌倉のおばさん』といったあたりで、現役作家でも、平成以前なので入れられなかったものとして、金井美恵子『タマや』などがある。だいたい天邪鬼なので、当代を時めく作家のものはなるべく避けた傾向がないではない。

大江健三郎と筒井康隆

それにしては、大江健三郎であるが、大江は、ノーベル賞作家でありながら、批判も多く、正当に評価されていない作家だと思う。もちろん、ノーベル賞作家なればこそ叩かれるということもあろう。私は高校一年生の頃、大江の小説を耽読していたが、それらは初期作品で、『万延元年のフットボール』以来、大江は、時に優れた短篇を書いたけれども、全体として長く不振に沈んでいた。特に『新しい人よ眼ざめよ』は、大佛次郎賞受賞作とは思えないほど衰弱していた。ノーベル賞受賞後も、しばらくはダメだった。それが、義兄・伊丹十三の自殺という悲劇的事件をきっかけに再生したのである。『取り替え子《チェンジリング》』がそれで、一見私小説風の書きぶりながら、どこからが虚構なのか分からない、しかも大江独自の鮮烈なイメージがちりばめられた、強烈な印象を残す作品である。これに続く『憂い顔の童子』もまた、前作への批評をそのまま取り込んで小説中で反論するという仕掛けまであって、これほど鮮やかな再生を、しかもノーベル賞受賞後に遂げたのは文学史上の奇蹟とすら言いうる。ノーベル賞をとった以上、ヒューマニスティックなエッセイの類でも書いていれば、世間的な名声を保つのはたやすいというのに、『取り替え子』以降の小説は、自身と義兄とをジャーナリスティックな好奇心の餌食にする類のもので、自ら名誉や名声を危険に晒す大江の作家としてのあり方には、敬意を抱かざるをえない。かつて中上健次が、文藝雑誌を続けて読むと、大江だけが勉強している、と感嘆していたが、ノーベル賞作家としての、公的、国際的な活動やら、近年の文学研究の潮流にもいくぶんか棹差しながら、そこから全く独自の世界を構築するのだから、驚異と言っていいだろう。中には、大江の政治的発言を批判し、そこから作品まで否定しようとする者もいるが、それらは峻別すべきものである。

筒井康隆もまた、かつて「SF作家」として、直木賞を貰えないという屈辱を嘗めつつ、『虚人たち』で純文学作家として認められてから、あまりに熱狂的な賛辞に包まれるようになったため、批評家たちが、作品そのものを見ることを忘れてしまった時期のあった作家である。『敵』は、断筆解除後ほどない時期の長篇だが、同時期の『邪眼鳥』とともに、筒井が衰えていないことを示したもので、当時六十くらいの筒井が、迫り来る「老い」を独自の手法で描いたものである。ただその後、読売文学賞を受賞した『わたしのグランパ』は、さしたる作ではなく、実にしばしば、文学賞というのは当てにならないものである。筒井に関して言えば、それ以前の作品に既に数多くの推奨すべき名作がある。

私小説を擁護する

最近の私は、私小説擁護論者になっている。というのは、あまりにこの三〇年ほど、私小説は悪く言われすぎてきたからで、確かにダメな身辺雑記私小説というのがたくさんあって、それを褒める人がかつて多すぎたということがあるが、残念ながら私小説を廃業したという車谷長吉の私小説が、面白かったことは歴然たるものがある。世間的には、直木賞をとった『赤目四十八瀧心中未遂』あたりが代表作だろうが、私は車谷の本領は短篇にあると思っており、『漂流物』は、名作「抜髪」が入っているのであげたが、『忌中』でも『白痴群』でもいい。

あと倉阪鬼一郎という怪奇作家が、自分自身の会社生活を描いた『活字狂想曲』は、刊行当時ずいぶん評判になり、私も新聞で取り上げて絶賛したものだが、ちょっと忘れられているようなので、挙げておく。また、若い世代の私小説作家で、私としては常々擁護しているのが西村賢太で、文藝評論家も長い「反・私小説」の時代が続いたせいか、文学批評のいろはである、道徳批評の遠ざけ方を忘れてしまったらしく、作中人物を作者本人と見なして、その振舞いを批判して批評だと心得る者がいるのは文藝評論家の学力低下とも言うべき困ったことなので、あえて挙げるが、しかし何といっても『どうで死ぬ身の一踊り』がいちばん良くて、以後やや停滞気味ではあるが、好感の持てる作風であるには違いない。

好感が持てるということで、これまた芥川賞受賞の頃に比べるとやや忘れられかけている青山七恵の『ひとり日和』を挙げる。当時、受賞を意外に思う人もいたようで、石原慎太郎と村上龍が絶賛したというのも意外に思われたようだが、これは多分半分以上は私小説で、しかも衒《てら》いがないのがいい。私は、言語実験だのメタフィクションだのといったものには正直うんざりしているので、新人でこういう小説を書いてくれると、嬉しい。しかもちゃんと筋がある。

逆に、ちっとも評判にはならず、あとになってたまたま読んで驚いたのが勝目梓の自伝小説『小説家』である。セックスとバイオレンスの通俗量産作家の勝目が、元は純文学志望だったことは知っていたが、その苦しい青少年時代から、いくら書いても芽が出ない文学志望の時期を経て、生活のために、これならやっていけると見極めをつけて通俗小説に身を投じる過程は、全篇に真実が詰まっていて、二〇〇六年度の最高傑作といってもいいくらいなのに、何一つ文学賞もとらなかったのだから、これまた、文学賞の当てにならなさを如実に物語っているといえよう。

当代風の作家から

当代風の作家でいうと、阿部和重は、それまでの作品は、むしろ映画にしたほうがいいのではないかと思えるものが多かったが、『シンセミア』の見事な構築ぶりには、さすがに感嘆したもので、これで谷崎賞をとってもいいくらいなのに、これの後で芥川賞をとったのは実に奇観だった。ただ、髙村薫の『レディ・ジョーカー』のような、一時期はやった長篇犯罪小説に似たところはあるが、髙村にしても、天童荒太の『永遠の仔』にしても、良質なのに売れた小説だと私は考えている。最近人気があるのは、どうやら「癒し系」が多いようで、私はその種のものにはちっとも感心しない。

藤堂志津子については、私は昔からさんざん褒めているのだが、その後、しかるべき評価を得つつあるようで喜ばしい。もっとも一〇年くらい前は、「自由なセックス」に対する幻想がだいぶ広まっており、藤堂はそれに対して、恋愛やセックスの虚しさを描いていたのが新しかったわけで、昨今ではセックスレスのほうが流行らしく、人それぞれ受け取り方が違うかもしれない。もう一つ、これは忘れられているので挙げておくが、桃谷方子《ももたにほうこ》（一九五五―）の『百合祭』は、出た当時、傑作だと思ったものだ。その後映画化されたが、地方で上映されているだけなので、未だに観る機会を得ないのが残念だ。桃谷はその後、あまりいい作品ができず、最近は書いていないようだが、『百合祭』が秀作であることは間違いない。

これらのうち何点が、一〇〇年後も読まれているかといえば、大江や筒井は残るだろうが、後は何ともいえない。これは私の持論だが、文学作品のよしあしに普遍的基準などというものはなく読者の生きている時代と地域、年齢、経験、嗜好などによって評価が違ってくるのが当然なのである。藝者遊びをしたことがない者には『雪国』がピンと来ず、父を憎んでなどいない者には『カラマーゾフの兄弟』は意味不明で、キリスト教徒でない者には、西洋の多くの文学作品が根底的なところで分からない。高校生に分からない小説があるごとく、トルストイのある種の小説は、結婚したことのない者には分からないし、女にもてもての男には田山花袋の『蒲団』がバカバカしく思われるのと同様、もてない男には、二人の女に愛されて困る男の小説など不快である。だから小説のよしあしについての論争は、ほとんど常に不毛である。

小谷野敦が選ぶ平成文学10冊

大江健三郎『取り替え子《チェンジリング》』講談社文庫
筒井康隆『敵』新潮文庫
車谷長吉『漂流物』新潮文庫
倉阪鬼一郎『活字狂想曲』時事通信社
西村賢太『どうで死ぬ身の一踊り』講談社文庫
青山七恵『ひとり日和』河出文庫
勝目梓『小説家』講談社文庫
阿部和重『シンセミア』(全四巻)朝日文庫
藤堂志津子『昔の恋人』集英社文庫
桃谷方子『百合祭』講談社文庫　品切れ

城山三郎晩年の日々——日記より

作家・城山三郎が、角川書店のPR誌『本の旅人』に見開きの随筆を連載している。が、このところ様子がおかしい。ある回では、夕飯をとるべく電車に乗って隣の駅へ行ったら、駅を降りるとあたりは閑散としており様子が変で、帰りの電車もなくタクシーで家まで戻ったという。当人は、ボケたわけではないが不思議な体験と書いているが、それはやはりボケたのでは……と思っていると、次は、仕事で京都へ行き、帰りは自分で自由席券を買って新幹線に飛び乗り、藤沢周平の本を読んでいたら「次は新横浜」とアナウンスがあって、冗談ではないと思ったが新幹線は無情に降りるはずの小田原を通過して新横浜へ、というのだが、だいたい小田原を通過するならこだまではない。のぞみなら小田原に止まるはずはないからひかりだろうが、ひかり号が小田原に止まることは滅多にない。一日に五便くらいである。それをむやみとひかり号に飛び乗って、小田原に止まると思っているというのが、どうもおかしい。そのあとの文章も、何か乱れがある。城山先生七十九歳、担当編集者はどう思って掲載しているのか知らないが、もうまだらボケになっている。周囲の人々はなんとかしてほしいと思う。

（二〇〇六年八月一八日）

『本の旅人』での城山三郎先生の連載が、十一月号から復活した。しかし今度は巻頭ではなく真ん中へん。再開第一回は、「甘粕大尉のこと」である。以下大要だが、編集者と話していて「甘粕大尉」の名が出たが、彼は知らなかった。戦争中の少年兵には、その名のごとく天から舞い降りた人のようなイメージがあった（「天粕」のつもりで書いているらしい）。そこで私は書店をめぐって甘粕に関する資料を探したが、店員が知らない（いつのことだか分からない。今現在のようにも思えるが、城山先生が角田房子著を持っていないはずはないから戦時中のことのようでもある）。ようやく文献にめぐりあうことができ、誌上で甘粕と対面できた（これもいつのことだか分からない）。同世代の少年兵はみな甘粕に関心を持っていた。敗戦が続き（たぶんミッドウェー以後のことだろう）敗北感が広がると、甘粕は救国の英雄のように思われた。痩身でよく勉強した青年将校で、有名人で、女性ファンもいて、軍部の古い体質を打破しようとした（というような意味らしい文章が続く）。軍の構造改革を主張し、「暴走しそうな軍部にハラハラしている国民に救いを感じさせる存在にもなって行った」で、終わり。まるで次回につづく、みたいだが、次の十二月号はカナダのオーロラの話である。そちらは「勝手ながら私事から書き始めるのをお許し頂きたい」と始まるのだが、これは二ページ随筆で、いつも私事であり、この回も別段そこから公的な話になるわけではない。

さて、甘粕のほうだが、もし若い何も知らない人がこれを読んだら、関東大震災後に大杉栄、伊藤野枝、少年の橘宗一を虐殺して刑を受けたことも、それでも国民の間では支持が多く、のち満州国を牛耳る存在になったことも、全然分からないだろう。城山先生自身、石原莞爾と混同しているような趣もある。依然、まだらボケ状態が続いているようで、恐らく角川の担当編集者は「困ったなあ」と思い、巻頭をやめて真ん中へ持ってきて、それでも毎回ハラハラしているのだろう。

ところで城山先生の代表作『落日燃ゆ』は、東京裁判で絞首刑になった広田弘毅伝だが、あまり「保守派」の人が、広田礼賛を口にしないことに気づいた。というのは、「広田は裁判で自己弁護をしなかった。それは天皇に累が及ぶことを恐れたからだ」ということになっており、広田を褒めると「実は天皇も有罪だったのだが」ということになってしまうからだろう。

城山先生、よいお年を。

（二〇〇六年十二月三一日）

城山三郎氏が亡くなったようだ。前からたびたび、ぼけていると指摘していたが、ぼけたまま長命を保ったりせず、幸いだったと思う。

ところで城山三郎、本名杉浦英一は経済学者だったが、マルクスではない。で、一時は何となく右翼っぽく思われていたが、晩年はむしろ左翼っぽかった気がする。

別に城山を批判するわけではないのだが、「死者に鞭打つ」とよく言うが、考えてみたら、死者は鞭打たれても痛くも痒くもないのだから、これが特にひどいことのように言うのは間違いだろう。もっとも、死んでしばらくたてば「死者に鞭打つ」とは言わないのだから、これは家族や友人の、死んで悲しいという思いを忖度《そんたく》して言われる言葉なのだろう。とはいえ、江藤淳には近い家族はいなかったが、朝日新聞も「死者に鞭打たず」ずいぶん大きく取り上げていた。

しかし存外この「死者を尊ぶ」というものの考え方は、嫌なところがあって、たとえば「いじめにあって自殺」すると、世間は騒ぐし「いじめにあったから自殺する」と言っても世間は騒ぐ。だが、「いじめにあっている。助けてくれ」と言っても世間は騒がない。「強くなれ」とか無責任なことを言うだけである。

(二〇〇七年三月二二日)

城山三郎の遺稿『そうか、もう君はいないのか』(新潮社、二〇〇八)は、夫人の一九九九年の死去を描いたものとされているが、事実上の城山自伝であり、未定稿をまとめたものだが、巻末に付された娘さんの手記を読むと、夫人死後の城山が半ば余生を生きているような状態だったことが分かる。

一昨年、『本の旅人』に連載されていたエッセイが、時おりボケの症状を呈していたのも、そのまま本になっている(『仕事と人生』角川書店)。なかんずく、「甘粕大尉」の話は、事情を知らずに読んだ者は怪訝に思うだろう。(その後そのまま文庫になって、困ったものだと思う)

それはそうと、城山先生、若い頃はもてたんだなあ、と思う。城山は、愛知学芸大専任講師として経済学を教えながら、昭和三十二年（一九五七）、「輸出」で文學界新人賞を受賞して作家生活を始めているが、その後、「鍵守り男」という短編を書いて送ったら没になり、「輸出」のような経済小説を、と言われて、ひと夏長野県の旅館に籠って中編小説を書き上げたら、編集長が「芥川賞間違いなし」と言ったのに、いざとなると候補にも上がっておらず、城山が電話を掛けて不満を言ったら、「今は大江、開高の時代だよ」と言われたと、書いてある。この「大江、開高」は別のところでも読んだことがあるから、事実だろう。ただ、事実関係を調べると、少し違う。

「輸出」が『文學界』に掲載されたのは昭和三十二年七月号だから、六月発売だ。『文芸雑誌小説初出総覧』（勝又浩監修、日外アソシエーツ）という、高いけれど便利な本を私は持っていて、それで見ると、城山は同誌九月号に「プロペラ機着陸待て」、十一月号に「神武崩れ」を発表している。ついで『別冊文藝春秋』十二月号に「生命なき街」。この中でいちばん長いのは、「神武崩れ」の二十三ページである（便利なのは枚数が書いてあること）。

昭和三十三年一月には芥川賞候補作が発表になり、この時まさに開高が受賞している。ところが城山は、「輸出」で直木賞候補になっているのだ。さて、夏に旅館に籠って書いた中編というのは「神武崩れ」かもしれないが、芥川賞候補にならなくとも直木賞候補にはなっている。次の昭和三十三年七月の芥川・直木賞では、城山は候補に上がらず、大江が受賞しているが、そもそもこの間城山には文藝雑誌への発表がない。そして次、昭和三十四年一月には、『別冊文春』に載せた

「総会屋錦城」で直木賞を受賞している。城山には、本名杉浦英一名義での著書『中京財界史』がそれ以前にあるが、作家・城山三郎としての著書が出るのは昭和三十四年以降のことで、デビューから一年半、まだ単行本もない三十一歳での直木賞受賞なのだから、まったく順調な受賞と言うほかなく、「大江、開高の時代」は、吉村昭のように本当に不遇だった人や、大家になってから直木賞候補にされて落とされる人からすれば、ちょっと不遇を強調しすぎの話である。

（二〇〇八年二月四日）

『小説新潮』九月号に「広田弘毅は『漫才』と言ったのか」という特集記事があった。これは城山三郎『落日燃ゆ』（新潮文庫）の最後で、A級戦犯が絞首刑に処せられる前に松井石根《いわね》らが「天皇陛下万歳」を唱えていると、後から広田が板垣征四郎などと一緒に来て、教誨師《きょうかいし》・花山信勝《しんしょう》に「いま、マンザイをやっていたのですか」と訊いたという記述である。花山は始め分からずにいたが、「ああ万歳ですか、それならやりましたよ」と言い、広田は板垣に、あなた、おやりなさい、と言い、板垣と木村が万歳三唱をしたが、広田は加わらなかったというところである。城山はこれを広田の「皮肉」ととらえている。

この話は、北一輝が二・二六事件の後で処刑される際、他の者が「天皇陛下万歳」を唱えていたのに、北は「天皇、マンザイ」と言ったという伝説を想起させる。

さて、一九七四年の刊行当時、平川祐弘先生がこれに異を唱えて、花山の『平和の発見』にこの記述はあり、最後に一同で万歳三唱を行ったとあるが、広田が加わらなかったとは書いてなく、「マンザイ」というのは方言に過ぎない、とした。城山はこれに反論して、自分は関係者に取材したのであり、信念は微動だにしない、と答えた。

この二文は当時『波』に載ったもので、それが再録され、梯《かけはし》久美子の感想文がついている。平川先生は広田の息子の広田弘雄氏にも訊いてみたが、広田が皮肉を言うような人とは思えないが、何分その場にいたわけではないので、と言われた、と書いている。

しかるに、最後の万歳三唱に加わったかどうか、これは歴然たる物理的事実であって、皮肉かどうかという解釈の問題ではない。さて城山は「花山信勝の観察と記述には、疑問がある」と書いている。

この論争を私は知らなかったが、読んでみて珍妙な感じがした。なぜなら、花山信勝は一九七四年には元気で存命だったからである。当時七十六歳、それ以後も著書を出している。城山は、花山の「記述に疑問がある」と書いているが、では花山に取材しなかったのか。平川先生は、息子の話を聞けるくらいの人脈があるなら、直接花山に取材すれば良かったのである。要するに、「マンザイ」が皮肉だったかどうかはともかく、万歳三唱に加わったかどうかは、花山の証言があればいいのに、いずれも花山がこう証言している、と言わないところが珍妙だというのだ。むろん花山は一九九五年に死去しており、もはや確認するすべはない。なるほど、断られてもいいから取材せよとはこのことか。

（二〇〇八年九月二八日）

こないだ城山三郎の『そうか、もう君はいないのか』のドラマをちらりと見たら、ちょうど直木賞を受賞した時の場面で、夏の昼間らしく、まだ城山（杉浦）家には電話がなくて、近所のなんとか屋のおじさんが自転車を漕いでやってきて、「直木さん、直木さんとか言う方から」と言い、城山がはっと気づいて、自転車をぶんどって走っていく、というのだが……。

城山の受賞は昭和三十四年一月二十日、冬の夜のはずだし、いくら昔の話だって、電話のあるところにいて、記者も数人は集まっていたはず。受賞の時の様子を城山が書いていたかどうか思い出せないが……。

（二〇〇九年一月一六日）

（ブログから再構成。なおいつの間にか『本の旅人』は送ってこなくなったが、これを書いたこととは関係ないだろう）

生活篇

鎌倉の一夜

二〇〇九年四月二十九日に、鎌倉西御門《にしみかど》・里見弴旧宅で、今は建築設計事務所の西御門サローネになっている所で、弴の四男・山内静夫・鎌倉文学館館長（一九二五—）と、文藝評論家の武藤康史さん（一九五八—）との公開鼎談をやってきた。居間めいたところに座った聴衆は、高齢者が中心で二十人ほどか。山内さんとも武藤さんとも、それまで手紙、電話のやりとりはしてきたが初対面である。聴衆の中には、やはり手紙のやりとりはしてきた作家の北村薫さんが、早稲田の院生だというかわいらしいお嬢さん連れでいらしていた。

西御門サローネに勤めていて、東京藝術大学で博士号をとり、藝大助手でもある赤松加津江さんが私を鎌倉駅まで迎えに来てくれた。

武藤さんが能弁で私の『里見弴伝』（中央公論新社）を絶賛してくれたりして、鼎談は無事終った。

もっとも武藤さんは、いきなり井上ひさしの『ムサシ』を絶賛し始めたりしたが、どういうわけか同じころ出た私の小説『美人作家は二度死ぬ』（論創社）も絶賛してくださった。実は『美人作家は二度死ぬ』で日航機事故で若くして死ぬ女性のモデルは安藤美保（一九六七―九一）という、別の形でだが二十四歳で事故死した歌人がモデルなのだが、武藤さんと安藤美保には関係があるのだ。

俵万智の唯一の小説『トリアングル』が新聞に連載されていたころ、武藤さんがこれを絶賛する文章を文藝雑誌に書いた。毎日切り取ってノートに貼っているという。その熱意には驚かされたものだ。

しかしそれには理由があった。安藤美保は、お茶の水女子大で国文学を専攻、大学院に進んでいたが、一九九一年の学科旅行中、滝壺に足を滑らせて落ちて死んだ。安藤は、俵と同じ、佐佐木幸綱の歌誌『心の花』に属して短歌も詠んでおり、死去の翌年、『水の粒子』（ながらみ書房）としてまとめられた。

武藤は慶応の研究会で安藤を知っており、その日記を入手して、九六年から二〇〇二年まで『短歌往来』に「水夢抄」の題で連載していたのである。安藤の大学での専門は中世文学で、慈円と九条良経について研究発表をしたという。俵万智は、安藤の短歌を、二度、自著でとりあげている。それでか、と思った。

武藤は日記の連載中、周囲からバカにされたという。安藤が好きだったんだろうといわれたという（『文学界』二〇〇三年一〇月「安藤美保の日記」『文学鶴亀』国書刊行会所収）。武藤はそれを特に否定はしていない。やはり、少しは好きだったのだろう。そして、好きだった人が死んでその日記を入手したら、私もやはりそれを活字化するだろうし、その人の短歌をとりあげてくれた人が書いた小説を、ムリにでも褒めただろう。私は武藤康史が、改めて好きになった。（ところで『トリアングル』は、あとで文庫版を入手してちゃんと読んだら、けっこういい私小説だと思った）。

話は戻る。鼎談が終り、そのあと打ち上げをするという。私は宴会が苦手だから帰ろうと思っていたのだが、鎌倉文学館の美女二人もいたし、雰囲気が良かったので残ることにした。赤松さんは「アッカさん」と呼ばれていて、なんだか『ニルスのふしぎな旅』の白鳥の隊長を思い出したのだが、何か挙措の素敵な人で、そこへどういうわけか、ミス鎌倉だった堤麻紀さんも来て、人力車を引いていたなどと言う。静夫さん夫人の愛子さん、サローネの主の建築家・久恒さんが加わって賑やかであった。

そのうち、私と武藤さんとの間に珍問答が始まり、その場は爆笑の渦に包まれた。私は、自分は最近演劇には飽きてきた、と鼎談でも言ったのだが、そこで、野田歌舞伎なんてダメだと言い、そうですかーと武藤さんは言う。そして、週三回は芝居を観に行くと言うから、「えっ、それで奥さんは何とも言わないんですか」と訊くと「一緒に行きます」という。

「ええっ、新婚なんですか」

「いえ」

「でも、趣味が合わないこともあるでしょう」

「趣味が合わない人と結婚なんかしませんよ！」

と真顔で力説するのである。いや、これは合うけどこれは合わないとか、それくらいあるでしょう、と言うと、

「デートで一緒に演劇を観に行って、感覚が合わなかったら振るんです！」

もうこのあたりから爆笑の渦となる。さらに武藤さんは、平田オリザの青年団が大好きらしく、

「青年団の芝居に感動できない人と結婚なんかできません！」

と言う。

「そんなことしてたら、いつまでたっても結婚できないじゃないですか」

「そんなことないですよ、それが普通です！」

山内さんは爆笑し、久恒さんは苦笑している。

私もつい、「結婚って妥協でしょう」と言ってしまったのだが、よく考えたらそうじゃなくて、趣味が合わなくても好きになってしまう、ということはあるでしょう、と言えば良かったのだ。

「週三回も、って奥さんは専業主婦ですか？」

「いえ、違いますが……」と口を濁す武藤氏。

「じゃあ仕事の都合とかで、大変でしょう」

「ええ、まあ」

実は武藤さんの奥さんは同志社の教授の植木朝子さん（一九六七―）で、安藤美保の同級生だった人である。私は知っていてとぼけていたのだが、何しろ住所が同じなので分かってしまうのだが、なぜか武藤さんはそれを隠している。その住所というのは埼玉県で、もと植木さんは東京の短大に勤めていたのが、同志社に変って、どうやら京都へ新幹線通勤しているらしいのだが、まさか毎日新幹線に乗っているわけではないだろうし、週三日くらいまとめて行くのだろうか。

さらに武藤氏は「テレビが好きな人とは結婚できません！」と言う。武藤さんはテレビが嫌いらしいのだが、幸四郎が好きだといい、三谷幸喜がシナリオを書いた民放の連続ドラマ『王様のレストラン』で好きになったと言う。ＤＶＤででも観たのだろうか。しかしあんな間延びしたドラマが好きになるくらいなら、テレビを嫌う必要もなかろうに。

どうもいろいろ不思議でだんだん訊いていくと、武藤さんはパソコンもインターネットもメールもやらないという。評論家といっても、限りなく学者に近い人なので、それじゃ調べものが大変でしょう、国会図書館ＯＰＡＣなんか便利ですよ、と言うと、それは国会図書館へ行って見ていますと言う。「近代デジタルライブラリー」なんか本文が見られますよ、と言うと、それは国会で見ました、でもあれ、見づらいじゃないですか、と言うから、いや拡大するとか、プリントアウトすれば、と言ったが、多分プリントアウトの意味が分かっていないようであった。

さらに爆笑を呼んだのは、

「奥さんもパソコンやらないんですか？」

「ええ、多分」

「多分って、ああ、奥さんの部屋へは入っちゃいけないとか」

「いや、入りました……けど」

「パソコン、なかったですか」

「多分」

「多分？」

ここで武藤さんは眉をひそめて、

「いや私、パソコンってどういうものだかよく知らないんですよ」

また、武藤さんは大学の女子学生とも芝居を観に行くというから、問題起きたりしないですか、と言うと、

「起こるわけないじゃないですか！　現役の学生じゃなくて、卒業生ですよ」

「それは問題起きませんか」

「起こるわけないですよ！　学生だったら問題ですけど」

「いや、学生だったら問題になるから問題は起きないけれど、卒業生だったら問題にならないから問題になるんじゃないですか」

満場、拍手であった。

帰途、武藤さんと二人でタクシーに乗せられたのだが、武藤氏、

「エスコートがない帰りって……。二人、仲が悪かったらどうするんでしょうね。それに男女だったら、問題が起きるかも」

「起きないって言ったじゃないですか」

「いやでも中年の女性だったら」

中年の女性だと問題が起きて、若い女性だと起きないらしい。

しかしそれから、渋谷で別れるまで、新宿湘南ラインで武藤さんと楽しく話をして来たのであった。

母を亡くし、大学を逐われて、あまり人と会いたくもなかった私の、珍しく楽しい思い出である。

押し入れに消えた品物

元来、買物には慎重なほうである。仕事に必要な書物でさえ、高くて無用なものを買ってしまったなどということはあまりない。ごく廉価な書物でも、ムダなものを通販などで買ってしまうと悔やむ性質である。だから、そう大きく無駄遣いをしたことはない。もちろん、睡眠学習の器械なども買わなかった。

それでも、学生時代、当時の私としては割合高値なものを買って、結局押し入れに眠ってしまったものがある。確か、池袋辺の大きな書店ででも売っていたのではないかと思うが、暗闇で本を読むための器械である。一万円だった。クリップに細い脚と豆電球がついているだけの、器用な人なら自分でこしらえられるような代物だが、私は不器用なので買ったわけだ。それにも、ちょっとした理由がある。高校生時分から、電車内では何か読むものがなければ耐えられないという性質になっていたが、その頃、家庭教師のアルバイトを始めて、そこへ行くのに、当初、バスを使っていた。行くのは夕方、帰りは夜になるから、中は暗い。本が読めない、というわけだ。ほかにも、塾講師をしていて、これは電車で帰るのだが、途中までバスで帰るルートもあって、それを時々使った。あと、当時はよく歌舞伎を観に行ったが、客席が暗くなると、筋書が見えなくなる。これらの場合に都合がいいと思って、勘案して買ったのである。

ところが、ご案内の通りといおうか、電車と違って、バスや自動車の中で本を読むと、酔うのである。しかも私と来たら、かなり混んでいるバスの中で、立ったまま、おもむろにその装置を鞄から取り出し、文庫本などに取り付けて読むのだが、意外にこれがかさばる。他の人が見ても、おや、粋なものを使っているな、と思ってもらえるどころではなくて、さぞ変人に見えただろうし、存外ぶざまだなあと自分でも思うほどだった。そのあげく、バスを降りる頃には、酔いのためにけっこう気分が悪くなっている。それでも若いから、その高校生の自宅まで歩いているうちには何とか持ち直したのだが、この高校生というのが、もちろん男子だが、途方もなく出来が悪かった。その上やる気がなく、私は外づけの階段から二階にあるその子の部屋へ無断で入っていいことになっていたのだが、入るといないので、おやと思っていると、押入れから「うわあ」と飛び出すという幼稚さ。その上その子の母親は「私と気が合わないんですよ。血液型が違うからでしょうか」などと言うし、ほとほと嫌になって、家庭教師センターの担当に、もうあの子はやめたいと訴えたくらいである。

しかし、しばらくつきあっているうちに、学科はできないが根はバカではないようだと分かってきて、相手がやる気がないのをいいことに、こちらも適当にサボりつつ、数年間は教えに通っていたが、そのうち、バスを使うより、隣の駅から十分ほど歩いても行けることに気づいてそちらに切り替えた。何よりかにより酔うから、そのブックライトも次第に使わなくなり、歌舞伎座でも、バカバカしいから携行するのをやめて、結局お蔵入りとなったわけ。どうやら今では、もっとコンパクトで廉価なブックライトが売っているようだが、私も齢をとって、わざわざ暗い中でまで読書する気を失った。

それにしても、遠距離深夜バスというのは乗ったことがないが、普通に夜バスに乗るあの寂しさというのは、忘れがたいくらい嫌なものだった。しかももう一つの、塾から帰るほうのバスは、王子を抜けて西新井へ出るのだが、あの辺りは今でも、東京周辺でいちばん寂しいあたりではあるまいか。

それでも、このブックライトは、まだ使ったほうだ。まだ大阪にいた頃、煙が出ないタバコというので、デジタルスモーキングの装置を買ったが、これは最初に買った二箱くらいを吸っただけで、お蔵入りになった。しかし、JR東日本の新幹線を始め、関東の各私鉄が特急などを全面禁煙にするという暴挙に出たから、もしかしたらまた使い始めるかもしれない。

しかし何といっても笑止な買物だったのは、キティちゃんの人形で、パソコンへ繋ぐと、メールが来た時教えてくれるやつで、当時はＡＤＳＬではなかったからうまく作動せず、実家の押入れに鎮座している。まさかわざわざ取り出してきて使う気にもならないが、十年くらい前から三年ほどはキティちゃん好きで、しかも当時はやたらとキティグッズが出ていたから、キティのラジカセまで使っていたことがある。キティ炊飯器を買わなかったのがせめてもの救いだが、まあこの辺がいちばん愚かしい無駄遣いの前科だろう。

ながちゃん十首

一九九〇年の夏から二年間、正確には一年と九ヶ月、私はカナダのヴァンクーヴァーにあるブリティッシュ・コロンビア大学に留学していた。始めは大学の寮に入るつもりでいたが、申し込みが遅れたため、大学から少し離れたところに下宿を借りて住み始めたが、孤独に苦しめられた。翌年はじめになって、ようやく寮に入れたが、何しろ一、二年生の学生に混じってのことだったから、ずいぶん辛いこともあった。もっとも、そうしたカナダ生活にも慣れてきて、二年目の九月になると、その年から始まった交換留学制度で、京都の立命館大学から、百人の学生がやってきて、寮に住み始めた。おかげで私は孤独のためにおかしくなることを免れたものだが、その中で数人、親しくなった若者らがいた。その一人が、T・Nさんで、ながちゃんと呼ばれていた。

二ヶ月くらいたった頃か、神田のすし屋の息子が短歌をやっていて、十首競作をしようということとになり、私はもちろん手すさびに短歌を作ったことはあったが、本格的にやったことはなく、それでながちゃんを主題にして十首を作った。

ながちゃんだながちゃんが来た三回のドアのノックだながちゃんが来た
「寝てました?」上目遣いのながちゃんに不機嫌な顔実は嬉しい
——その頃、私はよく昼間から寝ていた

朝食にワッフルが出た嬉しさを伝える人のいる日曜日
——食事は寮のカフェテリアで摂っていたが、二週に一度くらい、日曜の朝に出るベルジャン・ワッフルが私の大好物だった

ながちゃんに漢字教えて丸つけて花丸つけて二人の世界
縁日の夜店でながちゃん買ってきて蝶よ花よと育ててみたい
ながちゃんをドアの外まで送り出し今返されし雑誌抱きしむ
午前四時砂糖どろぼうながちゃんの一の子分はこのわたくしめ
世界一可愛い盗賊現れるその名は永子「砂糖ちょうだい」
——ある夜午前二時ころ、コーヒーを淹れようということになったが、砂糖がない。銀座の河

豚屋の息子Oの部屋にあるだろうというので、四人ほどでじゃんけんをして負けたながちゃんがこっそり取りにいくことになり、私もついていった。

「歳の差が何よ」とぽつり呟いた春の終わりの雪の夕暮れ
青春の冬の終わりの大空を虹を描いて渡るながちゃん

——このあとは、やはり立命館の学生を詠んだもの。

*

留学に負けたと若き友が言う海鳥よ叫べ阿呆阿呆と

——当時立命館大三回生の親友Sは、後に一ヵ月で就職先の石油会社を辞め、日本語教師を目指して英国で修士号を取ってきた。

*

夏の夜の浮かれ女どもの空騒ぎ愛のことばも梨の礫か

社会篇

フランス恋愛幻想

中島さおり（一九六一―）の『パリの女は産んでいる』（ポプラ社、二〇〇五、のち文庫）という本が、日本エッセイストクラブ賞を受賞した。著者はフランス在住の長い人で、フランス人との間に二人の子供を産んでいる。初めて産んだのは三十七歳のときだという。題名から分かるとおり、昨今問題の少子化について、フランスでは女性の社会進出が進んでいながら出生率が上がっているがそれはなぜか、という話だ。と同時に、一九九五年の『フランスには、なぜ恋愛スキャンダルがないのか？』（棚沢直子、草野いずみ、現在角川文庫）以来、ときどき出てくる日仏比較男女論でもある。私は棚沢らの本をその当時読んで、ああフランスは恋愛に寛大なのだ、いいなあと思ったが、ほどなく、もてない男女はフランスでももてないという事実に気づいた。ではよく言われる西洋の「カップル文化」というのは何かと言えば、どんなに妥協してもとりあえず恋人を作るというのがその実相であり、日本人は高尚な恋愛をしようとしすぎているのだ（岡田斗司夫『フロン』）という結論がもう出ている。

しかし中島というお方はそういうことをまるで知らないようで、フランスでは婚外子差別をしないとか、女はいくつになっても現役だとか、化粧品会社と結託した女性雑誌のような説教を並べるばかりである。だいたい、子育ての条件が日本とフランスではまるで違う。人口はフランスが日本の半分で、国土面積は一・五倍、二時間かけて通勤するだの、過労死だの、フランスではありえない話だ。さて、厚生労働省の少子化対策は、女が働きに出るようになると少子化は解決されると言っていたが、それがインチキな議論であることは赤川学（一九六七―）『子どもが減って何が悪いか！』（ちくま新書）で克明に論破されている。そりゃあそうである。赤川は、子供が減ることを前提とした社会政策が必要であると言い、遂には滅びの美学とまで言いだしたが（『中央公論』〇六年七月号）、ちょっとそれは危険な物言いだと思って、当人にも言っておいた。ただ赤川が書き落としているのは、結婚も出産もしたいのだが相手が見つからないという三十代男女が大勢いるということだ。それも要するに個々人の「高望み」のせいで、妥協してもカップルを作るという抑圧がないからだが、中島はそういう日本の非婚男女の事情がまるで分かっていない。

中島は、フランスでは三十代の出産が増えており、それが出産の増加につながっていると言うが、それだって三十代前半である。婚外子差別を法的になくすのは別にいいが、それでにわかに「シングルマザー」が増えるとは思えないし、仮に産んでも「鬼母」になるだけではないか。誰もが俵万智のように金持ちで両親とともに豪邸に住めるわけではない。それから読んでいて、おそらく著者は美人なのだろうと思ったが、本には写真がついていないので、探したら見つけたが、やはりそうだった。美男美女が語る恋愛・結婚論は、実に説得力に欠ける。日本エッセイストクラブ賞をとったのは、厚生労働省の主張に叶っているからだろう。

（付記）「鬼母」というのは、当時世間を騒がせた秋田県の男児殺し、畠山鈴香のこと。中島さおりは、直木賞をとった中島京子の姉らしい。

佐藤優とか野田聖子とか

スポーツ新聞にすら連載を持っている佐藤優（一九六〇―）だが、もう勝手にいくらでもやってください、という気が私はしている。さて、『en-taxi』二〇〇八年冬号に、その佐藤と歴史学者・本郷和人（一九六〇―）の対談が載っている。主題は北畠親房《きたばたけちかふさ》で、司会は福田和也である。で、問題の南朝正統論だが、本郷が切り込む。以下、大意だが、「本郷＝右翼は南朝正統論を言うが、今の皇室は北朝ではないか」「佐藤＝三種の神器があればいい」「本郷＝南北朝期には三種の神器がいくつもあるでしょう?」ときて、以下、略さずに写すと、

佐藤・北畠親房はニセモノを全部整理したと。

本郷・そうか、逆に言うと、親房が三種の神器の本物を作っちゃったわけですね。

佐藤・そう。だから親房は偉大なんだ、と、こういう整理になるんです。

何だそれは！　答えになっていないではないか。本郷は皮肉で言っているようにも見えるが、要するに、北畠親房や後醍醐が、うちにあるのが本物だ、といえばそれでいいというわけで、だから親房は偉いのだ、では循環論法である。まるで返事になっていない。本郷さん、もっと突っ込まなきゃダメでしょう。

最後に二人は、DNAがどうとか言っているのはダメだ、などと意気投合している。これは、神武天皇以来、男にだけ伝わるY染色体のことを言った八木秀次（一九六二―）のことだろうが、佐藤に八木を嗤う資格などないのである。宮崎哲弥（一九六二―）は、八木の『本当に女帝を認めてもいいのか』（洋泉社、新書y）を評して、しかしこれでは、天皇の候補は日本中にいることになってしまう、と書いているが（『新書365冊』朝日新書）、佐藤にしても、では足利尊氏や義満や徳川家康が、わしは清和源氏じゃ、と言って三種の神器を使って即位してもいいということになるだろう。八木だって佐藤だって、その天皇論がお粗末なのに変わりはない。

佐藤の天皇論のおかしさをきちんと突いているのは、文藝春秋のPR誌『本の話』一月号で佐藤と対談している、同志社大学の先輩に当たる中村うさぎ（一九五六―）である。うさぎは、なぜ佐藤が天皇を崇拝するのかと問うて、佐藤は、自分が逮捕された時、大統領や総統がいたら殺されていたなどと言っている。うさぎは全然納得せず「そこが、どうもよくわからん」と言っているが、確かにそうで、もし佐藤が釈放された理由があるとすれば、天皇など関係ない、日本にスパイ防止法がないからであろう。それに外交官なのだから知っているだろうが、大統領制といっても、ドイツやイタリアのような象徴大統領もいるし、現にムッソリーニは国王がいても独裁者になっているではないか。

その佐藤が、『中央公論』十二月号では、佐藤の相手としておなじみの手嶋龍一（一九四九―）と対談している。「スパイ」が主題だが、目次を見ると佐藤の「僕も二重スパイっていわれたことありました（笑）」という発言がリードになっている。ところが本文を見ると、手嶋が「佐藤ラスプーチンこそ二重スパイだという見立てをずいぶんと耳にします（笑）」と言っており、佐藤はそんな発言をしていないのである。自分で言って笑うのと、相手が言って笑うのではえらい違いだ。これじゃ目次情報操作だ。

ところで『一冊の本』の魚住昭（一九五一―）による佐藤インタビューも、もう半年近く、魚住抜きで佐藤一人が書いている。魚住が病気だからだというのだが、別の所では魚住は仕事をしている。もう佐藤なぞの屁理屈につきあわされるのはごめんだってことかね。（その後復活してまだ続いている）

その佐藤の売れっ子現象について、「毎日新聞」一月十六日夕刊で、鷲尾賢也（一九四四―）が取り上げている。そこで鷲尾は、佐藤優現象を批判する人もいるが、難しい本なのに売れているということが、批判を無効にしてしまう、と書いている。そりゃおかしいだろう。そもそも佐藤批判はマスコミが封殺しているから新聞にも出ないし、佐藤自身が私の批判に答えていないのだから、売れているから批判は無効とは、商売人の理屈であって、そういう考え方をする人が新聞に連載すること自体、不見識である。

ついでにもう一人、野田聖子（一九六〇―）が『不器用』（朝日新聞社）を出したが、例の不妊治療が、野田の家名を残したかったという前近代的な理由で、夫婦別姓論がちっとも「リベラル」でないことを明かしているのはいいとして、かつて新聞でしっかり報道された、凍結保存されている受精卵のことにはまったく触れずじまいで、どうやらめでたく自民党の公認候補として岐阜から立候補するようだ。生命倫理に関わる重大問題なのに、誰も攻撃しないのは不思議だ。ああこうして、逃げる者はいつも逃げる。

（付記）二〇一〇年八月末、野田は、現在の恋人（正体不明）と、米国で提供をうけた卵によって妊娠していると公表した。国会議員として許されるのか疑問だが、未入籍のまま出産すれば野田姓になる。野田の夫婦別姓論が家名存続のためでないのかどうか、質問に答えるべきである。

いじめられたら復讐せよ！

呉智英先生の新刊『健全なる精神』（双葉社）を書店で発見したので、喜んで買ってきた。今回は、「産経新聞」の連載コラム「断」を中心としていて、やはりおもしろく、いっきに読んだ。ところでその中に、初出時に話題を呼んだ、いじめられっ子への復讐の勧めがあった。最後は「自殺するぐらいなら復讐せよ。死刑にはならないぞ。少年法が君たちを守ってくれるから」と、少年法への皮肉も込めてまとめられていた。本では、そこに「補論」があって、このコラムが載ると、インターネット上に、賛成の書き込みがどっと現れたが、いじめ論議はまだ続いているのに、活字では、賛成も批判もまったくとりあげられなかったと書いてあった。呉さんはネットはやらないので、人から聞いたという。

実は私も反応した一人で、呉さんに、では大人がいじめに遭ったらどうすればいいのでしょう、と疑問を呈しておいた。いやまったく、総合雑誌や新聞や単行本で「いじめ」論議は盛んだが、まるで大人はいじめなんかせず、子供の世界にだけいじめがあるかのような論調のものばかりである。

私の高校時代が悲惨だったことは前に書いたことがあるが、その原因の一つを作ったのが、一度クラス替えがあったにもかかわらず三年間同じクラスだったHである。こいつは「悪の帝王」とまで呼ばれたいじめの親玉で、一年生のころまだ東京の学校に慣れなかった私を、弁当を食べている最中に数人で取り囲んで罵詈雑言を浴びせたり、二年生の時には歴史の教師をクラス中でいじめる音頭とりをしたり、まあ極悪人だった。

ところが最近、このHと同姓同名の人間が、九州のほうの某大学で西洋史の教授をしていることに気づいた。あまりよくある名前ではないし、歳も私と同じだったのだが、まさかあいつが、こんなマルクス主義的な研究者になるとは考えられなかったので、珍しい偶然の同名異人だろうと思って、実名でブログに書いておいた。すると、出版社気付で手紙が来て、それはまさに同じ人物で、自分は今でもそいつのひどいいじめに遭っていて、そいつに死んでほしいと思っている人はたくさんいます、と書いてあった。そこで私はブログ上でそのことを報告した。するとHから、名誉毀損である、みたいなことを言ってきたので、訴えるなら訴えろ、と返事を出しておいた。

その情報提供者が、Hの父親も学者だったらしい、と書いていたので、調べてみたら、けっこう有力な教育学者の大学教授だったので驚いた。既に死んでいるが、その父親の著書を読んだら、例によって昔の左翼系教育学者らしく、「右翼」的教育傾向を批判しつつ、いじめのようなことがあっても、悪いのは教師であり政府であり、いじめっ子そのものではないかのようなことが書いてあった。なるほど、親の思想どおりに育ったわけだが、仮にも教育学者の息子が極悪いじめっ子に育つとは、立派な醜聞である。

私のブログは、今もそいつの実名を書いたまま、存在している。いじめられっ子は、こんなふうに、あとになっていじめっ子の名前を晒しものにするというのも、一つの復讐だろうと思うのだが、呉先生、どうでしょうか。

森見登美彦の文章には耐えられない

大学一年の頃、伊藤整（一九〇五―六九）の『伊藤整氏の生活と意見』（一九五四）を読んだ。すると冒頭から、自ら伊藤整「氏」と名乗るようなことをするのは変で「もし吉田総理大臣自身が『吉田総理大臣閣下の生活と意見』という文章を書いたとしたらどうだろう。息子の吉田健一君はさっそく親父の家へ駆けつけ、日本全国は動揺し、野党は内閣の総辞職を要求し、外敵は国境を侵すかもしれない。なぜなら日本の政治は狂った総理大臣の手に委ねられていることが明らかだからだ」というような戯文調でおもしろく、その頃クラスで出したクラス新聞のようなもの（といっても一号で終わった気がする）に、これ式の文章を書いて載せたら、えらく評判が悪く、「自分で酔ってるみたいな文章だよな」と言われて、ああ、こういう戯文は、伊藤整のような文豪が書くからいいのであって、私のような若者が書いてはいけないのだ、と思い知ったものだ。

ところが、十年ほど前から、それ式の、昔なら若者の一人よがりの戯文とされたような文章が、プロのものとして少しずつ出てくるようになった。最初に気づいたのは、歌人の黒瀬珂瀾《からん》が読売新聞に連載し始めたもので、「カラン卿」と自ら名乗ったりして、ありゃー恥ずかしいなあ、これで新聞で通用するのか、しかしまあ若者向けの紙面だし、本業は短歌だし、と思っていた。それより前に、平野啓一郎の『日蝕』が出た時も、あの晦渋めいた、しかし別に名文とか、天才でなければ書けないとかは思えない文章には感心しなかったが、その後もその文体で書き続けているわけではないし、まあ良しとした。

しかし、小野正嗣《まさつぐ》(一九七〇―)の『にぎやかな湾に背負われた船』(二〇〇二)が三島由紀夫賞をとった時は、こりゃないだろうと思った。安直で長ったらしい比喩が随所に出てきて、通読も苦痛だったし、第一この長い題名が覚えられない。それで「週刊朝日」で酷評したら、その後高橋源一郎が絶賛していた。しかしまあ、小野は学者の道を行きそうだし、昨年は東大駒場で助手をやっていて、図書室で睨まれたような気がするが、まあいい。

参ったのは、森見登美彦(一九七九―)である。『太陽の塔』(二〇〇三)を読んで、こりゃまるっきり、自己耽溺型の戯文調で、しかもまた凡庸なそれらしい比喩があちこちに出てきて、小説の筋どころではなかった。その森見が、山本周五郎賞をとったというので、恐る恐る、受賞作『夜は短し歩けよ乙女』(二〇〇六)を読もうとしたら、冒頭からこの戯文調の凡庸で長大な比喩が炸裂していて、二ページ以上読めなかった。「これは彼女が酒精に浸った夜の旅路を威風堂々歩き抜いた記録であり、また、ついに主役の座を手にできずに路傍の石ころに甘んじた私の苦渋の記録でもある。読者諸賢におかれては、彼女の可愛さと私の間抜けぶりを二つながら熟読玩味し、杏仁豆腐の味にも似た人生の妙味を、心ゆくまで味わわれるがよろしかろう」などとやられたのでは、もう人生も半ばを過ぎた私には、このような小説を読んで苦痛を味わい時間を浪費するわけにはいかない。本当は、全部読まずに何か言ってはいけないのだ。だが、あとの方をぱらぱら見ても、安易な比喩は相変わらずだし、たとえ筋が面白かろうと、とうていこの文章は私には許せない。昔なら絶対通用しなかったはずだ。（その後ちゃんと読んだが何が面白いのか分からなかった）

山本賞の選評を『小説新潮』で見たら、篠田節子は、さすがにこの文体はどうか、と書いていた。直木賞候補にもなったが、幸い落選した。三島賞は、かなり変てこな小説に授賞するが、山本賞もそうなのだろうか。それに、本屋大賞をとっているが、本屋大賞というのは、要するに本屋の店員という、文学の素人が選んだものだ。帯を見ても、本屋の店員以外に褒めているのは本上まなみだけ。

憂うべき若い学者・中島岳志

安倍晋三総理が、インドのパル判事の遺族を訪ねたというニュースが流れた時は、やれやれ、またパル判事かと思ったものだ。東京裁判でただ一人、A級戦犯全員の無罪判決を出し、戦勝国が敗戦国を裁くこと、事後立法遡及《そきゅう》の法的不備を指摘し、西洋諸国の植民地主義をも批判した人だ。まあ、総理としては、靖国神社へのA級戦犯合祀の件でのシナ、韓国への牽制というところか、と思っていたら、中島岳志（一九七五―）の『パール判事』（白水社）という本が出た。中島は若手の、「新進気鋭」の学者で、専らインドを専門とする北大准教授だ。昨年から、月一回、毎日新聞で対談を連載している。四月には西部邁先生がゲストだったので、ちょっと驚くとともに、政治的に対立する相手とは話もしない、というよくいるバカ左翼ではないのかな、と思っていただけに、この本には失望した。

本書で中島は、パルは絶対平和主義者で、世界連邦の実現を目指していた、日本の侵略行為の道義的責任をも認めていたといったことを述べ、パル判決を利用して「大東亜戦争肯定論」を展開する近年の右派論者を責めている。しかし、最大の欠陥は、近年、そういう主張をしているのが誰であるか、ほとんど分からないことだ。私も政治論争的な本を書いたことがあるが、誰が何を言い、そのどこが違っているか、明確に書いている。学者なのだから当然のことだ。それを明示しない中島のやり方は、学者失格だと言わざるをえない。取り上げているのは小林よしのりだけで、「近年の右派論客」とは小林一人なのか、と苦笑せざるをえない。第二に「大東亜戦争肯定論」の定義が不明なことだ。これは、一般には林房雄(一九〇三―七五)の著書の題名だが、林は、東亜解放戦争になるはずだったものが、不幸にしてアジア相戦うことになった、と書いているのだ。中島は、右派論客はパル判決文すらちゃんと読んでいないと述べているが、中島は林著を読んだのか。私の知る限り、日本のシナとの戦争は侵略戦争ではないと述べている人はいるにはいるが、少数派である。小林は既に『Sapio』の連載で、パルが、日本は平和憲法を守るべきだなどと言っていないことを突いて中島の「ペテン」を批判している。小林の『戦争論』を私は、アメリカ善玉史観の見直しとして評価した。もう一つ、中島が攻撃しているのは、パル判決を日本に紹介した田中正明(一九一一―二〇〇六)の、一九五〇、六〇年代の著書で、細かなところを突いているが、田中著にも、パルが平和主義者であったこと等、中島が力説するようなことは書いてあるのだ。

パル判決は、「大東亜戦争肯定論」ではなくて、「A級戦犯無罪論」、少なくとも、その靖国合祀にシナ、韓国からあれこれ言われる筋合いはないという議論に「利用」されていると言うべきだろう。中島は同書で、パルはBC級戦犯の戦争犯罪については無罪だとは言っていないと述べるが、それではますます、右派の主張（とやら）に都合がいいではないか。中島は、東條英機を主人公とした『プライド』も批判するが、あの映画では、天皇を戦犯にしないために証言を変えるよう要請されて東條が苦悩する場面がある。私はむしろあの映画は、天皇を免罪にする操作が行われたことを描いていて、「左翼」も評価できるものだと思っている。いずれにせよ、中島著は、ただの論争のための本であって、学問的に新しいものは何もないに等しい。まだ三十二歳の学者が、こういう本でもてはやされるのは、憂うべきことだと思う。

匿名批判は卑怯である

私のブログで、先日、「匿名批判は卑怯だ」と書いたら、なぜか轟々たる異論が巻き起こった。ネット上でブログなどを書いている者は匿名が多いせいだろう。マスコミでは、ネット上の匿名での悪口などは盛んに批判されているが、たとえば佐々木俊尚《としなお》（一九六一—）のように匿名を擁護する論者もいる。ならば活字上で、私のような匿名批判者と堂々と議論すればいいと思うのだが、あまり見かけない。しかし佐々木のように、ＩＴ産業関係の人間が、「議論がフラットになる」などと昔ながらの空念仏を繰り返していても、どうせ匿名で物申したい卑怯者の欲望で儲けている者の言うことだし、あまりまじめな議論とは思えない。第一、「フラット」になるなどというのがいいこととは私はちっとも思っていない。権威は必要だし、多数決が正しいとは限らないだろう。

「匿名批判は卑怯だ」というのは、西部劇でいえば、後ろから撃つのは卑怯だというのと同じで、もしこれに対して、後ろから撃って何が悪い、勝てばいいんだ、などと言う者がいたら、もう議論は終りである。最近評判の悪い相撲だが、たとえば横綱が、立会いで変わって勝ったら非難されるだろうが、変わって何が悪いのか、勝てばいいんだろう、というのと同じで、そういう基本的倫理を共有していない者とは、議論しても無意味である。

匿名の誹謗中傷で悪名高いのが「2ちゃんねる」だが、その管理人・西村博之は、数多くの名誉毀損訴訟に敗れながら、削除にも応ぜず、二億とも言われる賠償金も払っていない。西村は、払わせたいなら法律を作ればいいと言っているが、まったく同感で、政府は民事訴訟の命令を無視する者を罰する法律を作るべきであり、そうでなければもはや法治国家とは言えまい。

では、匿名について、佐々木や梅田望夫のような「業界人」以外の「識者」は何を言っているのかと思って調べたら、社会学者・佐藤俊樹・東大准教授（のち教授、一九六三―）の、朝日新聞での文章が見つかった（〇七年四月十四日）。私は佐藤の人間性を根本から信用していないが、ここで佐藤は、匿名での批判は無視するのが自分の方針で、なのに、四十代前半以下の書き手に、匿名のネット輿論を気にしている者がいるのに驚いたと書いている。作家や評論家だけでなく大学の教員まで気にしているが、彼らは大学から給料を貰っているのだから、本の売り上げなど気にする必要はないだろうにと佐藤は書くのだが、このお方には、ネット輿論の誤読によって間違った認識が広まることへの懸念というものがまるでないのに、私は驚いた。

しかも佐藤は、自分も時々匿名で書くからとまで書いていて、私からすれば、自分も時々万引きをするが、と言われたくらいに呆れ果てた。「後先を計算せず、気ままにのびのび書ける。そういう書き方も好きだ」と言うのだが、何しろ格差社会を論じるのに、まるきり遺伝を無視し、私が批判しても黙殺し続けた人らしいご意見である。まるでサラリーマン学者であって、真実と切り結ぶ学者の魂というものをまったく欠いた人だと思った。

第一、それなら実名での批判には応答するのかといえば、私はこれまで佐藤をちゃんと実名で批判しているが、答えてはいない。要するに、都合が悪い時は応対しないというだけではないのか。こういういい加減な「識者」の意見を載せるようなまねをしているから、マスコミは信用されないのだ。

もう一つ、嫌なのが、私は一般人なのだから名前を出さないでくれ、とかいう奴だ。新聞の投書欄だって、プライヴァシーに関わるようなもの以外は実名が原則である。どうやらこの類の連中は、彼らの頭の中で勝手に「非一般人＝有名人」というのを作り上げていて、一般人は匿名でいろいろ言う権利があると思っているらしいのだが、そういう意味で言えば、非一般人なのは、有名人ではなくて公務員、あるいは大学教授などであろう。嘘だらけ、日本での責任者の住所不明なのに、「訴えると決意したら編集しないでください」と書いてあるウィキペディア（住所不明では訴状も送達できない）にも、「公人・著名人」「私人・非著名人」などという区別があるが、公務員や大学教員は、いくら無名でも、前者は行政機構の一部だから断然公人であり、後者も国立ならみなし公務員だし、私立だってそれに準じる。

『ウェブ炎上』(ちくま新書)を出した荻上チキなどというのも変名で、今では会社員のようだが、東大の大学院の修士課程終了と明記されているのだが、ブロガーを名乗り、ブログ上では論争めいたこともしている。そんなことが許されるのか、東大の意見を聞いてみたいところだ。

*

これには後日談がある。荻上チキは、本名を乙川知紀といい、かつてその名前で私に書籍を送ってきたことがあった。『ウェブ炎上』では、写真も載っているし、それはややうつむき加減だったが、その後、インターネット上でのインタビューで、堂々と正面からの写真も出していたから、本気で隠れる気はないのだな、と思い、私はブログで、彼の名前をばらした。するとまた轟々たる非難が巻き起こったのだが、私は東大の情報学環へ行ってその年の修士論文を閲覧してきたが、乙川のものは、内容がまさにそれまで「荻上チキ」がやっていた「ジェンダー論争」に関するものだったから、一目瞭然だった。

何より私にとって不思議なのは、大学院生として在籍していた以上、周囲にいる人たちにとっては、「荻上チキ=乙川知紀」であることは周知の事実だったはずで、いったい乙川は彼らに対して、口止めしていたということになるのだろうか。しかし一体なんで、そんな「口止め」に応じなければならない義務が、一味徒党でもない者たちに、あるのであろうか。

今はなくなってしまった、インターネット上の「オーマイニュース」というのがあって、何やら一般人が記事を書いて投稿するものだったらしいが、これに関する記事が載り、最後は私への非難で締めくくられていた。そもそも記事というからには、相手に取材するのが普通であろう。私はオーマイニュース宛に、この記事の責任はそちらにあるのか、この「市民記者」にあるのかと訊ねたが、すると記者にあると言うから、ではその記者の住所を教えてくれ、と言ったら返事がなかった。

さらに後日談がある。二〇〇八年の九月に、私の原作である映画「童貞放浪記」の撮影現場へ私は出向き、ちらっと出演もしたのだが、その際、監督、主演女優、男優、そして私の記者会見があったのだが、その時、昼間たかしとかいう奴がいて、「小谷野さんは匿名はいけないと言いますが、神楽坂さんは藝名ですがいいんですか」と質問したのである。

まさか映画の記者会見の場で、そういう本筋と外れた話の相手をするわけに行かないから「関係ないと思いますよ」と流したが、あとで玄関先で煙草を吸っていたら脇へ来ていろいろ話しかけてうるさかった。

文句があるなら、手紙でも電話でもいいから言ってくるがいい。映画の記者会見などという、まったく筋の違うところでそういう嫌がらせをするな。誰が「藝名がいけない」などと言ったか。こういう奴が荻上チキ＝乙川知紀の仲間かと思うと乙川の人間性まで信用ならなくなる。

以上のことをブログに書いたら、鹿砦社の『紙の爆弾』という、中途半端にサヨクな雑誌に、私に関する記事が出て、半分は私の悪口なのだが事実誤認もあるし的外れもあった。匿名記事だがこれも昼間が書いたのだろう。ホントに匿名の好きな卑怯者連中である。

「看護師」ファシズム

先ごろ、「産経新聞」紙上の「断」で呉智英さんが、佐々木譲《じょう》の小説『警官の血』の中におかしな言葉遣いがあると指摘し、佐々木が反論するという小事件があった。私は近ごろの時代小説の、考証がめちゃくちゃなのに怒っているので、何もこんなことに絡まなくてもと思ったのだが、呉さんは時代小説より推理小説のほうが好きらしい。

私の著書も三十冊近くなったが、刊行のたびに悩まされるのは校閲である。最初の本は誤植だらけで参ったが、二冊目の時は校閲が私の間違いを直してくれて、しかもそれが近松の浄瑠璃の筋を間違っていたりしたので、冷や汗を掻き、校閲に感謝したものだ。だがこのところ、どうも校閲が不必要にうるさく、面倒だ。第一が、これは昔からなのだが、用語の統一というのをする。

私は、表記などというのは前後の文脈の中で考えるから、ある所では漢字が多いから「むかし」とし、別のところでは「昔」とやってもいいと思うのだが、校閲はそれをいちいち指摘するから、そのたびに、これでいいのだ、と主張しなければならない。インターネットが普及してからは、ネットで調べたことをプリントして、資料ですといって送ってくることが多くなった。それがもう、ほとんどは盛大な紙の無駄である。どうせネット上にあるなら、URLを送ってくれるだけでいい、と言ったこともあるが、なぜかそれはできないらしい。どうも最近は、社外校閲、つまり外注が多いようなのだが、それがひどい。

どうせ私が調べたってすぐ出てくるような、しかも間違いの多いネット情報などで訂正されても困るのだ。もちろん、中には訂正を要するものもあるけれど、先日ひどいと思ったのは、単行本を文庫版にする際の校閲二点で、一つは異常なまでの細かさで調べていて、正確を期すのはいいのだが、これだけの調査能力があるなら、最初に本を書く段階で秘書役でもやってくれた方がよほどありがたいと思った。ひどかったのが次なる某文庫の校閲で、編集者はいちいち鉛筆書きをバッテン(大阪ではペケ)で消してくれているのだが、否応なく目に入るから、それなら消しゴムで消して欲しいと思ったのだが、たとえば私は「藝術」のように「藝」の字を使うが、これは「芸」というのが「ウン」と読む別の字だからだが、それにいちいちチェックが入っている。あとは例の「差別語狩り」である。まず「強姦」の「姦」の字に全部チェックが入っている。最近の、「姦」という字が不快だから「強かん」と書き換えるという妙ちきりんな風習に倣ったのだろうが、もともと強姦なんて不快なものなのだから、何の意味があるのか。もしかすると、日本独自の用法である「姦《かしま》しい」を想起させ、女を侮辱していると考えるからだろうか。

最近よく見かけるのが「障がい者」という表記で、「障害」と書くとその人が害があるようだからそう書くのだろうが、これはもともと「障碍者」と書いたもので、漢字制限で「害」に直したものだ。それなら元に戻せばいいだけのことで、常用漢字ではないから公文書では使えないなどと言う者がいるが、公文書以外でも「がい」をやっているのはおかしかろう。あと例によって「シナ」だが、これはもうライフワークとも言うべき闘争だから仕方がない。「精神病院」までチェックされていたが、いちばん腹がたったのが、「看護婦」に対して「今は看護師ですが、ママOKですね」というチェックである。

「今は看護師」とは何のことか。単に法令上、看護婦と看護士を統一して、正式名称を「看護師」としただけで、女の看護師を看護婦と呼んでいけない、などということはない。では「内閣総理大臣」を「首相」と書いてはいけないのか。別に、看護婦と呼んでも女性差別ではないだろうに、新聞やテレビが例のごとく用語規制にしてしまって「女の看護師」などとやるものだから、「今は看護婦と言ってはいけない」と思い込んでいる国民が多いのだが、そういう国民は、日本国憲法が保証した「言論の自由」というものをまったく理解していないのだ。イスラームの移民を批判したというのでブリジット・バルドーが罰金刑に処せられたというニュースで、私はフランスには言論の自由がないのかと驚いたが、日本では、公務員、医師、弁護士の守秘義務、ないし名誉毀損、公然侮辱などを除けば、ある言葉を使ってはいけないなどということはないし、もしそんなことがあったら憲法違反なのである。実際には、漢字制限だってその疑いがあるのだが、不思議なことに、体制が定める言語（ラング）と、民衆の言語（パロール）などと言って、後者の擁護を唱える「左翼」が、率先して言葉狩りをやり、上から言葉を規制されることに対する危機感を表明したりしないのである。「障がい者」などとやっているのは左翼系の人が多そうだが、漢字を政府が規制することを何とも思わないのだろうか。

あと嫌なのが、「遡って直す」というやつで、たとえば山川出版社の世界史年表を見ていると、十九世紀に「ミャンマー」などというのが出てくる。だいたいミャンマーなどというのは、ビルマの軍事独裁政権が要請している呼び名なので、直しているのは日本くらいである。

それはまあ日本人の政治的自立心の欠如の問題だったりするが、実に困るのは、「助教授」を「准教授」に直すという、遡って直す例で、そもそも日本で、助教授が一斉に准教授に変ったのは二〇〇七年四月で（別に意味のない改称なのだが）、それ以前、つまりあらかたは「助教授」なのだ。それなのに「助教授」と書くと、自動的に「今は准教授ですが？」などとする校閲者がいる。それと、直木賞を受賞した東野圭吾の『容疑者χの献身』の文庫版を見たら「准教授」とあって、この本が出たのは二〇〇五年だから、その時は助教授だったのに、〇八年に出た文庫版で変えてしまったわけだが、確かに二〇〇五年から〇八年までの間に、この小説の内容に影響を与えるようなことは起きていないとはいえ、何の意味があるのか、私には分からない。

ことのついでに書くが、映画化やドラマ化に際して、時間を原作よりも現代に近づける、ということがよくある。水上《みずかみ》勉原作の『飢餓海峡』(一九六三、のち新潮文庫)は、原作からして、一九五四年に起きた青函連絡船洞爺《とうや》丸の海難事故を背景にしつつ、これを一九四七年の架空の事件として設定し、書かれた時代まで十五年の月日を置いて、そこで新たな殺人が起きるという設定にしているが、これは六五年に内田吐夢《とむ》によって映画化され、のち七八年、ドラマ化されたが、この時に、事件から三十年後という設定にしたため、事件を追っていた刑事の若山富三郎が、八十近くなるということになった。

しかしそれはまだしも、ひどかったのは、辺見じゅん原作の『男たちの大和』(一九八三、のち角川文庫、ちくま文庫、ハルキ文庫)の映画化(二〇〇五)で、これは戦艦大和の乗組員の生き残りと、別の乗組員の養女が出会って昔を語りつつ、過去と現在を往復する構成なのだが、原作は敗戦から三八年だからいいが、それを戦後六〇年の映画製作時点に設定したために、かろうじて存命ではあるだろう乗組員はともかく、戦後すぐ養女になったという鈴木京香が、六〇年たっているのに当時の実年齢三七歳という矛盾が生じてしまったのである。

制作側としては、観客に親しみを感じさせるために、現代に設定したりするのだろうが、こういう無理はやめてほしいのである。

中井久夫はそんなに偉いか？

二〇〇八年五月、精神科医の中井久夫（一九三四―）が『みすず』に連載している「臨床瑣談《さだん》」で、丸山ワクチンについて書いた。これを『週刊朝日』で小倉千加子がとりあげ、「毎日新聞」は書評欄で取り上げたために話題になり、みすず書房では急遽、それまでの連載をまとめて八月に『臨床瑣談』として刊行した。ガンの特効薬として丸山ワクチンが世間を騒がせたのは、もう三、四十年も前のことで、今では効かないという結論が出ている。中井は効くとは書いていないが、入手は簡単だと書くなど、誤解されそうな書き方をしているし、後になってこの騒動を自画自賛した「毎日」も無責任だといわざるをえない。ガン患者やその家族が、藁にもすがる思いをしているのが分かるだけに、こういう騒ぎは医者たちにとっても困ったものだろう。

そもそも中井という人が、カリスマ視されている。ギリシャの詩人の翻訳で文学賞をとったり、リベラルな立場で、いかにも深淵そうなエッセイを書く。だが『徴候・記憶・外傷』(みすず書房)に載っている「外傷性記憶とその治療」の初出(森茂起編『トラウマの表象と主体』新曜社)には、とんでもないことが書いてある。昭和天皇が下血していたのと同時期に下血した患者が、幼い頃敗戦で満洲から引き揚げたことがあり、本人にその記憶はないが、深層の記憶から天皇への複雑な感情があってこんな一致を引き起こしたのだろうとあるのだ。単行本に入れる際に削除されたのだが、中井は『家族の深淵』(みすず書房)でも、患者の心拍がその家の時計とシンクロしていたなどという怪しい記述をしているし、ジュディス・ハーマンの『心的外傷と回復』を翻訳しているが、これは批判されて無効になった本で、しかし中井はこれをあくまで擁護している。中井に限らないが、個人崇拝というのは有害なものである。そろそろ、中井久夫が書いたから凄い、というような持ち上げ方はやめるべきではないか。

オオカミに育てられた少女はいなかった

鈴木光太郎『オオカミ少女はいなかった』（新曜社、二〇〇八）は、既に世評高く、版を重ねている。表題の、アマラとカマラと呼ばれる狼に育てられた少女たちというのはどうやら嘘で、精神発達に遅れのある少女らが親に棄てられただけではないかという最近の定説や、サブリミナル効果というのがでっち上げであること、またエスキモーには雪を表す百いくつの言葉があるといった都市伝説と、その原拠であるサピア＝ウォーフの、強い言語相対主義など、かつて信じられて今では棄てられた学説を八点扱っている。とはいえ、広く信じられていたのはこの三つくらいである。サブリミナルなど「刑事コロンボ」でも使われていたが、著者も少し触れている、ジェンダーは文化的に決定されるという説の嘘については、これを唱えたジョン・マネーの実験が失敗していたことが、ジョン・コラピント『ブレンダと呼ばれた少年』（扶桑社）に詳しく、小倉千加子の『セックス神話解体新書』（ちくま文庫）など、このマネー説と狼少年と両方を使って論じられているが、未だに訂正もされずに売られている。

私はこのところ、極力この種の、信じられている嘘を否定した本を学生に読ませたりしてきたが、たとえばデヴィッド・トレイル『シュリーマン――黄金と偽りのトロイ』（青木書店、一九九九）は、トロイ発掘のシュリーマンがぺてん師まがいの人物で、四十五歳になるまでトロイの遺跡に関心を持ったことなどなく、自伝『古代への情熱』は嘘だらけだとしており、これは定説である。岩波、新潮文庫など、この自伝を今でも平然と若者に勧めたりしているが、絶版にすべきだろう。あとは吉田守男『日本の古都はなぜ空襲を免れたか』（朝日文庫）は、京都に空襲がなかったのが、親日家のウォーナー博士が、文化遺産を守るためルーズヴェルトに進言したからだというのは嘘で、京都が原爆投下予定地だったため、その効果を見るために空襲しなかっただけだと明らかにしている。だが著者も言うとおり、いったん広まった嘘が訂正されるのはなかなか難しいことのようだ。

また最近では、占領軍が、封建的思想を持っているからと歌舞伎の上演を禁止したのを、歌舞伎好きのマッカーサーの副官フォービアン・バワーズが奔走してその解禁に努力したという話も、だいたいバワーズは副官ではないし、歌舞伎の禁止というのもさほど厳しいものではなかったということになっている。これについては、岡本嗣郎が『歌舞伎を救った男』（集英社）を出したのが一九九八年だが、既にその頃、敗戦から五十年がたって占領軍の秘密文書が開示され始めて、米国の歌舞伎研究家たちが気づき始めていた。当時まだ存命だったバワーズは、岡本、また総理になる前の小泉純一郎と鼎談し、その年の内に死去、鼎談は、改題した集英社文庫版『歌舞伎を救ったアメリカ人』（二〇〇二）にも載っているが、二〇〇三年の日本演劇学会で、歌舞伎研究者のジェームズ・ブランドンが講演を行い、「歌舞伎を救ったのは誰か？——アメリカ占領軍による歌舞伎検閲の実態」が『演劇学論集』（二〇〇四）に出て、バワーズ伝説に嘘と誇張のあることを指摘、日本側では浜野保樹が『偽りの民主主義——ＧＨＱ・映画・歌舞伎の戦後秘史』（角川書店、二〇〇八）でこれを指摘した。

ウォーナーにせよバワーズにせよ、日本人は実にこういう、日本文化を理解してくれた西洋人の話というのが好きなのである。

荒川洋治がまたやってくれた

荒川洋治は、詩人ではなく、現代詩作家と名乗る。かつては、反骨の人という印象があった。『坑夫トッチルは電気をつけた』（一九九四）で、宮澤賢治研究がやたらと多い、研究に都合がいいからだ、と書いた時は、なるほど詩でこういうことが言えるのかと思ったものだ。

今世紀に入ってから、荒川は次々と文学賞をとるようになり、賞というのは人脈でとるものだから、荒川さんはけっこうタヌキなのかなあ、丸くなったのかなあと思っていた。ま、要するに疑っていたのだ。

だが、今度の詩集『実視連星』で、またやってくれた。

大津の原稿は　的をはずれ

掲載されないことになった
革新政党の機関紙「原色」に
ある嗜好品を厭う過剰な動きは　反対もできずに
一丸となって戦争に向かった戦前の姿
ににているると書いたら　掲載を断る通知が来たのだ
世論に合わないと「革新」政党は
判断したらしい。
「これからも多様な意見を
紹介できるよう、編集部は努力をつづけたいと
思っています。大津さま。忘れ得ぬ人、大津さま」（中略）

煙草を吸う場所がなくなり
煙草難民たちの居場所は
テスのように狭められている
「そうね」と
まわりに合わせるようになり

（「白い色彩」）

さからう声もとうとう出なくなる
そしてついに二〇〇七年三月一八日を期して
出なくなった
なぜ日本は戦争になったのか　阻止できなかったのか
ということが
これで
よくわかる
健康増進法と治安維持法

（「干し草たばね人」）

新聞書評は、どうやらこの詩集を黙殺することで大本営の意図を貫徹したようだ（日経新聞に著者インタビューが出ただけ）。文学者は危険を察知するカナリアのはずだが、荒川はちゃんとカナリアの役割を果たしている。もっとも私のようなカナリアは、首を絞められて殺されそうになっている（大学を追われ、新聞から遠ざけられ）。

仏教と生きる喜び

私は高校一年の終わり頃、岩波文庫の原始仏典『ブッダのことば』を読み、人間の不幸は執着から生まれる、とか、あるのでもなくないのでもない、といった表現に感興を覚え、以後しばらく仏教に関心を抱いていた。しかし大学生の頃、仏教というのは生きる上での指針になるのだろうか、と疑念を抱いた。確かに執着は不幸を生むが、大学入試などで懸命に勉強したり、努力したりするのも執着あればこそである、もし原始仏教の教えを信じたら、人は出家するか、死ぬほかないのではないか。実際、ある文学賞を、受賞は他人を蹴落とすことになるからというので辞退した作家もいた。

原始仏典を見る限り、そこには「来世」という思想はないか、稀薄である。仏教者をもって任ずる宮崎哲弥氏からも、私はさんざん、「死後の世界」があるという想定が間違っていると聞かされた。昨年暮れ、母を喪って私は、なるほどあの世というのはなくて、別にあの世を信じている人でなくても、あっちの世界で安らかに、などと言うのは無意識に死後を想定しているからであることが分かった。死んだ母が見守ってくれているなどということはないのである。葬儀に掛かる費用やら、坊さんに与えたお布施の額などから、つくづく葬式仏教の堕落を思った。

そこまで考えて私は、生きる喜びを失ったような気がしたのである。仏教は、人が生きる指針を与えてくれず、生きる喜びも与えてくれない。若い頃の私は、そういう思いから、キリスト教に傾いたこともあった。今では、キリスト教もさして信じられないが、母はキリスト教系のホスピスで死んだし、あの世がないという仏教では死を前にした患者を慰められない。最近は仏教本ばやりだが、そういう本で金儲けをしている人たちほど、仏教の教えから遠い人々もいないだろう。もし私の仏教理解が間違っているなら、誰か教えてほしいと思う。

竹添敦子『控室の日々』によせる詩

竹添敦子（一九五三―）は、ドイツ文学専門、三重短期大学教授。関西大学大学院修士修了。長く非常勤講師暮しを余儀なくされ、その鬱屈を描いた詩集が『控室の日々』（海風社、一九九一）である。

この本を一万冊ほど買って
大学の教授、助教授連に送りつけてやりたい
左翼的な言辞で名高い東大教授の
他国の人民のことには熱心だが
足元にいる非常勤講師など歯牙にもかけない

某氏や某氏の
都知事による大学改革に抗議しながら
ひょいと都内の別の有名大学に
「移る」ことのできる
某氏や某氏の
「○○大学教員」などと肩書をつけて
教授、助教授といった「差別」はしませんよと
言いたげな、しかし
「○○大学」を三つも四つも並べてから
「非常勤講師」と書かねばならない人は決して
「教員」とは書けないのだとは気づかないらしい
某氏や某氏の
専任になるや碌に勉強をしなくなり
学会と称して飛び回るが論文はほとんど書かない
某氏や某氏の
教授ともなれば学内政治に身をやつし
各種審議会委員の仕事で忙しく

研究する暇などなくしてしまっている
某氏や某氏の
感想を聞いてみたい

オリジナリティについて――『日本文壇史』など

伊藤整の『日本文壇史』（一九五三―七三）は、伊藤の没後友人の瀬沼茂樹が引き継いで、漱石の死まで全二十四巻を完結させた。『群像』に連載が始まったのは伊藤がまだ四十代の頃である。もっとも「日本」と言いつつ実際は「明治文壇史」と言うべきである。その特徴は、「明治四十年三月」といった書き出しで章が始まる、時系列に沿った、しかも伊藤の主観をあまり交えない淡々とした書きぶりである。

だが、欠点もある。参考文献の提示の仕方で、単行本では各章ごとの参考文献が記してあるものの、著者名と文献名しかない。単行本なら、今はインターネットですぐ調べられるが、昔はそれなりに不便だったろうし、中には単行本でないものもある。たとえばこの『日本文壇史』でも有名な、茨城県に住む肢体の不自由な詩人・横瀬夜雨《やう》をめぐって、文学少女たちが鞘当《さやあて》を繰り広げる箇所は、

「水上勉《みずかみ》『筑波根物語』」とあって、題名からこれが典拠であろうと見当をつけるが、私が調べた当時、水上にそんな著書はなかった。水上の年譜を繰って、ようやくそれが、『中央公論』に連載されたまま、単行本になっていないものであることを知った。その後、水上の没後二〇〇六年になってこれがようやく単行本化されて刊行された（河出書房新社）が、こういう不便なこともある。

「文壇史」と題されたものはほかにもあるが、概して二種類あると言えよう。江見水蔭《えみすいいん》の『自己中心明治文壇史』や、吉屋信子の『自伝的女流文壇史』、あるいは文壇史という題ではないけれど、広津和郎の『年月のあしおと』のように、自分が見聞したことを描いたもので、これはもちろん一次資料ということになる。それに対して、伊藤のものなどは、資料を使ってそれを編年体に並べ直したものである。だから、日本近代文学の研究者が論文を書く際に、『日本文壇史』を見てそれを注に書いて済ますということは、今ではあまりない。そこからさらに一次資料に遡って確認するのである。つまり『日本文壇史』は、研究者にとっては、索引《インデックス》であり、いわば『群書類従《ぐんしょるいじゅう》』や『古事類苑』のようなものなのだ。ただし、これらは原文なので、そのまま引用して差し支えない（物集高見《もづめたかみ》の『広文庫』は、国文学界では使えないことになっている）。だが伊藤の場合は、典拠通りに書かれていないし、かといって典拠を集めたのでは、伊藤の著作ではなくなってしまう。

『日本文壇史』は講談社文芸文庫に入り、これなら場所もとらず、簡便に明治文学事典として使えるからいいが、恐らく日本近代文学専門の立派な学者には、他の「文壇史」の類について、これはあそこからとった、これはあれがネタ本といったことが、かなりの程度に把握されているのだろう。しかしそうなると中には、結局他人の本をばらばらにして継ぎはぎしただけ、というような文壇史も登場することになるわけで、川西政明の『新・日本文壇史』なども、その類ではないかと思うのだが、たとえば臼井吉見の大河小説『安曇野』（一九六五―七四、のちちくま文庫）は、明治期の自由民権運動や社会主義運動を、相馬黒光《こっこう》を中心として、木下尚江《なおえ》、荻原守衛《もりえ》（碌山）といった青春群像劇として描いたものだが、これがまた、小説というか、調べたことを並べているように見え、小説らしくするために、出来事を人がセリフで語る形にしているようなところもあって、困ってしまう。

とはいえ、どうということのない文筆家が、先人の仕事を継ぎはぎして文壇史を作っても一向差し支えないし、出来がよければこの上ない。だが、私に引っかかるのは、江藤淳の『漱石とその時代』（新潮選書）である。江藤は、二十四歳で『夏目漱石』を刊行して、漱石に関する新しい見方を提示したとして颯爽と評論家デビューし、以後も、一時期を除いて第一線の批評家であり続けた。そして『漱石とその時代』は、一九七〇年に第二部までを刊行して、野間文藝賞と菊池寛賞を受賞した。野間文藝賞は、文壇の大家が受賞するもので、江藤はまだ三十八歳であり、三十代で野間文藝賞を受賞したのは、ほかには七三年の大江健三郎（『洪水はわが魂に及び』）くらいしかない。江藤は生前、一九三三年生まれと称していたので最年少受賞になっていたが、没後三二年生まれと判明したので大江が最年少になった（大江は満三十七歳で受賞）。だが、私は大学院生時代に、まだ二部までしかなかったこれを通読して、失望した。漱石については、その時点で、小宮豊隆の評伝『夏目漱石』（一九三八、のち岩波文庫）、作品論『漱石の藝術』（一九四二、岩波書店）、また荒正人の『漱石研究年表』（一九七四、集英社）などがあって、むろんほかにも数多くの研究があった。江藤は、漱石の暗い部分を指摘したというが、それもまた、荒が先に指摘していたものだ。

江藤のオリジナルな指摘といえば、漱石が嫂・登世に恋していた、というこの一点だけで、そのことをのちに『漱石とアーサー王伝説』（一九七五）という博士論文で論証しようとしたが、大岡昇平に批判された。そして実際いま、江藤の説を顧みる人はいない。恋していたかもしれないしそうでないかもしれないし、それが漱石の作品の読解に何ほどの影響を与えるのか分からない。むしろ最近出た三浦雅士の『漱石　母に愛されなかった息子』（岩波新書、二〇〇八）のほうが、よほど漱石文学の理解に役立つ。あるいは、ずっと前から指摘されている、平岡敏夫の、佐幕派の文学として『坊っちゃん』を読むといったもののほうが。大岡は、なぜ江藤ほどに才能のある人がこんなことに精力を費やすのかとはかない気持ちになると言っていたが、本来、やっつけてやるぞという意気込みでなされる「論争」の最中に漏れた、何とも切実な本音であったろう。

しかし江藤は、九〇年代になって、もう続きは書かないだろうと思われていたこれの第三部以降を、せっせと『新潮』に連載し始めた。そして第五部まで書いたところで、あの夫人の死病があり、死去があり、遂に未完のまま自殺した。

漱石の伝記などというのは、汗牛充棟《かんぎゅうじゅうとう》というほどにあるし、部分的な研究もどっさりあって、江藤がどうあがいても、それ以上のものは出てこない。もし、漱石について、明治から大正の時代について、何も知らない人が読むなら、まだいいが、そんなものを江藤淳ともあろう人が書いてどうするのか。売れるから生活のために書くというなら分かるが、江藤は大学教授であって、生活に困っていたはずはない。ライフワークだというが、しばしば物書きは、ライフワークという語に縛られるもののようで、手塚治虫は『火の鳥』をライフワークといっていたが、あれは何やら、ライフワークのためのライフワークの趣きがあり、独自のものを提示したようには思われなかった。

　たとえば、森鷗外は晩年、史伝三部作といわれる『渋江抽斎《しぶえちゅうさい》』『北条霞亭《かてい》』『伊沢蘭軒《らんけん》』を、「東京日日新聞」「大阪毎日新聞」に連載したが、徳川末期の医師・儒者、漢詩人で、世間的にはほとんど知られていない人の伝記を、淡々と綴ったもので、普通に読んだら全然面白くはない。大毎東日《だいまいとうにち》と称される後の「毎日新聞」は、その後で菊池寛の『真珠夫人』を連載するが、明治以後、新聞小説といったらこういう「家庭小説」とその系統をひく通俗小説が主である。だから漱石も、最初は「朝日新聞」で家庭小説『虞美人草』を、二葉亭四迷も『其面影』を連載したのであり、「読売新聞」「朝日新聞」の島崎藤村とか、長塚節の『土』などは、新聞小説の例外的存在である。それをこんなものを連載したのだから、さぞ新聞購読者も退屈して読まなかっただろうし、完結しても単行本にならなかった。

　だがのちに石川淳は『森鷗外』（一九四一、のち岩波文庫）で、この史伝三部作を鷗外の最高傑作と呼んだ。文章をよしとしたのかどうか、分からないが、何より、私がいいと思うのは、それがオリジナルな仕事だからである。鷗外は徳川時代の事跡の考証を趣味としたから、そういうものが発展してこうした仕事になったのだが、これらは、徳川時代に関心を持って調べている人が読むと面白い。

先日、これは忘れられた作家というべき真杉静枝（一九〇一―五五）の伝記小説である林真理子の『女文士』（一九九五、のち新潮文庫、品切れ）を、東北へ向う電車の中で読んで、実に面白かった。これは『新潮45』に連載されたものだが、やはり一般読者は、知らない昔の女性作家のことになど興味がないのか、早くも品切れになっている。だが、巻末に付せられた参考文献一覧を見て、十津川光子『悪評の女』（虎見書房、一九六八）という、真杉の伝記が既にあったことを知り、この十津川光子（一九三八―）というのが、筑摩書房が倒産する前の太宰治賞（一九七四）を受賞した朝海さち子のことであることを知った。それで、その『悪評の女』を古書店で取り寄せてみたら、暉峻《てるおか》康隆（早大名誉教授、一九〇八―二〇〇一）とともに春画研究などをしていたリチャード・レイン（一九二六―二〇〇二）が序文を寄せていて、レインが遥かに年上の真杉の恋人だったことがあることは林著にもあったのだが、真杉の生涯についてのあらかたは、十津川が既に書いていたことが分かり、林著にそう高い点をつけられないな、と思ったものだ。

戦前、井伏鱒二が『ジョン万次郎漂流記』で直木賞を受賞しているが、猪瀬直樹の『ピカレスク』（二〇〇〇、のち文春文庫）という太宰治伝で、これにはネタ本があることが書かれていて、もっとも当時の直木賞選考会でも、ネタ本はまあ、ジョン万次郎なのだからあるだろう、ということくらいは思われていたようで、文章がいい、などと選評に書かれている。しかしさすがに、これを井伏の代表作とする人は、今はいない。

若い頃は、どんな本でも、知らないことがたくさん書いてあるからいいが、歳をとってくると、「ああ、この辺は知っている話だな」と思うと、どんどん飛ばすことになる。

しかし、何とも謎なのは、『漱石とその時代』がなぜ評価が高いのかということで、これは単に漱石に人気があり、江藤が有名で、小宮のものは古いと思われているからに過ぎないのだろうか。それとも、ふだん文学史など読まない官僚などが、政治的に自民党寄りの江藤の名著だと思って読んでいるのだろうか。私には、これがなんで名著とされるのか、よく分からないのである。

太宰治「千代女」と堤千代

先日、太宰治の短編「千代女」について訊かれたので、再読してみて、はっとした（なおこの「再読」というのは、実はまだ読んでいないのに「読み返してみなきゃあ」と言うそれではなくて、実際、三十二年ぶりの再読である）。

太宰には、女性独白体と言われる作品がいくつかある。『斜陽』もそうだが、有名なのは「女生徒」で、これは『文學界』一九三九年四月号に出た。これの元ネタは、有明淑《よし》（一九一九—八一）という愛読者から送られてきた日記である。現物『有明淑の日記』は、青森県近代文学館から『資料集　第一輯』として二〇〇〇年に刊行されており、同館に申し込めば送料込一二九〇円で入手できるから、慌てて「日本の古本屋」の高いのを買わないように。

その続編とされるのが「俗天使」（『新潮』一九四〇年一月）で、「千代女」は四一年六月『改造』

に載った。なお『改造』は当時『中央公論』と並んで権威ある雑誌で、太宰が『改造』に書くのはこれが初めてである。『中央公論』には、それまで二回載っている（「駈込み訴へ」ほか）。

「千代女」の語り手「和子」は、十歳の時に雑誌『青い鳥』に綴方を投稿して二篇が掲載され、天才少女と持て囃されたが、その後鳴かず飛ばずとなり、小説家になろうとしたがうまく書けず、世間には天才文学少女が現れて焦り、現在十九歳である。

「千代女」に関する論文をいくつか読んでみたが、大方は、文中に出てくる「寺田まさ子」が豊田正子（一九二二—）であり、「金沢ふみ子」が野沢富美子（一九二一—）であることに触れつつ、有明淑の住所「春日町」が出てくることも指摘している。野沢は一九四〇年に『煉瓦女工《れんがじょこう》』をベストセラーにしたというが、同じ年には大迫倫子《おおせこりんこ》（一九一五—二〇〇四）が『娘時代』を出してベストセラーになっている。しかし、十代の頃書いたものとはいえ当人が既に二十五歳だったから、問題外だったのは致し方ない。

そして「和子」本人は、特にモデルはないとされているようだ。だが、十二歳の時に『青い鳥』に掲載されつつ、十八歳の今日まで六年間、鳴かず飛ばずといったら、それは堤千代（一九一七—五五）のことではないのか、というわけで、はっとしたのである。

堤千代は本名文子で、一九二七年、十歳で『赤い鳥』に「たまご」を掲載、以後一九三一年までで十七篇の綴り方、ないし幼年童話を載せている。だが、その後姿を消し、九年の沈黙ののちに一九四〇年、『文藝春秋オール読物号』に、小説「小指」を投稿してこれが掲載され、直木賞候補となるがいったん落選しながら、次の回までに発表した二篇の小説とあわせて改めて受賞し、今もなお史上最年少の直木賞受賞者である。

その年内に出た短編集『小指』は、ゆまに書房から復刊され、東郷克美が解説を書いているが、『赤い鳥』のことには触れられていない。また『女性文学大事典』で堤の項目を書いている谷口幸代は九九年、川端康成を論じてお茶の水女子大で博士号をとっており、現在名古屋市立大学准教授だが、堤に関する論文は見つけられない。堤千代を研究している人は、どうやらいないらしい。

「小指」は、藝妓の話で、両腕を切断した軍人のために小指を切り落とすというものだが、それを伝え聞いた友達の若い女が語るという、女性独白体小説である。これは新しいところでは文春文庫のアンソロジー『愛の迷宮』に入っている。

さて太宰は、周知の通り、芥川賞を貰えなかった恨みを抱いている男である。それが、自分より八つ年下の女が直木賞をとったとなると、内心穏やかならぬものがあったのではないか。しかもその文体は、

新中河の染ちやんが指を切つた、そのうはさを聞いた時私は、すぐ、はァ瘭疽《ひようそ》だと思ひました。

ですから、それと一緒に聞かされた金三万円也に痛いのも忘れたんだの、どの朝刊夕刊にも重大声明ツて言ふ活字と一緒に出てゐる何とか大臣さんの写真のあのモウニングの内ポケット

には、染ちやんの白い細い指がアルコール漬けになつて肌身についてゐるだの、その金で内緒の人と一緒になつて、あの妓《こ》のまげはモウ真物だとか、そんなのは、残らず、蒋さん行きだと思ひました。

といったものである。「女生徒」「俗天使」は常体で書かれているが、「千代女」は堤千代と同じ敬体である。「蒋さん行き」というのは、当時日本と戦っていた蒋介石に由来する流行語で「うそ」ということか。

おのれ堤千代、と太宰は思ったに違いないのである。何も直木賞だっていいのだ。何しろ井伏鱒二だって貰っているのだ。それなら俺にくれと、太宰は思い、堤千代を当てこすったのである。そして加賀の千代になぞらえて「千代女」としたのである。

菊池寛「小説『灰色の檻』」「悪因縁」の真実性について

菊池寛（一八八八―一九四八）には「啓吉もの」と総称される私小説の一群がある。そこで菊池本人らしい人物が「木村啓吉」という名で登場するところから、そう呼ばれるのだが、中には「雄吉」とか「譲吉」という名になっていることもある。文壇出世作「無名作家の日記」もそうである。私小説だから、おおむねは事実を描いたものだと思われがちで、特に「無名作家の日記」では、「山野」として出てくるのが芥川龍之介で、「桑田」として出てくるのが久米正雄だが、京大にいる譲吉は、山野らが東京で雑誌を出すのに寄稿するよう言って貰えず、雑誌が出ると山野は新進作家として持て囃され譲吉は焦りと恨みに苦しみ、ほどなく山野から、寄稿するよう言ってくるのだがその作品は没になる、といった話である。当時編集者は、芥川さんに悪くないかと心配したというのだが、これは事実ではなくて、菊池は第三次『新思潮』(一九一四)から参加しており、第四次『新思潮』(一九一六)を出す時も創刊号から寄稿している。ただ菊池が最初に出した「戯曲・坂田藤十郎の恋」は没になり別のものを載せているし、世間から認められるのも芥川・久米のほうが早かった。それを脚色したのである。なお「坂田藤十郎の恋」といっても、のち小説化・戯曲化した「藤十郎の恋」とはちょっと違っている。これの現物は、のち久米家から発見され、『文學界』一九九九年十二月号に発表された。

この「無名作家の日記」で菊池がようやく、檜《ひのき》舞台の『中央公論』に登場したのが大正七年(一九一八)の七月で、翌八年(一九一九)八月『中央公論』臨時増刊の労働問題号に「小説『灰色の檻《おり》』」が載った。変った題だが、これは作家・木村啓吉の許へ読者などから手紙が来る中に、地方の陸軍中尉の杉村というのから、「灰色の檻」という、軍隊生活を描いた原稿が送られてくるという話である。手紙によれば杉村は、文学に志を持っており軍隊生活にあるつらさを感じていて、この原稿を何とかできないかという。しかし啓吉が読んでみるとそれは存外面白かった。それで感激した手紙を出すと、杉村は次々と手紙をよこし、新しい原稿まで送ってくるのだが、さすがに「灰色の檻」も、すぐに活字にできるというものではなく、啓吉も忙しいので放置していたら、杉村から訪ねると予告があり、三月二十三日にやってきた。いくらか罪悪感を覚えつつ話しているうち、杉村が、先生の名前でもいいから金に換えてくれないかと言い出したので、結局は金の無心かと啓吉は失望してしまい、しまいに、それなら紹介するから自分で雑誌社を回ってごらんなさいと突き放す。杉村は走り回るが、遂に掲載はならず、悄然として帰って行く。この短篇は、九年一月に出た短編集『冷眼』に入っている。（国会図書館近代デジタルライブラリーで読める）

ところが、それから三年ほどたった大正十一年（一九二二）三月の『新小説』に菊池は、その後日譚とも言うべき「悪因縁」を載せている。ここでは、啓吉が「小説『灰色の檻』」を発表して、あの中の啓吉は冷淡だ、と批評を受けたといった話から始まる。それどころか、その小説を発表したのは七月だったが、秋になって、杉村から、あの小説がもとで軍隊を辞めることになったという報せがあって啓吉は愕然とする。啓吉は、軍隊のある場所も東北から北陸に変え、杉村が訪ねてきたのも春から夏に変えたのに、と思っていると、杉村が来訪して、さして啓吉を恨む様子もなく、噂になったので自分から辞めたと言い、「高田共同官舎」と書いてあり、場所は変えてあっても、「共同官舎」というのは軍隊では××にしかない、それで分かってしまったと言う。

そこで啓吉は、もともと文学に志望があったという杉村に、新聞や出版関係の仕事を斡旋して、採用はされるのだが、なぜかどこでもしばらくたつと原因不明で解雇されてしまう。久しく啓吉は杉村に会わないが、またどこかから現れるように思い、「啓吉も自分の不注意と軽率から、不当に傷《きずつ》けた人として、生涯この人の存在から、その浮沈から、多少とも心の苛責《かしやく》を受けつゞけずにはいられないだろう」と終っている。こちらはその後出た『菊池寛全集』（春陽堂、一九二二）に入っている。二篇とも『菊池寛文学全集』第三巻（文藝春秋新社、一九六〇）に入っていて、解説の平野謙は、この二篇を取り上げて、菊池のモデル問題についての考え方を現していて興味深いと、あたかも実際に起きたことのように書いている。

しかし、これは事実なのだろうか。だいたい、こんなことが本当にあったなら、杉村なる人物の痕跡があるはずだが、全然ない。またこんなことがあったなら、軍隊のほうでも問題にするだろう。しかし実際には、「小説『灰色の檻』」は、大正十一年刊の短編集『中傷者』にちゃんと入っているのだ。

さらに、初読の時にも、「共同官舎」なんて出てきたかなと思ったのだが、実はこれは、『中央公論』初出には「高田市外陸軍合同官舎乙の四号中尉杉村藤三」とあったのを、『冷眼』に入れる際に「××市陸軍○○○○○隊中尉杉村藤三」に変えてあり、以後はずっとこの版なのである。これでつながりは分かるが、仮に「杉村」から、軍隊を辞めたという報せが来たとしても、実際には高田（越後高田）ではないのだし、「杉村」は既に軍隊を辞めているのだから、消しても意味がないようなものだ。

もしかすると、高田の師団から苦情が出るか何かしたために単行本では伏字にした、ということがありうる。「悪因縁」のほうには「高田」が出てくるが、これは否定するためだ。だが「共同官舎」は実際には「合同官舎」だったわけだが、「悪因縁」のほうに出てしまっている。もしこれが事実なら、その東北にあるという、青森か盛岡か仙台か、いずれかの師団か旅団に唯一の「合同官舎」があるわけだ。

だが、国立公文書館アジア歴史史料センターで閲覧できる軍隊関係の文書を見ると、「合同官舎」が一か所にしかないとは思えない。官舎の区分には、

特別官舎　将官
合同官舎　中少尉及同相当官にして家族と同居せざるもの
一等　大中佐及同相当官並同等軍属
二等　甲　大隊長　聯隊区司令官　憲兵隊長
二等　乙　少佐及同相当官並同等軍属
三等　大尉及同相当官並同等軍属
四等　中少尉及同相当官並同等軍属
五等　准士官及び各兵各部下士並同等軍属
六等　各兵各部兵卒

となっており、明治三十四年十二月二十三日陸軍達77号「陸軍官舎取扱規則」には、「合同官舎の不足する場合にありては独立の官舎を応用し合同居住せしむることを得」とあって、大正九年八月二十六日陸軍達82号には「陸軍官舎貸渡規則」の中に、「官舎取扱規則」を廃止し、合同官舎の

名称を廃止するとある。その頃、合同官舎はおおむね「将校集会所」という名称で使われるようになっていたようだ。となると、既に大正八年には、多くの師団・旅団などで、合同官舎の名称を廃しており、東北のどこかの軍団所在地のみ残っていたということは、ありそうなのである。

つまりこの小説二編は、やはり実話だったということになるが、今のところこれについての研究論文は発見できていない。この「杉村藤三」に当たる人物は誰なのか。あちこちの出版社や新聞社へ職を斡旋したという割には、痕跡が見当たらないのだが、「悪因縁」などを発表されて、「杉村」は怒らなかったのか。どうも謎めいた作品で、いずれ詳しいことが分かることを期待したい。

村上春樹は私小説を書くべきである

私が、『反＝文藝評論――文壇を遠く離れて』(新曜社、二〇〇三)に書き下ろした長めの評論で、『ノルウェイの森』を中心として、村上春樹徹底批判を行ったのは六年前のことになる。そこで私は主として、村上の小説の主人公がもて男で、女のほうから寄ってきてフェラチオをしたがるといった側面から、こんな小説に共感できるものか、と論じた。たいてい、私が本気になって何かを論じても無視されることが多いのだが、これはなぜか評判となって、『村上春樹スタディーズ00―04』にも再録されている。

その頃すでに『海辺のカフカ』が出ていて毀誉褒貶にさらされていたが、私は読んでいない。その時必要に応じてそれ以前の未読の作品を読んでからは、何も読んでいないのである。そのうち、あそこに出てくる女たちは精神を病んでいるのであり、村上は恐らくそういう、セックス依存症的な女とつきあったことがあり、それはむしろ不幸な体験であって、決してもてていたというのではないだろうと思い当たり、また次々と登場する新しい作家たちに、村上以上の違和感を感じたこともあって、既に特段、村上を批判したいという気も失せた。

ノーベル賞候補と言われて数年がたち、国内では文化人として最高の賞の一つである朝日賞も受賞し、世界的作家と呼ばれて、五年ぶりの新作『1Q84』は、刊行前から予約が殺到し、刊行されるやたちまち百万部を超すベストセラーとなって、私は、ああ村上春樹というのは不幸な人だなあ、と思った。六十歳にして、ここまで不動の地位を築いてしまうというのは、作家としては不幸であろう。

私はカナダ留学中に、『世界の終りとハードボイルド・ワンダーランド』(一九八五)を読んで涙を流したことがある。『ノルウェイの森』(一九八七)はその三年前に読んでいたから順番が逆になったわけだが、自分が自分でなくなるのは嫌だ、という述懐で泣いたのである。しかし最後に、肩すかしのように、脱出の決意は翻されるのだが、うまい小説だなあ、と思った。いったいいつから私は村上春樹に悪意を抱くようになったのかと、今回よく思い返してみたら、留学から帰って福田和也の『「内なる近代」の超克』(PHP)で、世界的に通用している、という村上礼讃の文章を読んでからではないか、と思った。売れたから偉い、というのはおかしいではないか、と反撥を覚えたのである。

そこで私は今回改めて、村上に対して優しくなって、その新作を読んでみようと、『1Q84』

に取り掛かったのである。冒頭部は、期待を抱かせた。特に、「芥川賞」という実在の賞が出てくるところで、この賞を取れなかった村上による、文壇への風刺が始まるのかと思わせられた。編集者・小松祐二は、安原顕《あきら》（一九三九―二〇〇三）をモデルにしたものらしいが、安原は始め村上担当でありながら、その後村上批判に回り、死去後、安原が村上の生原稿を古書店に売っていたことが「原稿流出」として問題になった際、村上としては珍しく、個人を非難する文章を『文藝春秋』二〇〇六年四月号に載せた。枡野浩一は村上のこの文章を批判して、原稿流出事件をいいことに、安原の村上批判までついでに否定しようというのはずるいではないかと書いたが、その通りである。編集者が生原稿を貰うというようなことは、谷崎潤一郎にもあったことで、明確な基準はないままだったが、それも当然で、生原稿が売り物にならない作家だってたくさんいるのであり、五十代でそんなことが起きる作家はほとんどいないだろう。

もう一人、「ふかえり」こと深田絵里子の父親であり、重要な人物である深田保の前半生は、シナ文学者の新島淳良《にいじまあつよし》（一九二八―二〇〇二）をモデルにしている。文化大革命を礼讃し、それが過ちであると知った新島は、早大教授の地位を擲《なげう》ってヤマギシ村に移り住んだが、その際知り合った人妻と恋におち、ヤマギシを脱会する。作中人物は、そこから麻原彰晃のような男へとすり替わっていくが、実際の新島は、中共批判の文章を書いたりした後、再度ヤマギシへ戻って、そこで没した。実は私は、新島の小伝を書こうと思って資料を少し集めたことがある。というのは、私がエッセイを寄稿していた俳句雑誌『樹』というのに、最後の新島夫人が参加しており、この俳誌がヤマギシ村で編集・印刷されていたからでもある。

物語の構造は、ほどなく、『世界の終りと…』に似たものであることが分かる。あの時の「やみくろ」に似た「リトル・ピープル」というのが、悪の権化《ごんげ》めいた存在として設定されている。山梨県に本拠を持つ宗教教団「さきがけ」は、当然オウム真理教を想起させるが、教祖とのセックスが重要な鍵となる点では、秋田県に根拠地を持つ「リトル・ペブル」教団を元にしているのかもしれず、だとすれば「リトル・ピープル」はそこから来ているのだろう。

主人公の二人、川奈天吾と、遂に下の名前の分からない青豆という女は、ともに一九五四年生まれで小学校の同級生だ。天吾は幼くして母を亡くし、再婚しなかった父に育てられ、NHKの集金人である父に、日曜ごとに集金のお伴にさせられ、青豆は、「証人会」という、明らかにエホバの証人をモデルとする教団に両親が入信していて、母親の布教活動に連れ回される。十歳の時に天吾が青豆と一瞬の心の交流を持つが、ほどなく青豆は転校し、二十年後の今、二人はお互いを求めあうようになる。まるで少女小説のようで、とうてい大人の鑑賞に耐える設定ではない。ちなみに私は佐野洋子の『100万回生きた猫』も、そのような、たった一人の決まった異性がいるというロマンティシズムを煽《あお》るものとして、評価していない。

天吾は、そのために、日曜ごとに、家族でドライブに行ったり遊園地に行ったりして、その話をする級友から浮いてつらかった、と言う。しかし一九六四年頃の、市川市の公立小学校が、そんな状態だったとはとても思えないのである。この辺りから、次第に私は、やはり自分には村上春樹は無理らしいと思い始める。

村上特有の、酒や食事に関するスノビズムも（カティサークとかシーバス・リーガルとか私には何のことだか分からないし、高級レストランでバカにされない注文の仕方とか、興味がない）、キザで長ったらしく鬱陶しい比喩も健在だし、ヤナーチェクやバッハや、ジャズの話題は出て来ても、現代日本の歌謡曲の名前などは一切出てこない。日本のものとして出てくるのは、『平家物語』から、せいぜい森鷗外の『山椒太夫』くらいであって、一九八四年に流行したものなどまるで出てこず、泥臭さは排除されていて、読者のスノビズムに訴えかける。要するに「スカしている」わけで、もうこの春樹特有のスカしぶりが私には耐えがたい。天吾は、小学校時代には、「NHK」とあだ名された、などというわりにはいじめに遭ったわけでもなく、数学の天才で神童と呼ばれ、のちには楽器に才能を示し、筑波大の理系卒ではあるが小説を書いているという、まるでオールマイティの人物のようだし、『山椒太夫』と聞いただけで、それが大正時代の作であることが分かるほど、文学史にも通暁している。普通は、明治時代だと勘違いするものだ。

対して青豆は、小学校高学年で両親の許を脱出して叔父に頼り、体育大学を出たが、女を虐待する男に敵意を抱いているという設定で、スポーツジムで、睾丸を蹴り上げる技を教えて窘《たしな》められたりするが、高校時代からの親友が不幸な結婚をして自殺したのを機に、女に暴力を振るう男を殺害するようになる。村上お得意の、レズビアニズムによる味つけも濃厚で、ほかにもバーで出会った男に「おちんちん」の話を持ちかけたりするし、天吾のほうは、やはり女にもてて、予備校の女子学生とつきあったこともあり、現在は十歳上の人妻とセックスしており、遂には十七歳の「ふかえり」ともセックスしてしまう。しかし村上のセックス描写は、もとからその傾向はあったが、処女喪失ものとか、激しい強姦もののAVのように、読者を性的に興奮させない。その筆致はいよいよ堂に入っているが、不快感を引き起こすだけ、というあたりは、大江健三郎の衣鉢を継ぐところがあるものの、初期の大江が、はっきりと性をグロテスクなものとして描いていたのに対して、村上のそれは中途半端で、生ぬるい不快感にとどまっている。恐らく村上は、セックスに対して激しい罪悪感を覚えている人なのだろう。なお『世界の終り…』の英訳版では、女が精液を呑みたがる場面は削除されている。

だから、そういう性的冒険を、主人公たちが楽しいと思っていないのはいつものことだが、そこに共感する人が多いということは、そういう人が多いということなのだろうか。この小説の中でいちばん人間らしいと私に見えるのは編集者の小松であって、それ以外の人物らは、みな浮世離れしていて、何らよこしまな欲望や、俗物的な側面を持ち合わせていない。そのあたりが、いつもの村上の気持ち悪さである。

このところ、純文学作家が、書き下ろし二巻本で「犯罪小説」を書くというのが流行っている。村上龍の『半島を出よ』（二〇〇五）とか、平野啓一郎の『決壊』（二〇〇八）である。これは、推理作家・髙村薫の『レディー・ジョーカー』（一九九七）や、天童荒太の『永遠の仔』（一九九九）のヒット以後のことだろうが、『半島を出よ』は途中から筋が見えてしまうし、近未来戦争ものなら、プロの作家がほかにいる。平野のものは明らかに失敗していて、髙村や天童のほうが遥かに完成度は高い。成功したのは阿部和重の『シンセミア』（二〇〇三）くらいだろう。『1Q84』も、そうしたものにファンタジー・SFを加味したものだと言っていいだろう。

私は、オウム真理教事件というものに、大して関心がない。そもそも宗教というのは、反社会的行動をするものである。あるいは、依然として話題になることの多い、あさま山荘事件とか全共闘とかいうものにも、私は関心がない。これらは「集団の狂気」であって、私はかつてそういうものに参加したことはないし、個人主義的で、既に四十六歳になるから、今後そういうものに染まる可能性はゼロに近いからである。かといって、この小説で村上が、オウム真理教らしきものに対して何らかの解釈を提示しているかといえば、それも中途半端である。福岡伸一のように、遺伝子の支配の比喩だと言う人もいるし、「空気さなぎ」はクローンを思わせる。しかしそういった解釈をするほどに、これが精緻な作品かといえば、とてもそうは思えない。まず小説技術の問題として、同じことを何度も説明している。たとえば、「空気さなぎ」を天吾が書き直すことに関する倫理的疑念が繰り返し出てくる。あるいは、青豆が「教祖」つまり深田保を殺す決意をしてから、実行に移すまでが長すぎる。ここは、読者にとってはどうでもいい場所、小説技法でいえば「橋」である。若い読者なら、そんな橋でも喜んで読むだろうが、中年の読者には、ただ冗長である。あるいは拳銃に関する事細かな説明も、安手のサスペンス小説によくある技法である。

物語が後半へ入ると、もはや完全に、安っぽいアクション小説になってしまい、江藤淳に言わせれば「フォニイ」である。いろいろ細かな仕掛けはあるし、「謎解き」をしようとする人もいるが、それは無駄であろう。単に、二十年前の思い出の中にある異性との出会いが成就するかという関心と、「敵」はどうなるのかという関心で引っ張っているだけである。さらに、パラレル・ワールドめいた設定も効いていないし、教祖のいかにも深遠そうな解説も興醒めである。こんな小説なら、宮崎駿の出来のいいアニメや、『デスノート』や『新世紀エヴァンゲリオン』のほうがよほど面白いのであって、SF小説というのは、もはや映画やアニメに叶わないというのが私の持論である。

『デスノート』を想起したのは、有害な人間をこの世から除くという正義を、青豆が実行しているからだが、「ふかえり」の在り方は『エヴァンゲリオン』の綾波レイを思わせる。しかしいずれにせよこれらの漫画やアニメの、出来の悪い模倣でしかなく、『1Q84』は、セックスを除いたら、子供だましのファンタジー小説であって、大人の鑑賞に耐えるものではない。既にこの作品の英訳は進んでいるのだろうから、これが致命傷となって、村上はノーベル賞はとれず仕舞いになるかもしれない。ノーベル賞委員会は、この種の通俗作品には厳しいのである。

青豆の両親が新宗教に入信していた理由もさっぱり分からないし、貧困層だったのかとも思うがそうでもないらしく、やはりいつものように、村上が階層問題に深入りすることはない。四歳上の兄も登場することはなく、主人公の家族を隠蔽するのはトレンディードラマの常套手段だが、子供時代のことを問題にしつつ、その背景は詳しく描かれない。青豆は二十六歳まで処女だったと言って驚かれるが、一九八四年には、そのようなことは普通にあった。この年には、トルコ風呂が、トルコの青年の抗議でソープランドと名を変えているが、そういうものは村上の世界には現れない。リアリズム作家ではない者にリアリズムを求めるのはないものねだりだろう。だが、ではリアリズムではないからこそ描けているものがあるかといえば、それもなく、中途半端に、女や子供への暴力とか新宗教とかは取り入れられつつ、すべては子供向けファンタジーへと解消されていってしまう。渡辺淳一をポルノだと言って非難する人、片山恭一をロマンティックだと言ってバカにする人も、村上春樹となると許してしまうらしい。

　私の周囲では、村上春樹が話題になることは、ほとんどない。読んだことがない、という人が多いが、村上が好きだという人は、親との関係で大きな傷を負っている人か、精神を病んでいる人たちであり、恐らく村上自身が、何らかの形で、不幸な子供時代を送ったのだろうし、そういう人が多いからこそ、村上は売れるのだろう。月が二つ見える人と見えない人とがいるように、恐らくそういう読者と、そうでない読者とでは、村上の作品はまったく違って見えるはずだ。村上が一時期親しくしていた河合隼雄（一九二八―二〇〇七）も、恐らく深く精神を病んだ人であり、自己治療としてユング心理学を学んでいた。村上もまた、自己治療として「物語」の世界へ逃走している。村上が自家用に作った物語が、たまたま、同じような境遇にある世界中の人々をひきつけているか、さもなくば単にアメリカ的な風俗小説として読まれているかのどちらかだろう。

　ひとつ、不思議な一節がある。「ビッグ・ブラザーはもう現れない」というところだ。二〇〇九年、北半球の国々は、グローバリズムやネオリベラリズムに覆われ、世界の半分がアメリカ化しつつあり、WHOやユネスコやアムネスティが、煙草や児童ポルノへの過剰な締め付けを行い、清教徒的で一元的な価値を押し付けつつあるが、村上はそういうことはまったく感じていないらしい。この作中で喫煙するのは、小松だけである。柳屋敷の女主人は「個別の復讐のためではなく、より広汎な正義のため」と言う。しかし、こうした考え方が、スターリニズムやポル・ポトを生んだのであり、むしろ個別の復讐に徹するべきなのである。いったい、村上はどのように世界をとらえているのだろうか。

私は、犯罪者にならずに済むのなら殺してやりたいと思っている人間がいる。だから、青豆のしていることに包括的には同意するのだが、なぜその被害者は常に女・子供なのだろう。この辺りにも、米国あたりの中産階級的道徳への媚態《びたい》が見える。村上には、自分自身が誰かからひどい目に遭わされたといった怨念がないようだ。むしろ常に自罰的であって、その辺が昨今の若者に受ける理由でもあろうか。

あるいは天吾の、凡庸な出生の秘密も、遂に詳細は明らかにされないままだ。続編も書かれるそうだから、場合によっては、青豆と異母きょうだいだったということもありうる。もっともそういうファンタジーならいくらもあって、それらはたいてい男女のきょうだいである。これにも不思議な一節があって、父親が息子に嫉妬するなどということがあるのだろうか、とあり、それが最後に、実の父親ではなかった、とつながるのだが、父親が息子に嫉妬するなどということはいくらでもある。

つまりどこをとっても私は『1Q84』に感心しない。そんな小説でも絶賛する人がいるのは、もはや、サンチョ・パンサには宿屋に見えるものがドン・キホーテには城に見える、の類でしかない。

村上春樹の小説の『ねじまき鳥』以後の迷走ぶりは、既に村上の「物語による自己治療」が、ある種の人にしか受け入れられなくなっていることを示しているし、もはや村上については、批評家は無視するか、伝記批評をする以外にはないと思う。要するに読者は、村上の実人生のあれこれがジグソーパズルのピースのようになって物語のあちこちに埋め込まれているのを見ており、それを察知できる人は礼讃し、共感できない人が罵倒しているに過ぎないのであって、これ以上伝記的事実が隠蔽されたまま、毀誉褒貶の嵐を続けても無意味である。つまり村上は、『1Q84』の続編などではなく、自伝小説、私小説を書くべきなのである。

私は『1Q84』で、解かれていない謎があるとか、そういうことはもうどうでもいい。相変わらず私は村上に興味がないし、知りたいのはファンタジー小説の謎解きなどではなくて、村上がこういう小説を書くその背景にある事実である。今や、ニュー・ヒストリシズムの親玉だったスティーヴン・グリーンブラットが、シェイクスピアの浩瀚な伝記を書く時代である。私にはもはや、村上の小説は、胸の谷間をちらちら見せつつ、決して脱がないストリッパーのようにしか思えなくなっている。

村上が、オウム真理教について書き始めた時、自閉していると言われていた作家が、社会に関心を持ち始めた、などと評されたが、そもそもそういう二分法は、村上には当てはまらない。むしろ村上にとっての重要な線引きは、自分のことを語るか、語らないかであって、ファンタジーを描いても、オウム真理教について語っても、村上は自分について語ることを避けているのである。

私は近ごろ、私小説こそが純文学であり、トルストイやドストエフスキーも通俗小説である、純文学は売れないから生活の資にはならないとして、通俗小説をたくさん書き、「余技」として私小説を書いた久米正雄の言が、正しいように思えてきた。辻原登など、芥川賞受賞時に丸谷才一から「リアリズム離れ」と賞賛されたが、その後の辻原は、普通に考えたらどう見たって通俗作家になったのに純文学作家として遇されている。『1Q84』で、ふかえりのパジャマの匂いを嗅ぐ場面は、私小説の濫觴とされることもある田山花袋の『蒲団』を思わせて興味深いが、村上春樹よ、物語によっての自己治癒はもうやめて、私小説を書いたらどうか。その方が楽になるぞ、と私は思う。余計なお世話だというなら仕方がないが、人間はしばしば、真実を語ることによってしか理解されない場合があるものである。物語を喜ぶ読者が大勢いることに満足するか、真実を語るか、それを決めるのは村上自身であろう。

受賞作篇

受賞作を読む

「パイロットフィッシュ」大崎善生　◎吉川英治新人賞

吉川英治文学賞は三十五年の歴史を持ち、大衆小説の作家が、その地位を確立したあかしとして与えられるものだといっていいだろう。直木賞が、とりあえずのパスポートとすれば、吉川賞は、ほぼ、大衆作家社会の永住資格である。純文学でこれに当たるのは谷崎潤一郎賞か。その吉川賞、今回の受賞作は伊集院静『ごろごろ』である。

一九八〇年から併設された吉川英治新人賞のほうは、直木賞落選組の受け皿のような役目もあるが、実際にはこちらの受賞後、すぐに直木賞受賞にいたっている人も少なくない。さて、今回の新人賞は大崎善生『パイロットフィッシュ』、長編（ただし西洋なら中編）である。大崎といえば、将棋を題材にしたノンフィクションで既に二つも賞を取っている。小説に進出してほどなくこの賞を取ったのだから、順風満帆といったところか。残念ながら私は将棋に興味がないのでノンフィクションのほうは読んでいないが、さて、今回の受賞作の出来はどうか。

結論から言うと、実にくだらない。主人公の山崎は独身で四十歳くらい、エロ雑誌の編集をしている。そこへ、学生時代の恋人・由希子から突然電話がかかってくる。そこから、十九年前と現在とが交互に語られてゆくのだが、一言で言って、村上春樹の亜流である。いかにも深遠そうで、その実陳腐な文句やら逸話やらが並ぶし、題名になった「パイロットフィッシュ」は、山崎が持っているアクアリウム（熱帯魚の水槽のことね）で、生態系を整えたあとで捨てられてしまう魚のことだが、この種の思わせぶりな比喩が厭味だし、ちょっと古めの西洋のロックやフォークの歌手名だの曲名だのが適当にちりばめられている。

札幌から上京して東京の大学へ通いはじめた山崎は、あまり友達もいないらしいが、喫茶店でしくしく泣いていた由希子に声をかけると、いきなり馴れ馴れしい会話、すぐ打ち解けて電話番号まで教えてくれてつきあいが始まり、セックスに励む。就職を探す山崎のために出版社を探しに行った彼女を待っている間、山崎は通行人を数え始める。そして「七百九十六人目で戻ってきた由希子は」とくる。で、この女と別れたきっかけはといえば、大韓航空機撃墜で知り合いのロック喫茶の店長が死んでしまったショックで山崎を訪れた、由希子の友人で男癖の悪い女がいきなりフェラチオを始めたことである。この男はエロ雑誌の取材で知った風俗嬢ともいろいろあるし、酒浸りになった友人も出てくるし、ハイハイ村上春樹が好きなんですねとしか言いようがない。

たぶん、この主人公たちの学生時代は、例のセゾン・東急文化の花盛りで、村上春樹もその頃から急速に擡頭してきていた。当時のバカな学生どもは、その「オシャレ」な世界に酔い、自分もこんな「孤高の恋愛」だの繊細な三角関係だのを経験したいと思ったりしたものだ。しかしね、喫茶店でいきなり声をかけて電話番号まで教えるとしたら、男がいい男で、女が遊び慣れているからにすぎないし、どだいこんなキザな台詞ばっかり吐く女が現実にいたら気持ち悪いだけだぞ。だがその当時は、そんなことは言えない雰囲気があった。今の若者がこういう小説を読んで、学生時代にはこういう恋愛をするもんだなどと勘違いしたら困る。こういうのは絵空事で、いきなりフェラチオしに来る女なんていないんだよ、と言ってやるために私がいるのだ。山崎も作者も、「十九年」とかいう年月にひどく思いを馳せているけれど、私に言わせれば、十九年たっても村上春樹病から抜け出せないんだからまったく成長していないのだ。

いっそ、吉川英治文学賞を村上春樹に与えて、『ノルウェイの森』とか『スプートニクの恋人』とか、あれは単なる新手の大衆小説でした、と決めてくれたほうがいい。大衆文学が悪いわけではない。しかしこの手の春樹節は「若者用ポルノ」とでも言うべきもので、文学と呼ぶには値しない。

(後日談、いや同日談)

この文章は「村上春樹病」がどうとかいう見出しがついたが、これの載った『週刊朝日』が発売された日の夜、担当編集者から抗議の電話があった。「納得できない」と言う。「大崎さんのお母さんがあれを見て、お前どんな病気にかかったんだい、と言ってきたそうです」。はあ⁉「他人を病気呼ばわりするのは人権侵害じゃないですか」。はあ⁉「これまで、多くの新人賞で、これは村上春樹の亜流だといって受賞が退けられてきた。小谷野さんもご存知でしょう」「いえ、知りません」「えっ。……だから、村上春樹亜流だなどと言うこと自体が既に陳腐なことなんです」。はあ⁉

しばらくおとなしくこの編集者の意見を拝聴した後、「批評に対しては活字をもって当人が答えればいいことで、電話で抗議すべきもんじゃないでしょう!」と怒鳴りつけて電話を切った。

『群像』二〇一〇年七月号の匿名時評「侃侃諤諤」によると、私に文藝時評をやらせたら、抗議担当係が要る、などと書いている。「抗議」というのは、その人に関する事実誤認とかがあった時にするものなのに、今では作品を批判されると「抗議」することになっているのだろうか。『本の雑誌』一〇年三月号では、絲山秋子と豊崎由美の対談が載っていて、絲山はアマゾンに私が実名で書いた石川淳『紫苑物語』のレビューについて「誹謗中傷」だと訳の分からんことを言っていた。作品を批評するのがなんで誹謗中傷なのだ。さらに絲山の『海の仙人』について「ファンタジー」という不思議な生物みたいなものが出てくるのは「川上弘美の亜流」と書いたのだが、これにも不満なのはともかく、豊崎が「小谷野さんも作家なのに……」などと言うから、私は豊崎に、「川上弘美の亜流」のどこがおかしいかと訊ねたら、「ファンタジー」みたいな存在はそれこそファンタジーなどにも出てくる、と言うので、具体的に作品名を挙げてほしいと言ったら逃げてしまった。

小野正嗣『にぎやかな湾に背負われた船』◎三島賞

新潮社と文藝春秋といえば、文藝出版の老舗の双璧である。あたかも柏鵬《はくほう》か輪湖《りんこ》かといった具合に伯仲の勝負を続けている趣がある。新潮社の強みは何といっても歴史の古い「新潮文庫」で、日本と西洋の近代文学はだいたいここに揃っていて、読書はここから始まるという感じがあった。あるいは「純文学書き下ろし特別作品」とか、雑誌『新潮』にも権威があるらしい。文春の本誌『文藝春秋』も元は文藝雑誌だったのだが、今では総合雑誌になっている。だが、新潮社が文春に敵《かな》わずにいるのが「文学賞」の領域で、ご存じの通り、文春系の芥川・直木賞は六〇年以上の歴史を持ち、最も有名な文学賞であるのに対し、新潮社は戦後になって新潮（社）文学賞（一九五四—六七）、日本文学大賞（六九—八七）を設けてきたのだが、芥川・直木賞はおろか、野間文藝賞や谷崎潤一郎賞ほどの権威も持ちえなかった。のみならず応募型新人賞の新潮新人賞も、他社の新人賞に比べてひどく地味だった。そこで乾坤一擲《けんこんいってき》、三島由紀夫賞と山本周五郎賞を設け、年一回、芥川・直木賞レベルの新人に与えることにしたのだ。ここで三島賞が芥川賞と違うのは、もっぱら中—長編小説ないし短編集および、昨年までは評論も対象にしたことで、選考委員も初めは江藤淳、大江健三郎、筒井康隆、中上健次といった刺激的な顔ぶれを揃えていた。

賞が権威を持つかどうかは、他メディアが大きく報道してくれるかどうかにかかっている。だがこの三島・山本賞も、初めは新聞でわりに大きく報道されていたのが、だんだん小さくなり第八回（九五年）には、選考が行われた日に麻原彰晃逮捕という大ニュースがあり、翌日の新聞で私は懸命に探したのだが、どこにも三島・山本賞のことは書いてなかった（大阪版）。以後数年、両賞は地味化の一途をたどり、三島賞は一昨年から選考委員に福田和也と島田雅彦を加えて派手化を図った。

さて、今回の受賞作は小野正嗣『にぎやかな湾に背負われた船』。朝日新人文学賞受賞第一作での受賞で、つまり去年デビューの新人、阿部和重のように既に知られた作家を抑えての受賞で、やや意外である。しかし問題はあくまで作品だ。受賞作は三百枚を越える長編で、大分県の「浦」と呼ばれる漁村を舞台に、女子中学生の「わたし」の視点から、地域共同体のドタバタ劇めいた事件が、過去と現在の往還の上に描かれていて、中上健次や目取真俊《めどるましゅん》（あるいは杉浦明平《みんぺい》？）を思わせる。想像力が豊かなのは分かる。しかし第一に、あまりに文章がひどい。「どうぞとばかりにゆったりと柔らかいカーブを描いて沖から近づいてくる大きな波にも乗れないへっぴり腰のサーファーのようなこの人に」のような長ったらしくてそのくせ面白くもない比喩がたくさん出てくるし、「蜘蛛の子を散らすように逃げた」などという定型表現を平気で使うし、会話部分も全体に稚拙である。第二に、この語り手は「中学校で社会科を教えていた吉田先生と恋に落ちてい」て生理が止まったため妊娠したと思っているのだが、しかしこの語り手がどのような女子中学生なのか、ちっとも伝わってこないのは、学校生活がまったく描かれていないからだ。かつ、この語りが行われている時点はさほど後のこととは思われないのに、この語り手はひどく知的で大学院生のようなのだ。非リアリズムで行くつもりなら、もっと全体を統一しなければいけない。だいたいこのタイトルも、何度見ても覚えられないのは下手だからである。これが三島賞というのは、私には、前相撲を取っている新弟子を、素質があるからといっていきなり十両に上げるようなものだと思う。そもそも私が編集者なら活字にする前に書き直しを命じるね。三島賞はこれで一層「地味」化の道を辿るように思う。

「文は服である」と斎藤美奈子は言うけれど(『文章読本さん江』筑摩書房)、それは記号論や言語学の初歩的な間違いだ(もしそうなら、裸体はどこにある? 「文体」と「文」は違う)。小野には文章修業を勧めたい。

乙川優三郎『生きる』◎直木賞

直木賞は、直木三十五を記念して作られた賞である。直木は本名植村宗一、植を分解して直木、三十一歳の時、直木三十一というペンネームで文芸時評を書きはじめ、以後毎年数を増やして、三十四をとばして三十五でこれに落ちついた。菊池寛の『文藝春秋』創刊とともに筆をとり、もっぱら時代小説を書いて人気作家となったが、昭和九年急逝、菊池はこれを機にその翌年、芥川賞と直木賞を創設した。直木の代表作は、幕末薩摩のお由羅騒動を扱った長編『南国太平記』だろう。

文章や場面設定に泉鏡花の影響がみられる。その文章は谷崎潤一郎もほめているし、ドラマ化で最近また有名になった当の菊池寛の『真珠夫人』などよりよほど文学性は高い。

だから直木賞は「大衆小説」の賞ではあるのだが、ある程度文学的でなければならないことになっている。だからどれほど大衆に人気があっても、あまりに「軽い」ものは受賞しない。その昔の「ユーモア小説」とか、赤川次郎や西村京太郎が受賞していないのもそのせいである。直木が歴史小説作家だったところから、概して歴史・時代小説が有利で、推理小説、特に謎解きに主眼が置かれた本格ものは受賞したことはなく、いわゆる「社会派」の髙村薫は受賞しても、綾辻行人《ゆきと》などは貰えない。さらにかねてから受賞できなかった筒井康隆が怒っているように、SFもまず受賞しない。半村良はSFではなく「市井《しせい》もの」で受賞している。直木賞のキーワードは「人情」である。いかなるジャンルであれ、しっとりした「人情」が描かれていないと受賞は難しい。それはほとんど時代錯誤的な様相を呈することもある。

ところで、「時代小説」と「歴史小説」は違う。前者はおおむね江戸時代を背景に架空の人物らを描くもので、後者は史実に基づいたものだ。時代小説のほうは、かつては山本周五郎、最近では藤沢周平が代表的作家で、藤沢は直木賞を受賞しているが、山本は賞を受けない主義で、実は直木賞を辞退している。

さて、今回の受賞作は乙川優三郎の『生きる』で、前回の山本一力に続く、時代小説の受賞だ。九四年の中村彰彦『二つの山河』以来、しばらく歴史・時代小説の受賞は途絶えていた。乙川は昨年、『五年の梅』で山本周五郎賞を受賞している。『生きる』は表題作を含め三つの中編を収めている。一九九九年から毎年一編ずつ雑誌に掲載されたもので、いずれも武士を扱っており、最も完成度が高いのは最後に収められた「早梅記」である。どこかの藩の、妻を亡くした隠居武士の回想で、妻帯する前に女中として置いて体の関係もあったが、妻帯と同時に暇をとり以後行方の知れない女のことと、波瀾に満ちた藩内での自身の半生が巧みに絡み合わせて語られている。「彼女」といった代名詞を時代小説で使うのが瑕瑾《かきん》だ。

しかし困ったのは、表題作の中編の出来が良くないことで、展開が違うとはいえ基本モティーフがあまりに森鷗外の『阿部一族』そのままだし、疵《きず》が多い。その最たるものは、藩主の死去が慶安四年五月一日となっていて、そこから殉死問題が起こるのだが、この年四月二十日には将軍家光が死んでおり、武家社会にとっては大事件だったし、かつ家光には殉死者がいたのだから、登場人物がその件にまったく触れていないのがあまりに不自然だ。かつ主人公は最後に、継嗣もないまま隠居するけれど、武士の隠居というのは家督相続に伴ってなされるものだから、おかしい。もっとも、書かれた年代を思えば作者の腕が年々上がっていることを示していよう。乙川で気になるのは、現代小説を過去に置き換えたような趣があることで、武士が現代のサラリーマンに見える。今後に期待したいが、直木賞は以前は、長編か短編集だけではなく、いくつかの短編を候補にして受賞させていたことがある（向田邦子や林真理子など）。それがなくなったのは営業戦略上のことなのかもしれないが、乙川の場合、この方式のほうがよかったのではないかと思える。元に戻したほうがいいのではないか。

斎藤美奈子『文章読本さん江』◎小林秀雄賞

「文藝評論」だけに与えられる賞としては、かつて亀井勝一郎賞があったが、一九八二年を最後になくなり、小説と評論両方を対象にする賞などがあるだけになった。それが今年、評論のための小林秀雄賞が新潮社によって創設された。それまで、学術、評論両者を対象にしていた新潮学藝賞の衣替えである。第一回受賞作は橋本治『「三島由紀夫」とはなにものだったのか』と斎藤美奈子『文章読本さん江』である。橋本は既に『宗教なんかこわくない！』で新潮学藝賞をとっているのだが、やはり第一回は大物に与えて賞の宣伝にしたいのだろう。三島由紀夫賞も第一回は高橋源一郎がとっている。さて斎藤美奈子だが、これが初めての「受賞」で、本誌読者ならご存じの通り、文壇の権威筋に容赦なくかみついてきた斎藤は、ずっと賞とは無縁ではないかと思われていたものだ。

だから私もこんなことになるとは思わず、既に本連載でちょっと触れてしまったのだが、『文章読本さん江』を取り上げよう。「各紙誌絶賛」である。書評委員の本はとりあげない「朝日新聞」は、斎藤の任期が切れると同時に四月第一週、高橋源一郎の書評を載せた。ほかに、保守系の論壇誌を除けばほとんどの文藝雑誌、総合雑誌がとりあげた。マスコミの書評はめったに否定的には書かないから、各誌の書評担当編集者の判断である。福田和也が遠回しに揶揄したのを除けば、ほぼ絶賛（以下紙幅の関係で書評掲載紙誌は略す）。中には、「文章読本」を書いたために俎上に上げられてしまった当人が困惑して見せながら書評したのもある。その姿は、時代劇の「いやあ殿も口がお悪い」なんて言ってるおべっか家老か、現代劇で「こら威勢のいいねえちゃんやなあ、けど気に入ったわ」なぞと言うおっさんを連想させる。

前にも書いたとおり、斎藤の「文は服だ」というのは間違い。「テクスト―テクスチュア＝織物」というのは正しいが、織物は服の材料でしかない。いわんや、「文体＝スタイル」も服装だなんて、ご冗談を。スタイルの語源はラテン語のスティルス、鉄筆。中にはわざわざこの箇所に触れたマヌケ書評もあった。フランス文学者の陣野俊史《としふみ》や中条省平が気づかないはずはないのだが、遠慮してか指摘していない。しかし一番真剣に「抵抗」しているのは陣野だろう。みんなが「面白い」という、谷崎以来の文章読本をばっさばっさ切り捨てる前半を、陣野は、これだけなら「私たちは何も得るところがなかったに違いない」と言い、第三章の教育史の部分を絶賛している。確かに多くの書評者が褒める前半部は、『文章読本』の権威主義や自意識を揶揄する」というコンセプトさえ分かれば、面白いのはせいぜい三分の一。しかも、「老人・男＝悪／若者・女＝善」という陳腐な図式に、フェミとサヨクの味付けが鼻につく。第三章にしても、カルスタ系論文を斎藤語で書いただけで、若松賤子の訳文を紹介しているほかは、『女学雑誌』以降の少女雑誌とその投稿欄に関する研究を無視しているように私には思える。あくまで「文章修業」を「サムライ＝男」の世界にしたかったからか？

斎藤はかつて「誰も悪く言わない本」にうさん臭さを感じて果敢に挑戦していた。だがこの受賞作はまさにそのような本になってしまったし、ここ数年、斎藤美奈子の悪口を少なくとも活字上では言えない雰囲気が広まりつつあるのを私は感じる。「フェミコード」にひっかかるのが怖いのだろうか。そもそも文章の善し悪し以前に、日本の「文藝評論」は、小林秀雄以来の、論理的に読めないものに支配されている。少なくとも丸谷才一はそれに抵抗してきた。斎藤は、丸谷と「文章読本」を斬ったかわりに小林と「文藝評論」を延命させてしまったのではないか？　書き手の世代交代が進むなかで、永江朗や山崎浩一のような皮肉屋を手なずけ、『噂の眞相』を押さえ、上野千鶴子を後ろ楯にした斎藤は「裸の王様」になってゆくのだろうか。斎藤さん、お気をつけあそばせ！

◎二〇〇九年

奥田英朗『オリンピックの身代金』◎吉川英治文学賞

吉川英治文学賞は、大衆文学（今はエンターテインメントとかいう）における最高の賞で、今回で四十三回を迎える。受賞者は、第一回松本清張から、前回の浅田次郎まで、この世界で名を成した人、重鎮作家で占められており、そのためか、作品より人物で与えられる傾向もあって、水上勉や林真理子など、必ずしも代表作とはいえないもので受賞しているが、功労賞として、それはそれでいいと思う。

だからそれを奥田英朗『オリンピックの身代金』が受賞したと聞いた時は、けっこう驚いたもので、奥田は直木賞受賞から僅か五年、まだ四十八歳で、宮部みゆきも四十代で受賞しているが、これは直木賞から九年たっているし、宮部はもはや国民的人気作家である。なぜこんな番狂わせが起きたのか、受賞作がそれほどの傑作なのかと、読んでみることにした。

一九六四年の東京オリンピックを舞台に、東北の貧しい家に育ちながら東大経済学部に進み、大学院へ行った青年が、マルクスを学んで貧富の差に憤り、犯罪を重ねつつ、爆弾によるオリンピック妨害を企てるという話である。

その頃の風俗を調べて書いた痕跡がかなりはっきりしていて、「昨日日比谷線が全線開通した」みたいな、いかにも調べたことを書き込んだという不要な台詞が多く、しかも、左翼セクトに属してもいない東大院生がこんな犯罪を犯すことはありえないし、肝心の筋そのものが、サスペンス小説としてちっとも面白くないし、不要に長い。

また、この題名は、『チェ・ゲバラ伝』『まむしの周六』など秀作もあるのに文学賞では不遇な大先輩・三好徹に同名の小説があり、礼儀として一言添えるべきではなかったか。

まだ多くの人が貧しかった日本を描いて、映画『三丁目の夕陽』のような、昭和三十年代を美化する風潮へのアンチテーゼ程度の意味は認めるけれども、結局、西木正明のような大先達をさしおいて奥田がこの賞をとる理由は分からなかった。格差社会論が盛んなので迎合でもしたのだろうか。

村山由佳『ダブル・ファンタジー』◎柴田錬三郎賞ほか

村山由佳の長編『ダブル・ファンタジー』が、中央公論文藝賞、柴田錬三郎賞、島清恋愛文学賞と三つの賞をとり、トリプル受賞と騒がれている。既に毀誉褒貶相半ばするこの作について、今さら言うこともあるまいと思ったが、こうなるとやはり一言言っておかなければなるまい。

村山の十六年前の小説すばる新人賞受賞作『天使の卵《エンジェルス・エッグ》』（のち集英社文庫）は、読んでたまげたものだ。甘ったるい恋愛小説で、いわゆる「中間小説以前」つまりハーレクイン並みの代物だったからだが、それから十年で、直木賞を受賞した。そして今度の作だが、これは受賞前に読んで辟易した。脚本家で夫もいるヒロインが、年長の大物演劇人に誘惑されてセックスをし、次々と性の遍歴を重ねるという小説で、これまでと作風を変えたとか、千葉県のほうで夫と農業などやっていた著者は、離婚して東京に住んでいるとかで、私小説ではないかとも言われている。

しかし、とにかく不要に長い。さらに、大物演出家なるものがこのヒロインに出すメールが、まるで安手の漫画の登場人物のそれなみに凡庸だ。世間には、ポルノ小説を読む度胸がないので、こういう「文藝ポルノ」で代用する読者というのがいるらしいが、そういう人が読んでいるだけではないか、と思った。

逆に、私小説であるなら、もっと事実に即して、変に粉飾を加えず、ヒロイン、つまり作者自身の愚かさをえぐり出すように描けば面白いのだが、著者はそもそもこのヒロインを愚かだとは思っていないようだから、それは無理な話だろう。

受賞時の宣伝に「女性がここまで書くか」というのがあったが、これはまた今の時代にえらい女性差別だなと思ったもので、エリカ・ジョングに限らず、これくらいの性描写は今では普通である。要するに、美人の直木賞作家が実体験に基づいて描いたというだけで評価された小説であろう。もっとも、受けた賞すべて、渡辺淳一が選考委員をしているのが気になるが…。

伊藤計劃『ハーモニー』◎日本SF大賞

私はSFには疎い。だから伊藤計劃（一九七四―二〇〇九）という若い作家が死去したというニュースで初めてこの作家を知ったのだが、日本SF大賞がこの物故作家の最新作『ハーモニー』に与えられた。

『ハーモニー』は、近未来を描いた長編で、そこでは従来の国家は消え去り、生命を至上価値とみる「生府」によって、個々人は体内に健康状態を監視する装置を植え付けられ、煙草、酒その他の健康に悪い嗜好品は事実上禁じられている。

私などが読めば、たちまち現在の禁煙ファシズム、のみならず「健康寿命」などという概念からなる、個々人の生命を管理する社会に対する風刺的小説として読める。もっともこの世界でも、老衰による死は訪れるようだが、あらゆる病が早期発見によって治療できるという前提なのか、その辺は曖昧だ。

主人公は霧慧トァンという女性で、少女時代に、こうした健康管理社会に抵抗すべく、ほかの二人と餓死を試みて生き残ったが、十三年後の今は、健康監視の職に就きながら、バグダッド、ニジェールなどの戦地へ行っては、先進国では吸えない煙草を吸ったりしている。

さて、あまりこういう作品は、先を書いてしまってはいけないらしいので適当にぼやかすが、このような健康管理を徹底するには、個々人の自由意思をなくしてしまえばよい、という思想が登場する。ところがそのあとで、これが「意識」になってしまう。意識なくして生活するという、小説中で仄めかされる事態は、しかし可能なことなのだろうか?

人類のさらなる進化を描いたものとして、アーサー・クラークの『幼年期の終り』があり、これはまさに人間が個々の意識を失って集合的生命体となる結末だったし、アニメ『新世紀エヴァンゲリオン』の「人類補完計画」もそのようなものだった。

だが、細かな疑問は措いて、既に死病に侵された作者が、意識というのは幻影に過ぎないという思念を籠めてこの結末を描いたとすれば、そうした疑問も別の意味を持ってくるだろう。物故者は対象外とする賞もある中で、意義ある授賞だった。

読売文学賞は病んでいる

読売文学賞はこのところおかしい、と前から言っているが、今回はいよいよ「読売文学賞は病んでいる」という段階に入った。まず随筆部門で堀江敏幸の『正弦曲線』だが、堀江は僅か四年前に小説で同賞を受賞している。実をいえば、かつて読売文学賞は、一人で二度以上受賞することが多く、中村光夫、福田恆存、山本健吉は三度も受賞している。もっともそれもだいぶ間があいたり、高齢文学者に功労的に与えられる場合が多く、三島由紀夫が三十代で、井上ひさしが四十代で二度とったことがあるくらいで、九〇年以降は二度受賞の悪い慣習はなくなっていた。四十六歳の堀江は、早大教授で、多くの賞を受けており、不遇の文学者を励ます意味もある文学賞としてふさわしいとはとても思えない。

次に詩歌部門で河野道代『花・蒸気・隔たり』が受賞したが、河野は選考委員の一人である平出隆の妻である。かつて江藤淳は、自身の弟子が三島由紀夫賞の候補になった際、選考会を欠席した。対して吉行淳之介は、妹の吉行理恵が芥川賞の候補になっても出席した。これは江藤が正しいので、詩の賞ならほかにもあるのだから、選考委員の家族が候補になったら、委員は反対すべきだし、仮に受賞されたら、選考以前に遡って辞任すべきである。

さらに翻訳部門は、丸谷才一の新訳であるジョイスの『若い藝術家の肖像』。丸谷は七三年に『後鳥羽院』で受賞して以来二度目だが、この場合二度目ということはいい。だが翻訳部門は、渡辺一夫のラブレー『ガルガンチュアとパンタグリュエル』のような初訳、ないし寿岳文章のダンテ『神曲』や平川祐弘のマンゾーニ『いいなづけ』のような画期的新訳に対して与えられるべきもので、ジョイスのこの作などこれまで八種類の翻訳が、丸谷の旧訳を含めてあり、丸谷の旧訳は今でも新潮文庫に入っている。不適当な授賞と言わざるを得ない。

堀江は丸谷のかわいがっている作家だし、選考委員を引退しても、丸谷の院政が敷かれているようだ。

対談

四十男はもてるのか?

元祖「プレイボーイ」と元祖「もてない男」が
恋愛観と国家観を本音で語り合う!

野坂昭如

のさか・あきゆき/一九三〇年神奈川県生まれ。作家。六二年『プレイボーイ入門』を刊行、黒メガネのプレイボーイとして名を馳せる。六七年『アメリカひじき・火垂るの墓』で直木賞受賞。未来を射抜く直観と言葉は、現代日本の偉大な財産である。近著に泉鏡花文学賞受賞作『文壇』がある。

野坂――近頃、どういうわけだか四十前後、新進とは申しませんが気鋭の皆さんと対談する機会が増えました。「遠野現象」と納得しています。つまり、当方は遠野物語の故老。小谷野さんもちょうど僕の子供の世代で、きちんと筋の通った学問を身につけ、なお研鑽にいそしむ。いろいろ教わることが多い。

別に卑下自慢じゃないけど、僕は、中学一年までまず普通の勉強をしてました。次の年から勤労奉仕。中学三年で敗戦。一年間受験勉強をして三高を受けましたが、僕の受験した年から知能テストが導入されて、迷路とか積み木とか、鶏の足は何本とか、びっくりしました。誰もそんなテストがあるとは教えてくれなかったんで、動転して判定で不合格。翌年、新潟高校へ入ったんですが、同級生はハッタリ教養主義の権化で、リリシズムがどうだとか、チェーホフを昨日二百ページ読んだとか、モーツァルトがどうの、オペラがこうの。僕にはまったく無縁、なにしろ少年院上り（笑）、お酒の強いことでかろうじてつっぱってました。

まあでも、いろんな事情でまともに学校へ行けなかった奴っていうのは、補償作用っていうか、妙に雑学があるんです。老子に詳しかったり、ムー大陸を研究したり。

小谷野――ムー大陸ですか（笑）。でも私もそのクチですよ。東大では出来の悪い方でしたから、世界中の国の名前覚えたりして。

野坂――高校は一年で「廃止」。新潟にいてもしょうがないと思って、いちおう東大を受けました。「ヘレン・ケラーについて知っていること」を英語で記述する問題だった。新制高校では教えてたんでしょうね、この有名人について。僕は、三重苦しか知らなかったんで、「三重苦を乗り越えて、ハーバード大を卒業し――」さて、出鱈目にしろ、書きようがない。ナイチンゲールならまだわかるけど（笑）。すぐあきらめて受験場を出て、関西育ちが、噂に聞く井の頭公園へ行った。女と仲良くなれると聞いていたものだから。公園のボートを漕いで（笑）。

それにしても、小谷野さんとか福田（和也）さんとか坪内（祐三）さんとか、何でそんなに本を読んでるんですか（笑）。決して乱読じゃない。

小谷野――うーん（笑）。福田さんや坪内さんも案外似ているのかもしれないですが、私の場合はエリートじゃないから、本を読んで埋めるしかないと思っているんですよ。今私は非常勤講師ですが、ちゃんとエリートコースを歩んでいる奴は、四十くらいで教授になったりしていますす。そういう人は専門のものしか読みません。

野坂――福田さんは、「石原莞爾」の次に「松下幸之助」でしょう。びっくりしますね。

僕は新潟高校で、旧制高校教養主義の片鱗には触れたんですね。卒業してましたけど、噂に残る丸谷才一、中山公男、和漢洋に通じるらしい。直接の先輩も、寮や下宿の押入に岩波文庫がびっしり（笑）。

今、時々早稲田の文学部で、小説家志望の学生を相手に話をするんですが、鬱屈した人間が全般的にいなくなりましたね。よく、文芸誌の読者よりもその文芸誌主宰の文学賞への応募者の方が多いなんて言われますけど、早稲田の文芸科でも百人くらい話を聞きに来ていて、全員小説家になりたいらしい。しかし、どうもベンチャービジネスみたいに考えている。ヒトヤマ当てようという（笑）。

小谷野――何でそんなに小説家になりたいんだ

ろう。何を書くんだろうという問題があります。最近の芥川賞の受賞作を読むと、筋がないんですね。私はあまり感心しない。最近妙なはやりがあって、純愛小説がよく売れるんです。相思相愛になって悲劇的なことがおこるという。なんだかよくわからない。それだったら藤堂志津子の『マドンナのごとく』の「共同便所」の方がよっぽどいい。

野坂——小谷野さんは純愛小説お書きになれるんじゃありませんか。もてないんだから下地は十分ある、近頃珍しい(笑)。

小谷野——いやいや(笑)。私のもてない話は小説にしても面白くないんですよ。ただ単にもてないんで。最初からデートもしてくれないっていうもてなさなんで、小説にならないんです。

プレイボーイは実はもてなかった

小谷野——野坂さんは四十の時もてていましたか?

野坂——僕の四十代は、まあもてたというか、どっちかというとカラモテ(笑)。酒の方が好きだしね。

小谷野——直木賞をとられたのが、三十代後半くらいの時で……。

野坂——というより、その頃僕は格好良かったらしいんです(笑)。(動物行動学の)竹内久美子の言うシンメトリーかどうかはわからないけど(笑)。今、確かめると、僕は薬指が長かったりするから、あの本で言ってること随分当たっているわけ(笑)。

だけど高校、大学、ラジオ、テレビ時代はもてなかった。モテナイ因子というものがあるとしみじみ実感しました。当時は、向こうから歩いてくる女学生と目を合わせたりするのもいけないことでした。ある時、すれ違った女の子を僕が振り返って、向こうも振り返ったことがあった。この、彼女が僕を見たというたった一度の経験だけです、モテた！　と感じたのは。僕の方がモテない。

小谷野——そんなことありません（笑）。野坂さんがもてるっていう場合、寄って来る女の人に相手をしたってことですか。あまり選り好みはしないということですかね？

野坂——選り好みなんてない（笑）。しかし本当に好きな女には手も足も出ない。

小谷野——それは『狭き門』の世界ですね。

野坂——だから吉永小百合さんには手も足も出ません（笑）。出す機会もないけど（笑）。

小谷野——以前、（精神分析学の）岸田秀さんと往復書簡をやっていた時に、本当の恋愛だからセックスしないということがありますかと聞いたら、「あります。私の友人で、好きだからセックスしないって言って、自殺した人がいます」ということでした。

野坂——本当に好きな女の場合、マスターベーションのアテにもならない。その人の前に出たら口がきけなくなって、無理してしゃべると、とてつもなくバカなことを言う。意識してじゃないんですよ、モテようとカッコつけて。子供が好きな子の前でかえって意地悪するというのとは違いますね。で、後で悔やんで、ああ言えばよかった、こうふるまえばと、半年くらい悩む。この歳になっても。実にいやらしい純情ぶり。

小谷野——ダンテのベアトリーチェですね、ひとめ見ただけだっていう。そうすると野坂さんのセックスする相手は、美人とまではいかなくても別にいいんですね。

野坂——当たり前ですよ、美人とはできない。美人には近づけない。その美人というのは全く当たり前の美人のことで、例えばエリザベス・テイラーとか、オードリー・ヘップバーンなんかです。

小谷野——『陽のあたる場所』に出ていた頃のエリザベス・テイラーですね。

野坂——そう。留置場のモンティに面会に行くリズの表情、夕陽を浴びてね。いや、きれいだった。しかしタチませんね（笑）。

小谷野——ご結婚は、三十二の時ということですが、当時としてはそれは遅いほうですか？

野坂——昭和三十七年当時は、同じくらいの歳の男はまず結婚していましたね。僕が新潟高校に入った昭和二十三年は、初めて旧制高校に女性が入った年です。僕のクラスにはいなかった。早稲田の文学部では、クラスの同級生に女性が八人いたらしいけど、口を利いたことはない。まあ教室へ行かないから当たり前ですが。御連中の中に、学生の時から同棲していたか、卒業してすぐ結婚が四組いる。当時、苦学して大学に来る女性というのはあまりいないわけです。男はみんな田舎から来てましたけど、女はみんな東京の良家の人です。それで、女が食わせていたらしい。実にうらやましかった。

小谷野——それはわりあい早稲田の特徴ですね。

野坂——大変いいシステムだと思っていました。だいたい露文や仏文に来ても食えないわけだし、田舎の次男、三男が多かった。当時、親の住んでいた新潟には、「もしかあんにゃ」という言葉があって、これはもしかして兄が死んだりぐれたりしたら、「あんにゃさま」になる、つまり家を継ぐという意味ですけど。早稲田に来る連中にはそういう三男坊あたりが多くて、初めから見放されていた。それで、東京の良家の女の人と一緒になるか、田舎へ帰って、財産分けしてもらう、婿に入る、で、東京文化を伝える。よくできたシステムでした。

小谷野――早稲田の学生を見ていると、そういうふうに若いうちから恋愛しているとか同棲しているとかが多いですね。村上春樹なんかその典型です。五木寛之もそう。三木卓や長田弘にもそれを感じるんです。東大行った人っていうのはそうじゃないんですね。卒業してからでも女を見つけようと、どこかウロウロしてるんです。早稲田的だっていうのでは、立松和平の『蜜月』なんていう作品は、まさに良家の娘と演劇なんかをやっている男とが、親の反対を押し切って結婚する話でしたが。

野坂さんの時には、良家の親が反対するなんてことはなかったんですか。

野坂――親が反対するなんてことなかったんじゃないかな、ハナから双方の親ともあきらめていた、早稲田の文科へ入った以上、仕方がないと。それに男の方も田舎の名望家とか、旧地主、地方政治家などの息子でしたからね。

もてない男の嬉しい（？）誤算

野坂――東京の娘については、良家の方がずっと口説きやすいらしい。僕は知らないけど。

小谷野――それは昔桐島洋子が書いていましたね。良家の娘の行状の方が凄いって。それは要するに、昔のフランスで貴族の方が凄かったということと同じなんでしょう。古代ローマでもそうだし、『令嬢ジュリー』っていうストリンドベリの作品もそうでした。

野坂――モテない腹いせに、処女の妄想についてよく考えました（笑）。処女の妄想っていうのは凄いんだろうなと。自分の見せちゃいけないところへ、見ちゃいけないとされているものが入ってくるんだから、こりゃ考えるでしょ（笑）。長屋の娘は、あけすけな話を聞いて育つでしょうけど、良家の娘の場合はわからない。だからその妄想たるや凄いんじゃないかと。

小谷野――野坂さんの『感傷的男性論』（悠飛社、一九九四）に、処女のふりをして売るっていう「処女屋」というのが出てきますが、最近わかったのが、男が処女を求めるのと同じように、童貞を求める女がいるってことです。

野坂――童貞を求める女は昔からいましたよ。これでも失敗したなあ、さっさと女郎買いでドーテーソーシツ。といって、童貞をおおっぴらに売物にもできないけど（笑）。

小谷野――私はそれを知らなかったんです。『もてない男』という本を出したら、私を童貞だと思った女がいて、手紙をくれるんですよ。

野坂――あの御著書には、そっちの目的もありましたか（笑）。

小谷野――「小谷野さん、結婚する前にぜひお目にかかりたかった」って（笑）。最近も「私と通じてください。私の母はナイトクラブのホステスです。父は……」とかなんとかプロフィールの書いてある手紙をもらったりして、ああこれは童貞が好きなんだなというのがよくわかりました。漱石の『三四郎』なんかも童貞だと言われてますけど。

野坂――童貞の場合、処女と違って童貞であるふりをするのは難しいんですよ。僕が初めて女と寝たとき、ベテランだと思われましたからね（笑）。まあ、研究はしてたので（笑）。

小谷野――ところで妻一穴主義だと、インポになりますかね。

野坂――なんだか貧乏人が金を持つと、心配で不眠症にならないか心配してるみたい。まあ、一般的に言って、そんなのオマンコ借りて最低のマスかいているようなもの。インポは話が別。しかし妙なこと気にしますねえ、学者は（笑）。

それと、僕は非常に早いうちに気づいていたけど、女がヨガるっていうのの三分の二は演技だと思う。娼婦と同じで。もしくはボーカリゼーションで自分がハアハア言うことで、自分を興奮させてるっていうのはあると思う。または竹内久美子の言う「イク」という言葉で象徴されることも、本当にそんな女性がいったい何人いるのかと。おそらく長い間の性生活の中で何べんもないと思う。

小谷野――昭和天皇が一夫一婦制をやり始めたんで、国民がみんな倣っちゃったんですよ。私は皇室は一夫多妻制を復活させればいいと思うんです。そうすれば別にお世継ぎがどうのっていう問題はなくなる。

天皇制を論ず

野坂――天皇のことで言うと、少し前に出た『天皇制』（大月書店）という本や、アメリカ人が書いた『昭和天皇』（ハーバート・ビックス著、講談社）なんかを読むと、特に新知識、見方もないけど、いかに戦争に関わっていたか、あるいは一人の人間として戦争に関わらざるを得なかったかがわかります。人間なんだから当たり前でしょ。天皇制っていう言葉が出たのは昭和になってからで、明治国家の場合は天皇制もへったくれもなくて、国体の、いちおう要ということだけでしょ。

小谷野――天皇制はだからコミンテルンのよう

なものですからね。

野坂——そういうふうなものを導入しなかったら、国家という意識がなかなか生まれなかっただろうということはわかります。だけど僕がわからないのは、例えば後醍醐天皇が何か言うと、あちこちで蜂起したのはなぜなのか。

小谷野——いや、それは鎌倉の北条得宗一家に不満を持っていた武士たちが、天皇を利用して動いたと言った方がいいと思います。日本の歴史は、北一輝が言ってるように乱臣賊子の歴史であって、問題は万世一系だと思い込まれていることです。多くの日本人が天皇は一五〇〇年ぐらい前からずっと繋がっているんだと思っているのが、他の国の君主制との最大の違いです。英国の国王は十八世紀にドイツから来たし、イタリアにせよ、ドイツにせよ歴史が浅いですから。だからすぐに潰れたんですけれど、日本の場合はそれがあるから潰れない。

野坂——天皇陛下のために命を捧げた方をお祀りするのが靖国神社なんで、お国のためじゃない。天皇陛下のために命を捧げた人にお参りしてどこが悪いとは、今言えないから、お国のためと言っている。これごまかしですね。英霊は怒っていると思う、こんな国のために死んだんじゃないって。

中学生の時に見た張り紙に「国体は護持された」と書いてあって、それ以前から国体という言葉は知っていましたけれど、その時「国体」って何だろうと改めて思いました。しかし、戦時下みんなが天皇を現人神とみなし、男子たるもの陛下のために生命を捧げるのが名誉だなんて、あまり考えてませんでしたよ。すべて軍国少年だったと考えるのは大間違いです。それに「総力戦」なんて言われますけど、日本は総力戦なんか全然していません。日本の戦争の仕方なんて下手もいいとこです。ただし、負けるということを知らなかったという点では、僕らは見事に洗脳されていました。

アメリカという国は、日本および日本人を人間なんて考えていないわけです。そういうのをやめさせようと思ったら、天皇制なんてやめた方がいいです。

小谷野——一九四二年には、戦後処理についてで既に向こうでは考えていたらしいですけど、それも天皇をどう利用するかを考えていたようですね。原爆のことでは、『日本の古都はなぜ空襲を免れたか』(吉田守男著、朝日文庫)という本を読むと、「京都に原爆を落とすな」とウォーナーという人が言ったというのは全くのデマだとはっきり書いています。だから、ウォーナーが日本の恩人だというのは、米軍が意図的に流した情報で、京都は第三番目の候補になっていたから、爆撃が少なかったんですよ。しかし不思議なことに、なぜかこの話が広まらないんです。この本はそもそも『京都に原爆を投下せよ』(角川書店)という題で九五年に出ているのに、どういうわけかちっとも話題にならないし、朝日文庫になってもやっぱり話題にならない。私も中国新聞の記者に教えてもらったんですが、なぜ広まらないかと考えると、朝日新聞あたりが報道しないからだと思います。いまさらアメリカへの憎しみを日本人にかき立てるのはまずいという判断じゃないですか。

野坂——結局京都に落ちなかったっていうのは、曇っていたからですか?

小谷野——京都は候補になったり外れたりしていたんですが、長崎に落として降伏しなかったら、京都だったわけです。新潟で大疎開がありましたけど、新潟市の人は大都市なのにまだ爆撃されていないことの意味に気づいたわけですよね。原爆投下の候補地になっていると。

野坂——ＮＨＫの「終戦日記を読む」という番組で話したんですが、当時の戦争指導部の資料を改めて読んで、そのあまりの無責任さにほとんど鬱状態に陥りました。もし広島、長崎への原爆投下とソ連の侵略がなければ、おそらく十一月くらいまで戦争は続いて僕は死んでいたと思います。三月十日の東京大空襲の後に、天皇が侍従を連れて焼跡を見ているときの表情を写した写真があるんですが、何の感情も読み取れないんです。他の連中は俯いているのに。

小谷野——玉音放送は人間の声じゃないと『文壇』（文藝春秋）で書かれていましたよね。

野坂——だから敗戦と受けとめた。あれが音吐朗々と読み上げられていたら、どうなっていたか。実に人間ばなれしていた。

北朝鮮をどう考えるか

野坂——今の北朝鮮の問題について考えた時、僕が間違っていたのは、八月十五日というのは休戦記念日でしかない。そのままの状態です。向こうの方ではパルチザンをやっていたことになっている金日成が主席になり、日本と北朝鮮との国交の正常化はないままに、後ろにはソ連、日本の場合アメリカがいて、経済成長と共に軍備を拡充となれば、そりゃあっちは怖いですよ。僕らはあそこを侵略するなんて夢にも考えないけれど、向こうは現実問題として怖いと思ってやって来ていたんだなと思います。

僕は活字で謝りましたけど、拉致はないと思っていました。だって何のためにそんなアホなことをするのかわからなかったんです。だから九月十七日は本当にびっくりしました。小谷野さんは拉致があったと思っていましたか？

小谷野――ええ、思っていました。だって北朝鮮は大韓航空機事件なんてのをおこしてるわけで、やっぱり滅茶苦茶な国ですよ。『凍土の共和国』（金元祚著、亜紀書房）という、北朝鮮に行って失望したっていう本にも書かれていますが。

野坂――拉致が大掛かりになってきたのは、よど号ハイジャックのあたりからですけど、よど号の連中が本来行く予定だったキューバに行かないで、北朝鮮にとどまった。日本人は、僕もそうですけど、強い者、保護してくれる者におもねる気持ちっていうのが一神教の地域の人たちより強い。甘ったれですね。推測ですけど、よど号の連中が向こうに受け入れられた時、日本という国の危険性を強調する、これが二代目の功名心と結びついて、拉致の工作員となった面はありませんか。

小谷野――当時はソ連がありましたからね。だから左翼はソ連の核保有なら認めると言っていた頃で、結局北朝鮮へは社会主義国家だと認識して行ったわけです。十五年くらい前に韓国には全斗煥なんていうのがいて、レーガン、中曽根と三人で悪の枢軸みたいに日本で言っている人もいましたけれど。それで北朝鮮に甘くなって、そうしているうちに北朝鮮が世襲になった。世襲じゃ共和国じゃないんじゃないかというので、大体正体がわかってきたわけですが。

今東大に教えに行っていて、民青系のビラなんかが目につくんですけれど、夏ごろに「政府は北朝鮮が打ち上げた人工衛星をテポドンだと強弁している」と書いてありました。こいつら本当にあれを人工衛星だと思っているのだろうかって、ギョッとしました。あのテのが最近また復活してきているようで、明治大学の生協が革労協にのっとられて、学生部長を襲うとかまたいろいろ騒ぎを起こしたりしてますね。それで、大学側がしようがなくなって、生協つぶしちゃったらしいです。

野坂――北朝鮮のあのマスゲーム、小学生の集団登校、「将軍様」とか何とか言っているのを見て、これは変わった国だなと思ってましたけど、だからって日本語を勉強するとか、子供を作るとかのために拉致するなんて面倒くさいことを、何のためにするのかわからなかった。なおかつ、死亡者とその日付を発表して済んだって思っているんだから、なるほど地球上の国とは思えないようなところです。それはわかったんだけれど、やっぱり僕はかつて日本がやったことがまず頭にあるもんだから、混乱していますす。しかし核兵器の開発となると考えちゃうし、またアメリカという超大国の「正義」とやらにつき合い続けていいのかとも思うし。遠野の老人は昔噺だけをしてりゃいいのかもしれない。

自民党が社民党に謝罪しろとか何とか言いますけど、自分たちは知っていたわけでしょ。だったらなぜきちんと対処しなかったのか。朝日新聞なんていうのも、今になってあの国のことを悪く言い出してるけど、これまで何をやっていたのか。

食糧援助ということについても、食い物を米という形で援助したって全然だめなんです。食ったらおしまいなんだから。肥料とか、土地に合った品種とか農機具とか、そういう援助をしなくちゃどうにもならないわけです。わかってるはずなのに、なぜそうしなかったのかと思います。

朝から晩まで拉致のことをテレビでやっているから、コノヤローって気になるのも無理ないと思うけれど、じゃあ以前日本が何をやったのかってことをもう一ぺんきちんとさせるべきだと思います。いろんな見方があると思うけれど、民族を併合して、実際問題として酷いことしたんだから。兵庫県の場合だと、お神輿を上から見たらそこの家は潰されるとか、いくら勉強ができても公立学校へ入れないということがありました。東京だと、学童疎開は朝鮮人は入れられなかった。日本は、そのことについてははっきり謝るべきです。

小谷野——私は謝る前に、日本で天皇制をなくすべきだと思いますけど。

野坂——天皇制はつまり無責任体制と、人を差別する仕組でしょ。

共和制になると、もてない男もいなくなるかな（笑）。僕には遅過ぎるけど。

小谷野——けっこう私はフェミニズムにからんだことも書いているんですが、野坂さんと話していると、フェミなんてどうでもよくなっちゃう（笑）。

（二〇〇二・十・十八／山の上ホテルにて）

（注）これは某雑誌の二号のための対談だったが、直後に出版社が倒産してしまい、かろうじて文字起こしをしたものが残っていた。

歌壇・俳壇化する演劇——あとがきにかえて

本当は、演劇の評論集を頼まれたのである。しかるに、この数年めっきり演劇への関心が衰えてしまったため、こういうものになった。『猫を償うに猫をもってせよ2』とする予定だったが、表題作をブログに載せたら評判が良かったので、変えた。

ほかはともかく、演劇論の書き下ろしのところは、ただのデータと、最近の演劇の悪口と愚痴ばかりになっていて、どうかと思ったのだが、それもまたよしと思った。

それで考えていると、演劇というのが近ごろ、短歌と俳句の世界に似てきている、と思ったので、ここに書くことにした。

近代の短歌と俳句の世界が「結社」に支配されていることは、多くの人が知っている。短歌や俳句で世に出ようという人は、雑誌を出している結社に登録しなければならない。どうやら、新聞の

「歌壇・俳壇」に投稿するにも、結社名を書かなければならないらしい。実に妙な世界である。そして結社の親玉というのは、しばしば世襲である。

その中で、いいんだかどうなんだか分からないが、少しは実力もあるだろうが、政治力のあるような人が、角川書店の短歌と俳句の賞とかいろいろ賞を貰い、出世していく。私は、歌集とか句集というのがどうも困る。私は「第二藝術」論に賛同するもので、たとえば、『古今和歌集』のようなアンソロジーならいいが、家集つまり源実朝の『金槐和歌集』となると、かなり退屈な歌が多いし、西行の『山家集』ですらそうだ。斎藤茂吉や寺山修司の短歌がいいというのは分かるけれど、それだっていい歌だけ読んでいるからそう思うのであって、その時々の歌集を全部読んで、まあ茂吉なら『赤光《しゃっこう》』はいいだろうが、そうどれもこれも素晴らしいといえるかどうか。

俳句でも、尾崎放哉《ほうさい》などいいと思うが、高浜虚子のように長生きした人の、精選集ならいいけれど、全部読まされたらたまらんと思う。となると、それよりずっと下る現代の歌人・俳人の、一つの歌集や句集など、たとえ何か賞をとったものでも、全体のうちに二つか三つのいい句・歌があればよいほうと見るのは当然だろうと思う。与謝野晶子にしたって、全体で見ればずいぶんつまらない歌が多い。そんな中で、あまり世間的にも知られていない歌人・俳人が、その世界での大物となり、文化功労者になったりするというのは、それこそ本文中に書いた、美術家の藝術院と同じではないかと思う。

演劇というのが、私には何だかだんだんと、こうした歌壇・俳壇のおかしなあり方に似ていくような気がするのである。各劇壇がいわば結社であり、その指導者である劇作家・演出家が親玉である。さすがに世襲というのはまだないが、平田オリザの父親が劇場の持ち主だったり、長塚圭史が長塚京三の息子だったり、これは死んだからどうなるか分からないが、井上ひさしの劇団を娘たちが切り盛りしていたり、何か不安はある。そして、野田秀樹や平田オリザが、あれよあれよという間に「出世」していき、平田などはまるで官僚のようなことばかり言うようになる。個々の劇団には固定客があって、経済的にはともかく、次第次第に全体を見渡すことができなくなり、演劇がアトム化していく。

そして、歌人や俳人が、文化功労者になったり、藝術院会員になったり、歌会始召人になったりすることを目指すように、演劇人もそんな中から数名が飛び出して、しまいには「はて、あの人はどういう演劇をやっていたのだろう」というようなことになってしまうのかもしれない。かつて立川談志は、このままでは落語は「能」のようになってしまうと述べたが、私は何だか近ごろ、「このままでは演劇は、短歌や俳句のようになってしまう」と言いたい気がしている。

二〇一〇年九月　小谷野敦

初出一覧

◎**演劇篇**

能は死ぬほど退屈だ（ブログ）

舞踊について（『出版ダイジェスト・白水社の本棚』07年11月）

キム・ギドクが開く世界（『大航海』09年6月）

平田オリザにおける階級（『シアターアーツ』97年5月）

メロドラマ作家・秋元松代（『國文學臨時増刊　現代演劇』06年12月）

演劇評論家挫折の記（書き下ろし）

現代演劇おぼえがき（書き下ろし）

◎**学問・文藝篇**

大人／子供のあやうい綱渡り（苅谷剛彦編『いまこの国で大人になるということ』紀伊國屋書店、06年5月）

瀬沼夏葉をめぐって――学問のルールについて（ブログ）
白川静は本当に偉いのか（『大航海』07年6月）
日本藝術院の不思議（『大航海』09年3月）
「文学」への軽蔑――80年代文化論（『大航海』08年9月）
正直者の文藝時評（『わしズム』09年2月）
平成の小説十冊――文学賞は信用できない（『中央公論』08年7月）
城山三郎の晩年――日記より（ブログ）

◎生活篇

鎌倉の一夜（ブログ）
押し入れに消えた品物（『遊歩人』08年4月）
ながちゃん十首（未発表）

◎社会篇

フランス恋愛幻想（『ランティエ』「女たちよ！」）
佐藤優とか野田聖子とか（『ランティエ』07年8月「煙たい奴ら」1）
いじめられたら復讐せよ！（『ランティエ』07年9月、同2）

森見登美彦の文章には耐えられない（『ランティエ』07年10月「煙たい奴ら」3）
憂うべき若い学者・中島岳志（『ランティエ』07年11月「煙たい奴ら」4）
匿名批判は卑怯である（『ランティエ』07年12月「煙たい奴ら」5）加筆
「看護師」ファシズム（『ランティエ』08年5月「煙たい奴ら」10）加筆
中井久夫はそんなに偉いか？（『中央公論』09年3月「正直者の書評」）
オオカミに育てられた少女はいなかった（『中央公論』09年5月、同）
荒川洋治がまたやってくれた（『中央公論』09年8月、同）
仏教と生きる悦び（『大法輪』08年10月）
竹添敦子『控室の日々』によせる詩（bK1書評）
オリジナリティーについて（書き下ろし）
太宰治「千代女」と堤千代（ブログ）
菊池寛「小説『灰色の檻』」とその周辺（書き下ろし）
村上春樹は私小説を書くべきである──『1Q84』批判（『1Q84スタディーズ1』若草書房、09年11月）

◎受賞作篇

受賞作を読む（02年2月―03年1月『週刊朝日』）
大崎善生『パイロットフィッシュ』（吉川英治文学新人賞）

小野正嗣『にぎやかな湾に背負われた船』（三島由紀夫賞）
乙川優三郎『生きる』（直木賞）
斎藤美奈子『文章読本さん江』（小林秀雄賞）

受賞作にもう一言！（09年1月―10年7月『週刊朝日』）
奥田英朗『オリンピックの身代金』（吉川英治文学賞）
村山由佳『ダブル・ファンタジー』（柴田錬三郎賞ほか）
伊藤計劃『ハーモニー』（日本ＳＦ大賞）
読売文学賞は病んでいる

◎対談
野坂昭如との対談（02年）

小谷野敦（こやの・とん）

1962年茨城県生まれ、埼玉県育ち。本名読みあつし。1987年東京大学文学部英文学卒。1997年同大学院比較文学比較文化博士課程修了、学術博士。1990〜92年カナダのブリティッシュ・コロンビア大学に留学。1994年より99年まで大阪大学言語文化部講師、助教授、国際日本文化研究センター客員助教授などを経て文筆業。

著書：『〈男の恋〉の文学史』（朝日選書）、『男であることの困難』『江戸幻想批判』『反＝文藝評論』『なぜ悪人を殺してはいけないのか』『リアリズムの擁護』（新曜社）、『もてない男』『バカのための読書術』（ちくま新書）、『聖母のいない国』（河出文庫、サントリー学藝賞受賞）、『退屈論』（河出文庫）、『恋愛の昭和史』（文春文庫）、『谷崎潤一郎伝』『里見弴伝』（中央公論新社）、『日本売春史』（新潮選書）、『猫を償うに猫をもってせよ』（白水社）、『東大駒場学派物語』（新書館）、『私小説のすすめ』（平凡社新書）など多数。また小説は『悲望』『童貞放浪記』（幻冬舎）、『美人作家は二度死ぬ』『中島敦殺人事件』（論創社）があり、『童貞放浪記』は二〇〇九年映画化公開された。

能は死ぬほど退屈だ——演劇・文学論集

2010年11月10日　初版第1刷印刷
2010年11月20日　初版第1刷発行

著　者　小谷野敦
装　丁　奥定泰之
発行者　森下紀夫
発行所　論 創 社
東京都千代田区神田神保町2-23　北井ビル
電話03 (3264) 5254　振替口座00160-1-155266
組版　エニカイタスタヂオ　印刷・製本　中央精版印刷
ISBN978-4-8460-1058-4